純愛ポートレイト
顎を掴んで振り返らせ、縮こまった舌を舐めてやりながら前触れなく、一息に挿入する。「――……ッ！」
（本文より抜粋）

DARIA BUNKO

純愛ポートレイト

崎谷はるひ

illustration❋タカツキノボル

イラストレーション＊タカツキノボル

CONTENTS

この作品はフィクションです。
実在の人物・団体・事件などに一切関係ありません。

純愛ポートレイト

あ、きた。

自動ドアを開けて入ってきたスーツの彼の姿に、篠原亮祐《しのはらりょうすけ》は心ひそかに喜んだ。

住宅街のなかにある二十四時間営業のコンビニエンスストア。最寄り駅も少し遠いため、深夜を迎えれば訪れるひとも少ない。亮祐と同じシフトのバイトである木田《きだ》は、今夜三度めの休憩中だ。

(あのサボりぐせは、もういいかげん勘弁してほしいなあ)

だが、そのおかげで店内には、たったいま入ってきた彼以外に、ひとの姿はない。

亮祐はそれをいいことに、カウンターのなかで伝票を整理しながら、目だけでスリムなシルエットを追いかけた。

(ちょっと、いつもより遅かったなあ)

栗色のさらさらきれいな髪をした、サラリーマンとおぼしき彼は常連さんだ。ふだんは夜の八時前後にここに現れる。

(うん、今日も美人)

亮祐はすらりとしたフォルムを眺《なが》め、にっこりと笑う。

性別、種別、無機物と、ジャンルを問わずとにかく『きれいなもの』が好きな亮祐の、ひそかなマンウォッチ対象でもあるのが彼だ。

センターで分かれた前髪から覗《のぞ》く額《ひたい》はなめらかに白く、濃い影を落とす睫毛《まつげ》は長い。シンメトリックな輪郭と、細い顎のバランスが絶妙で、細身のスーツがよく似合っている。

身長も、亮祐より少し低いくらいだから、おそらくは一八〇センチ前後といったところか。女性めいた感じはなく『ハンサム』という言葉が似合いそうなタイプだ。

日本人の美形度がかなりあがった昨今でも、ここまで整った顔はそうそうお目にかかれるものではない。そしてモデルや芸能人のように、見られることを過剰に意識していないからこその、ナチュラルなうつくしさが彼にはある。

（……でも、なんか変だな）

毎度、目の保養にさせてもらっているとはいえ、挨拶以外、ろくに言葉も交わしたこともない。けれど、このコンビニにバイトに入ってほぼ一年間、見続けてきた姿だけに、様子がおかしいことはすぐわかる。

いつもなら、来店と同時に雑誌コーナーに歩み寄り、ざっと情報誌をチェックする。そのあと欲しいものがあれば手にとり、そうでなければ弁当や飲み物の棚に移動するのが彼のパターンだ。だが、今晩の彼は、まっすぐに保冷棚のドリンク剤のコーナーへと歩み寄った。

ふだんはまっすぐに伸びている背中がまるく歪《ゆが》んでいる。よろめくような頼りない足取りに、亮祐は眉《まゆ》をひそめた。

(もしかして、ものすごく酔ってる?)

亮祐の勘はあたっていたようだ。おぼつかない指で『むかつきにはコレ!』というポップのついたドリンク剤を摑《つか》みとるなり、そのひとはレジへと向かってくる。

(大丈夫かな……)

心配に思いつつも、いちいち声をかけるような間柄でもない。少しだけはらはらしながら亮祐はそれを見守るしかない。

「いらっしゃいませ」

亮祐がこのきれいな彼を好ましく感じるのは顔だちだけではなく、表情や雰囲気が柔和なところだ。せいぜいレジで会計をすませるときくらいしか、接触したことはないのだが、彼はいつも亮祐の目を見て、穏やかに微笑《ほほえ》んでくれる。

ものを渡すと「ありがとう」のひとことを。寒い日や、雨の日、客が大量に押しかけている日には「いつもお疲れさまです」と、ほんのり微笑んで会釈する。その礼儀正しさが、二十歳の亮祐の目には新鮮で、好ましかった。

正直、アルバイトのコンビニ店員など、客にとっては自動レジ打ち機のようなものだと亮祐は思う。ものも言わずに金を突きだし、釣り銭と商品をひったくるようにして去る人間もかなり多いなかで、ごくあたりまえの挨拶や言葉をくれる彼の存在は、とても貴重だった。

自然でおっとりした仕種《しぐさ》には、嫌味がなく育ちのいい雰囲気が滲《にじ》む。低からず高からずのあまいその声に、亮祐はいつも癒《いや》されていた。

しかしこの日、彼は、亮祐の顔も見ないで虫の鳴くような声を発した。

「これ、ください」

ようよう告げたそのひとの顔色は、真っ青だった。

なんだかいやな予感がすると思いつつ、亮祐が差しだされた商品にバーコードリーダをあて、レジにデータを打ちこんだその瞬間、彼は口元を押さえて屈《かが》みこんだ。

「うえ、っく……っ」

「え⁉　大丈夫《だいじょうぶ》ですかっ」

亮祐も顔色をなくし、レジカウンターから飛びだし、あわてて問いかけたがとき遅く。

「う……えええええっ」

「ぎゃあああああっ！」

彼の嘔吐《おうと》のうめき声と亮祐の悲鳴は、吐瀉《としゃ》物に濡《ぬ》れていく制服のエプロンのうえで、ぴたりと重なった。

＊　＊　＊

明くる日の午後、夕方近くなって、亮祐の通う大学のロータリーは行き交うひとでごった返していた。

本来、講義の時間は午前から昼ごろまでに集中しているのだが、大学の構内はこの時間がいちばんひとが多い。サークルや部活にだけ顔を出す連中がいっせいに活動するからだろうか。

「みんな元気だなー……」

つぶやいた亮祐は、肩に食いこむアジャストケースを揺すって抱えなおす。寝不足の頭は重く、提出した課題が却下《きゃっか》されたせいで、心も重い。

構内のカフェでコーヒーでも飲むか、それとも帰ってふて寝するか。ぼんやりと考えた亮祐があくびをしたところで、後頭部に衝撃が走った。

「いって!」

「歩きながら寝ぼけてんじゃないわよ、通行の邪魔《じゃま》でしょ」

手にした透明なファイルケースで、容赦《ようしゃ》なく亮祐の頭を叩《たた》いた小柄な彼女はけらけらと笑って言い放つ。後頭部をさすりながら、亮祐はふにゃりと笑って返した。

「日奈子《ひなこ》か……おはよ」

小さな顔に茶色いロングヘアの似合う水元《みずもと》日奈子は細い腰に手をあてて吐息《といき》した。彼女は華奢《きゃしゃ》でかわいらしい外見に似つかわしくなく格闘技などが大好きで、その影響か本人の所作《しょさ》も荒い。

亮祐と彼女はこの美大の写真学科に通う学生で、専攻も同じだ。二年生になった今年も同じ講義をとることが多く、結果としてずっとつるんでいる。

「ふつうここで、なにすんだぁ、とか怒らない？」

「べつに怒るようなことじゃないだろ」

「ああ、そっか。怒るのも面倒くさいんだ？」

「……わかってるなら言うな」

意地悪な笑みを浮かべた日奈子の指摘に、亮祐は頭をさすりつつ、彼女を見おろす。ひんやりした目にも怯《ひる》まず、日奈子はにこにこしている。

基本的に亮祐は、他人に対してのテンションはあまり高くない。ほどほど穏やかだしひとあたりもいいけれど、深く突っこんだ部分でつきあうのは苦手だ。

ゆえに、誰に対しても浅い人間関係しか構築していなかったのだが、目のまえの女はめずらしい例外でもある。

初対面で、穏やかににこにこしているのが『気持ち悪い』とまで言ってのけた彼女は、亮祐がどれほど億劫《おっくう》に対応しようと、食いさがって友人で居続けている。

——なんか亮祐って、反応ずれてるよね。穏和だとか大人ってより、人間めんどくさい？

出会ってから一ヶ月も経《た》たないうちにそう言いあてられ、その後も亮祐のことを腹黒だの情緒欠損人間だの言いたい放題してくれている。そのくせ見限らないから、「ひょっとして俺が好きなの？」と問いかけたら、「うぬぼれるな」と鼻で笑われた。

——あんたみたいな人間には、ひとりくらい説教するのがいなきゃだめだから言ってるだけだよ。あと、あんたの撮る写真は好き。

人間としてはどうかと思うが、作品は認めているので、その作者にも興味があると言いきられた。亮祐も亮祐で、ある意味日奈子には気を遣《つか》わなくていいので、気が楽だ。

「ところでまたリテイク食らったって？」

「なんで知ってるのよ」

夏休み明け、後期がはじまるなり提出した課題につけられたのは、D判定、つまり不可。いま肩に担いでいるケースのなかにそれはおさまっている。日奈子とはさっき会ったばかりで、ほかのゼミ仲間にもこんなことは洩らしていないのにと亮祐は眉を寄せた。

「さっき教授《センセ》のとこで書類整理手伝ってきたんだもん」

日奈子は課題の成績もよく、ペーパーテストに実技にと、オールマイティにその頭脳とセンスを発揮する。教授の覚えもめでたい彼女は、小遣い稼ぎのアルバイトで、助手まがいのことを頼まれたりすることもあるから、リテイクの件もその際に見つかったのだろう。

「守秘義務どうなってんだよ。個人情報ダダ洩れじゃん」

「あの教授《センセ》が、そんなこと気にすると思う？　あたし、ほぼ全員の成績知ってるよ。データの打ちこみ頼まれたから」

それはありかと苦笑しつつ、けろっとした日奈子相手に咎《とが》める気も失せる。「ほかでは言うなよ」と言うに留めた亮祐があくびを噛《か》み殺していると、さすがに彼女は見咎めた。

「ゆうべ遅かったの？　まあ、あんたふだんから頭と情緒が眠そうだけど」

失礼なことを言った日奈子に、亮祐は涙の滲んだ目元をこする。

「んや、違うけど……昨日ちょっと、バイトでハプニングがあってさ」

そしてまた、ふわあとひとつ、大きなあくびをする亮祐に日奈子は嘆息する。

「暢気だねえ。来年そんな調子で大丈夫なの？　もう三年になったら就活はじめんとさあ」

「なんとかなるんじゃない？」

亮祐はへらりと笑ったが、日奈子は渋面《じゅうめん》を浮かべたままだった。

「いいかげんコンビニのバイト減らしたら？　コレで食べてく気なら、ちゃんとした先生のとこに伝手《つて》作ったほうがいいんじゃない」

コレ、と肩に抱えたケースをつつかれ、亮祐は静かに眉根を寄せた。写真で食べていきたいのは山々だけれど、いまはまだそんな具体的に考えたくはない。ましてや、ひとにへつらっておこぼれに預かるようなやりかたはきらいなのだ。

「あんたこの間のスタジオカメラマンとこのバイト、どうしたの。知りあいに紹介されたとか言ってたじゃん」

問われて、亮祐は「やめた」とあっさり答えた。

「やめたって、なんで」

「おべんちゃら使うの苦手なんだよ」

スチールカメラマンになりたいわけでもなし、有名になることにも興味はない。好きなときに好きな場所でカメラをいじっていられればそれでいい。カメラマンを志望するモチベーションがじつにシンプルな亮祐には、スタジオ付きでアシスタントになり、必死こいてセンセイにつき従うやりかたはできそうにないし、やる気もない。

「コネきらいだし、やっぱひとに使われんの向いてないしさ」

だが、その答えは日奈子のお気に召さなかったらしい。「だだ捏ねてんじゃないわよ」と日奈子は眉をひそめ、びしっと指を突きつけた。

「雑用も仕事のうちでしょ！　えらそうに言ったって、その程度のこともできなきゃ、プロになんかなれっこないじゃん」

彼女の言わんとするところは、亮祐にもわかっている。だがじつのところ、くだんの助手のバイトを辞めた理由は、もう少しべつのところにあった。

(あの現場、最悪だったしなあ)

相手のカメラマンが人間的にとても尊敬できるタイプではなかったのだ。グラビアアイドルの撮影の合間、カメラマンは若い女の子をどうやったらモノにするかと腐心してばかりで、助手をつとめた数ヶ月の間、亮祐がやったのは、妻子持ちのカメラマンが浮気相手を連れこむホテルへの送迎に、スタジオでいかがわしい行為をする合間の見張りがメインといってもいい。

助手というのはオネエチャンの電話番号を聞きだすのが仕事なのかとあきれたくらいだった。

まあ、その仕事を紹介してくれた男も、相当いかがわしい仕事をしている相手ではあったのだが、諸事情もあり、一応は女子である日奈子をまえに、内情を口にするのははばかられた。

「俺、自分の気に入ったものだけ撮ってたいんだよ。自分の世界を追求したいと思うのは、いけないのか？」

「理想論ね。きらいじゃないけど、あまいわよ」

「あまくていいよ、べつに」

にっこり微笑んで、日奈子の説教を躱す。亮祐は温厚でひとあたりよく見せていても、本質の部分はかたくなで意固地な部分がある。それをよく知る彼女は、嘆息したあと横目に亮祐を睨んだ。

「笑ってごまかすな、この偽善さわやか」

「なにそれ。どういう罵り言葉だよ」

日奈子はもういちどどついてきて、亮祐は「乱暴だな」と拗《す》ねてみせた。

「とにかく、来月までに課題の再提出、なんとかしなさいよね」

「人物苦手なんだもん」

「もんじゃないわよ、なにあまったれた言いかたしてんの」

あきれ声の日奈子に、亮祐は口を尖《とが》らせた。かわいこぶるな、とまた殴られる。

「だって、ほかの連中はテーマフリーでOKなのに、なんで俺だけお題が出てんのよ」

「必要だから出してんでしょ。あの教授、事務関係はだめだけど、指導者としては一流よ」

そのことについては、いまさら言われるまでもない。だからこそ指導を仰《あお》いでいるのだし、教授の撮った過去の作品なども、亮祐は好んでいるし、尊敬もしている。

昨年中に写真のひと通りの技術を叩きこまれ、今年度の実習はそのスキルアップがメインだ。基本的に自由なテーマで撮影したものを提出すればいいはずなのに、なぜか担当教授は亮祐にだけ人物写真、それもポートレイト的な『個人』を撮ったものを提出しろと言ってきた。

画一的な教科でもあるまいし、それはおかしい。つめ寄っても、頑《がん》として聞き入れてはもらえなかった。その結果、知人の伝手をたどって、くだんのカメラマンのところにアルバイトに入ってみたのだが、よけいに苦手感が増しただけだ。

「得意不得意あったっていいじゃんよ。ゲージュツなんだから」

「お説ごもっともだね」

不満顔の亮祐に、日奈子は肩をすくめ、見透かしているふうに笑った。

この女友達はひどく聡《さと》いところがあって、教授がなぜ亮祐に人物を強く勧《すす》めるのかも、また自分でも摑めないでいるこの苦手意識の所以もわかっているらしい。けれど、それをわざわざ教えてはくれない。

むろんそこには、ライバル意識も働いているのだろう。

亮祐の撮るものは、モチーフによって出来不出来のムラがひどい部分がある。だがそれだけにあたりが出ればひとをうならせるような作品を生み出す。周囲に薦められて応募したコンペで賞をとったこともいちどや二度ではなかった。

日奈子は友人づきあいに、そうしたギラギラした部分を持ちこみはしない。むしろこういうときは同性のほうがみっともない嫉妬《しっと》を剝《む》きだしにもする。女にはめずらしいさばけた性格や、ぎりぎりで不愉快なラインまでは踏みこまない頭のよさが心地よくてつるんでいる。

「じゃあ、そのゲージュツとやらで教授を黙らせれば？」

「……けんか売ってんの？」

けれど、こうしたときにどうにも軽くあしらわれるのはあまり愉快ではないと亮祐は口を尖らせる。「ふてくされてもかわいくないわよ」と日奈子はそれを一蹴《いっしゅう》し、話題を変えた。

「ところで、今日は？　ここんとこ『ROOT』にも顔だしてなかったし、行かない？」

『ROOT』というのは日奈子とよく行くクラブの名前だ。こぢんまりとしてはいるが出される酒も流れる音楽のセンスも心地よい。日奈子の兄の友人で、幼馴染《おさなな》《じ》みでもある壮一《そういち》がオーナー店長をやっている。壮一は三十代後半の色男で、昔は舞台役者をやっていたらしく、その流れで常連には亮祐や日奈子のようなアーティストの卵も多い。

また壮一はゲイで、そのパートナーとふたりでやっているせいか、その手の人種がよく集まってくる。とはいえゲイ専門というわけではなく、ストレートの人種も出入りするので、あまり退廃的な雰囲気もなく、亮祐には居心地がいい場所だ。

だが、誘ってくる日奈子の顔が少しも楽しくはなさそうで、亮祐は小首をかしげたのち、「あ」と声をあげた。

「最近、変なリーマン来てむかつくっつってたよな。まだくるの？」

「そおよ。まったくカメみたいな顔してなに勘違いしてんだかさ、昨日なんか耀次《ようじ》くんのお尻触ってたわよ。なに勘違いしてんだか、あのカメリーマン！　風俗店じゃないってのよっ」

耀次というのは壮一のパートナーで、中性的な雰囲気の美青年だ。噂《うわさ》によると、壮一と同じ劇団にいたという話で、美丈夫の壮一と並ぶとかなり雰囲気があり、たいていは高嶺《たかね》の花として見惚《みと》れるだけなのだが、まれにその色香に迷ったばかな客も現れる。

日奈子曰くの『カメリーマン』も、いつもべろべろに酔って来店。あげく、場もわきまえずにしつこく言いよってくるらしい。

「耀次くん美人だからなあ」

毎度のことだと亮祐は苦笑したが、耀次をお気に入りの日奈子はぷりぷり怒っていた。

「美人はお触り禁止って決まってんのよ！」

「どこの法律だよ」

「日奈子ちゃん憲法！」

あの空間をこよなく愛する日奈子としては、場をわきまえない闖入者《ちんにゅうしゃ》が許せないらしい。冗談で雑《ま》ぜ返しはしたものの、亮祐としても酔いにまかせてセクハラするような人種は好ましくなく、困ったもんだと眉を寄せた。

「まあ、壮一さんがなんとかするだろ、そのへんは」

「最近、壮ちゃん店にあんまりいないんだよ。宇部《うべ》さんと店作ることにしたから、忙しいし」

壮一は現在、店に集《つど》うアーティストたちの作品を展示する、カフェギャラリーの立ちあげに関わっている。宇部というのは壮一と懇意《こんい》な、ポップアートを手がけるデザイナーだ。

「だからさ、いっしょに行かない？　耀次くんひとりにすると、心配だしさ」

耀次も三十をすぎた大人で、二十歳の女の子に心配されるほど頼りなくはないだろうが、日奈子の気持ちもわからなくはない。耀次はなんというか、『触れなば落ちん』という風情の、ちょっと浮き世離れした美形で、つい護ってあげたくなる雰囲気があるのだ。

とはいえ、その見た目にだまされると、けっこう痛い目を見る。

（耀次くん、あれでけっこう強いんだけどなあ）

穏やかに見えて案外したたかな彼は、じつのところ酒にもめっぽう強く、度を超した相手にはけっこう手厳しい対応をするし、日奈子は知らないことだが、亮祐はほっそりした彼が酔客をたたきのめす場面を見かけたこともある。噂によると、空手だか合気道だかの段持ちという話だ。そもそも酒の出る店の共同経営者、そうまでウブなわけがない。

（まあ、でも、こういうのがこいつのいいとこだな）

口の悪いところがあるけれど、懐《ふところ》に入れた人間に対して、日奈子は心を砕き、力を貸そうとする。多少おせっかいなきらいはあるけれど、亮祐にない、あたたかくやさしい資質はとても好ましい。だが亮祐は日奈子の誘いに「無理」と答えた。

「ごめん、今日はパス。昨日、いろいろあってバイト早引けしたから、行かなきゃなんだ」

「え、だって遅かったんじゃないの？　そういや、ハプニングってなにさ」

亮祐はほんの少し口ごもる。昨晩の顚末《てんまつ》を話せばきっと、日奈子にはあきれられるか笑われるかのどちらかか、もしくは両方なのだとわかっていた。

しかし、好奇心に満ちた、きらきらした目で覗きこまれては、逆らえようもない。

「んー、とね。昨夜、あの店に酔っぱらったお客さんがきたんだけど——」

ため息ひとつを落として、昨晩起きた事件を、亮祐は語りはじめた。

＊　＊　＊

このコンビニの休憩室の奥には、仮眠用に畳の敷かれたスペースがある。段差のある座敷状態の、四畳に満たない空間に布団を敷き、ぐったりした身体をそこに横たわらせる。

「頭痛くないですか？　一回吐いちゃったからだいぶ楽だとは思うけど」

「すみません……本当に」

亮祐のエプロンに吐瀉物をまき散らしてくれた彼は蚊《か》の鳴くような声で謝罪した。

吐瀉物は彼の着ていたスーツにも飛び散ってしまっていた。染みになるのも哀れだと簡単に水洗いした上着をハンガーに干す亮祐は「かまいませんよ」と笑いかける。

「それよりもう、気分は悪くないですか？」

長い前髪がこぼれ落ちる額に、濡らしたタオルをあてがってやると、彼はふたたび「本当にすみません」とつぶやいた。何度も繰り返される謝罪の言葉に哀れになるが、それ以上に、横たわった相手の酔いの度合いが知れる顔色に、亮祐は眉をひそめた。

饐えたアルコール臭が休憩室に充満していた。さきほどまでは赤らんでいた顔も、恐縮しきった表情を浮かべるいま、すでに血の気を失っている。

(急性アルコール中毒、とかじゃないだろうな)

あまりに具合が悪いようなら、救急車を呼ぶべきだろう。しばらく様子を見なければ――と考えていた亮祐の耳に、尖った声が聞こえた。

「おい。そんな酔っぱらい早く帰らせろよ」

休憩中の木田だった。あからさまに具合の悪い状態にも頓着せず、不快そうに顔を歪めた彼は、わざとらしくため息をついた。

「酒くせえし、ゲロくせえし、迷惑だろ。だいたいなんで、ここに連れてくるんだよ」

茶髪に鼻ピアスと、ただでさえガラが悪いのに、不機嫌そうにするといっそう凶悪な顔になる。どうやら威嚇《いかく》しているらしいけれど、亮祐はけろりと答えた。

「まあ、そう言うなよ。具合悪くなってるんだし、しかたないだろ」

「俺らの仕事は、酔っぱらいの相手じゃねえだろうが。だいたいおまえがレジ離れてる間、客がきたらどうすんだよ」

面倒ごとはごめんだと告げるバイト仲間に、亮祐の背後で横たわった彼は身の置き場がないように肩を縮めている。

内心では不愉快に思いつつ、亮祐はにこにこと笑ったままさらりと告げた。

「木田が入ってくれよ。もう休憩時間終わってるし、交代。な?」

頼むよ、と片手をあげて拝んでみせると、木田はいらいらと立ちあがる。

「ったく、俺は知らねえからな!」

ぴしゃん! と引き戸は閉められる。逃げだしたのは一目瞭然《いちもくりょうぜん》で、亮祐はやれやれと肩を上下させた。

「短気だなあ、まったく」

笑いながらつぶやいた亮祐が振り返ると、名前も知らない彼は青ざめた表情のまま起きあがろうとしている。少しあわてて近寄り、声をかけた。

「気にしないで。もうちょっと横になってて大丈夫ですよ」

「でも、俺のせいで、お友達ともめたんじゃ」

「あんなの友達じゃないっすから。ただのバイト仲間だし、もともとサボりひどかったから、いつか言わなきゃいけなかっただけで。却《かえ》って、いやなとこ見せてすみませんでした」

肩を押さえると、濡れタオルのせいで前髪の貼りついた額が至近距離にくる。なめらかな肌はきめ細かく、酒気を帯びていなければさぞきれいな白さだろうと思いながら、安心させるために亮祐は微笑んだ。

「気を遣わなくていいから。あんまりひどいなら救急車呼びましょうか?」

「いえ、そこまでは――」

「じゃあ、休んで。ね?」

穏やかな声を作り、微笑んでみせた。とたん、起きあがりかけていた彼がほっとしたように肩の力を抜くのを見てとり、亮祐はさらに笑みを深める。

自分の少しくぐもった響きの低い声や、黒目がちの目を細め、大きめの唇をきゅっとつりあげる笑みというのは、ひとをひどく安心させるものらしい。

「夜中だし、そんなに忙しくないし。気にしないで」

この、自分を知りつくした表情を浮かべると、亮祐が見た目どおりの好青年ではないことを知る日奈子には「この腹黒」と罵られる。だが、べつに悪意はないし、ほんのちょっと、人間関係を潤滑にするための演技だ。ひとをだましたりするわけでもないのだから、いいじゃないかと思う。

(それに、これって親切じゃん? 落ちついてほしいだけだしさ)

とはいえ、これが目のまえの、きれいな顔をした常連客でなかったら、こんなに親切な対応をしたかどうかはわからない——というのは、正直なところだけれど、そんなもの言わなければ誰にもわからない。

ちょっとした、えこひいき。それくらい誰だってするだろう?

「お疲れみたいですし、少し寝ていくといいですよ。こっちはかまいませんから」

「でも……」

ささやくように告げると、二重の大きな目が瞬《まばた》きをする。ばさばさと睫毛が音を立てそうなくらいだと、亮祐はうっかり見惚れた。

「ほら、話してるとまた、具合悪くなっちゃいますよ。寝て、寝て」

ね、ともういちど笑ってみせると、驚いたことに彼の目には涙が盛りあがってきた。

「え……ちょ、ちょっと?」

ぎょっとなった亮祐に、彼は、「ありがとう」と言った。胃液とアルコールに焼けてしまったらしい、かすれて哀れで、それでもきれいな声だった。

「こんな……親切にしてもらって。なんてお礼を言ったらいいのか」

「え、いや、べつに、そこまで言われることじゃないっすから」

らしくもなくどぎまぎしながら両手を振ってみせると、大きな目が瞬いて、ぽろぽろと涙がこぼれた。

相手はスーツ姿の酔っぱらいだ。大の男が恥ずかしげもなくよく泣く、と通常ならば思うのだろう。けれどこのとき、亮祐はその涙にうっかり、見惚れてしまった。

（うわあ……やばい）

ひとの、無防備な表情を目にする機会というのは案外に少ない。友人でも家族でも恋人でも、どこかで繕ったり装ったりして、じょうずに距離をとりながら接するのが、スマートなやりかただと世間では思われているからだろう。

じっさい、亮祐もそういう、体温が生で伝わるような接触が苦手だった。笑いで武装して、内心を悟られまいとするのも、本心では忌避《きひ》行動だとわかっている。

だが、計算でなく、目のまえにころりと落ちた小さな雫《しずく》は、ひどく純情なときめきを亮祐の胸に運んできた。

「ありがとう……」

「えと、いや。い、いいですからべつに」

なにがいいのだかもよくわからないまま適当なことを口走ったのは、かすれた声で繰り返される言葉に、あまったるい痛みを感じてうろたえたせいだ。

（なんか、調子狂うな。なんでこんな、あがってんだ、俺）

たしかにきれいな顔だと思ったし、美人は好きだ。目のまえの彼は所作も含めて好みでもある。けれど亮祐は、そんなことでいちいち舞いあがるような性格でもない。

ただ、彼の発した小さな「ありがとう」の言葉は、まっすぐに突き刺さる感じがした。胸の奥のやわらかいところを、小さいが鋭い針でそっと刺されたような、不思議な感覚。

じっと見つめてくる視線は、酔いと悪心のせいで、とろりとあいまいだ。見開いた目からぽろぽろ溢《あふ》れ、横たわったままの頰《ほお》に流れていく彼の涙を見ていられず、額にあてていたタオルで目元を拭《ぬぐ》うように覆《おお》った。

濡れた印象的な目は隠れてしまったけれど、ふわりと形よい唇がほころび、亮祐の心拍数はあがった。赤く火照《ほて》ったやわらかそうな唇から覗く、少し大きめの前歯が白くて、それが彼の印象を少しだけ幼く見せる。そのくせ、やわらかそうな唇が妙にエロティックだ。

なんだかまずい衝動がこみあげそうで、困惑しつつどうにか目線をはずした亮祐は、わざとらしいほど明るい声で問いかけた。

「あの、そ、そうだ。起きられるようになったら、タクシー呼びましょうか?」

胃のなかのものはほとんど吐いてしまったようだし、なだめたおかげで落ちついたのか、顔色もよくなってきた。これなら足さえ確保すれば帰ることも可能だろう。

だが、目のまえのひとからはなんの返事もない。

「あの、聞こえてます?　それともまだ、具合が――」

問いかけながら目元を覆う温《ぬる》んだタオルをそっと剝がして、亮祐は軽く脱力する。

名も知らぬコンビニの常連さんは、いましがたこぼした涙も、狼狽《ろうばい》した亮祐の胸の裡も、なにも知らないいような平和な顔で、すこやかな眠りについてしまっていた。

「どーすんだよ、これ」

途方にくれたまま思わずつぶやくと、ドアの向こうから木田のいらだった声がした。

「おい篠原、いいかげんにしろよ！」

嫌味ったらしく尖った声。面倒だと思いながらドアを開け、亮祐は言った。

「静かにしろよ。このひと具合悪いんだから」

「静かにしろ、じゃねえよ。そんなヤツ道ばたにでもほっぽっとけばいいだろっ」

怒鳴り散らす木田の声は、ひどく耳障《みみざわ》りだった。情のない言いぐさに、亮祐はめずらしく、本気で不愉快になった。

「そういう言いかたはないいんじゃないの」

睨みつけると、木田は一瞬不愉快そうに顔を歪め、乱暴に壁を叩く。

「言いかたがなんだってんだよ。てめえの仕事、俺に押しつけんなっつってんだろ！」

さきほどまでは、彼にこの神経に障る声を聞かせたくなくて、穏便に対処した。けれど彼が眠ってしまったいま、もはや気遣いは不要だろう。

「その言葉、そっくり返す」

「え？」

いちども聞かせたことのない、亮祐の冷ややかな低い声に、木田はぎょっとしたように息を呑《の》んだ。顔は笑いの形をつくりながら、亮祐は目だけを鋭くした。

「今日だって、俺がシフトに入ってからさっき交代するまで、おまえ一回もレジに立ってないし、あきらかに休憩とりすぎだろ」

ふだん穏やかな亮祐にはめずらしい剣呑《けんのん》な視線に、威勢のよかった木田は一瞬怯んだように顎を引いた。そして、臆《おく》した自分に腹が立ったのか、きつい表情で睨《ね》めつけてくる。

「な、なんだそれ、勝手に面倒しょいこんで、俺に難癖つけんのか⁉」

噛みついてくる木田に、亮祐は冷笑を浮かべた。

「サボりまくって給料泥棒してる人間に、なに言われてもね」

「はあ⁉」

「あのさあ、おまえの勤務態度って、あくまで俺が黙ってやってたから、店長にばれてなかったっていうの、わかってねえの？　面倒くせえからほっといたけど、たいがい俺もキレるよ」

ゆっくりと立ちあがり、うえから睨みつける。口ばかりは威勢がいい木田だけれど、身長もさして高くはなく痩《や》せぎすで、一八〇センチを越える長身の亮祐の相手にはならない。

ふだん、亮祐がにこにこしているのは、他人と関わって面倒が起きるより、笑っていなしたほうが楽だからだ。そのことを木田が勝手に侮《あなど》っていたのは知っていたけれど、本気でことをかまえると言うなら、べつに容赦する気もなかった。

無言でじっと眺めていると、木田はそわそわしたように目を泳がせ、そのあといかにもらしく舌打ちをした。

「と……とにかくっ、おまえがどうにかしろよな、ソレ！」

あげく、ひとを指さしてソレ扱い。癇《かん》に障ったなどというレベルではなかった。

（ちょっとは思いやりってもんがないのかよ。だいたいサボれねえからってひとにあたるな）

このアルバイトでシフトが重なってから数ヶ月、木田のいいかげんさやサボりぐせにはずいぶん目をつぶってきた。基本的に忙しくもない店だったし、正義漢ぶって他人の勤務態度にあれこれ口を出すのも亮祐の性格上、面倒だとも思った。

だが、深夜帯で店長の目が届かないのをいいことに、亮祐ひとり働かせて、自分は休憩室でマンガを読むかテレビを見るか、という状態で、同じだけのアルバイト料をもらっている木田にはさすがに不愉快でもあった。

あげく、お気に入りの彼がつらそうにしているというのに、この態度。もともと木田とは馬があわなかったが、亮祐はさすがに我慢の限界に来ていた。

もめごとも厄介《やっかい》ごともきらいだ、笑って流せるなら楽でいい。それが亮祐のポリシーだった。けれど、意外に熱い部分も自分にはあったのだなと、遠い意識で感心しつつ、亮祐は不機嫌に言い放っていた。

「……あ、そ。わかった。んじゃ、なんとかするわ、俺」

「おい、勝手に早退すんのかよ。知らねえぞ。店長に言うからな」

木田は鼻で笑ったが、それを無視した亮祐は携帯メールを手早く打つ。無言できびすを返し、濡れて汚れたエプロンと上着を自分の鞄《かばん》につめこむ。荷物をまとめはじめた亮祐に、木田は怪訝《けげん》そうな表情を浮かべたが、ぐったり横たわった客を背中に担ぎあげたのを見るや、せせら笑うように唇を歪める。

「ばっかじゃん、おまえ。なに？　お持ち帰りとかしちゃうわけ？」

「これ以上おまえと同じ空気吸ってたくない」

自分が意固地になっているのはわかっていたけれど、いまはとにかくこの場を離れたくてたまらなかった。

「てめえ、深夜帯のアルバイト、勝手に抜けていいと思ってんのかよ」

もっともらしいことを言いながらも、木田が困っているのはわかった。サボりまくりのこの男は記憶力も悪くて、本当のところひとりになるとろくに商品補充もできないのだ。

「店長にはもうメールで報告した。まあ、言いたいなら好きにすればいいけど」

「んなことしたらクビになんぞ！」

吠《ほ》える木田は、自分と亮祐のどちらが店長に信用されているのか、まるきりわかっていないらしい。それにこのやりとりは、防犯カメラの一部にずっと映されてしまっている。

店長が事実確認をしたいなら、それをチェックすればいいだけのことだし、もしそれで店長がクビにするならしたでかまわない。アルバイトはほかでも見つけられるのだし。

(もしクビにならないんなら、ぜったい、シフト変えてもらお)

目のまえの不愉快な男が店の電話を使って彼女に長電話をしまくっていることや、こっそり備品をちょろまかしていることもついでに伝えれば、木田こそクビ確実だろう。むろん、そこまで教えてやるほど親切でもない。

「とにかく、あとよろしく」

木田を見もせず、背中の彼を揺すって背負いなおし、亮祐は店をあとにした。背後になにか口汚い言葉がぶつけられた気もしたが、放っておこうと意識で耳をふさいだ。

それよりも、さすがに自分と似たような体格の男をひとり担いで、徒歩で充分の自分のアパートまで帰り着く難儀《なんぎ》さのほうが、よほど気がかりだった。

＊　＊　＊

「――ってわけで、寝不足なわけ」

そりゃまたお疲れさん、とつぶやいた日奈子はあきれたような感心したような声で言ったあと、素朴《そぼく》な疑問を口に出す。

「なんで連れて帰ったの？　タクシーにでも突っこめばよかったじゃん」

「だって家も知らないのに、どうやって帰らせるんだよ」

「まあそりゃそうだけど、泥酔《でいすい》してんなら病院にでも担ぎこめばよかったのに」

「いや、ただ寝てただけっぽかったんで、まあひと晩くらいならいいかなって……」

自分でもらしくない行動をとったのはわかっていただけに、亮祐はもごもごと歯切れが悪い。

日奈子は、にやりとあんまり品のよくない笑みを浮かべてみせた。

「へえええ。亮祐がそこまで親切だとは知らなかったわ」

「うん、俺も知らなかった」

「どうせ、木田ってやつにあれこれ言われて、意地張ったんでしょ、ばかね」

笑われたけれど、日奈子に言われるのはさほど不愉快でもない。じっさい木田がいなければ、あそこまで親切にしたかどうかはわからないし、それこそ放っておいた可能性は否めない。

「バイト、代理で出ろって言われたってことは、店長さんからお叱《しか》りはなかったわけ？」

「あ、うん。午前中に電話あった」

早退の一件は店長にメールで報告してあったが、電話をくれたひとのいい彼はこう言った。

――酔っぱらいはほっとくと危ないからね、えらかったよ。でも今後は、すぐ俺を呼ぶようにしなさいね。

その際、木田からあることないこと聞かされたらしいが、結果としてクビになったのは木田のほうだった。あのあとよほど腹が立っていたのか、休憩室に入って酒を飲み、爆睡した彼は、朝になって店長が交代に訪れるまで寝ていたらしい。

　むろんその間、店は無人状態だ。防犯カメラで映っていることはわかっているだろうに、なにをやっているのかと亮祐はあきれかえった。

　そしてまた、木田をクビにした決定打というのにも笑ってしまった。

　――だって彼、怖いだろう。篠原くん以外のバイトの子、いっしょのシフトになるとみんな辞めちゃったんだよ。

　木田の見た目は年長者に受けが悪く、住宅街にあるコンビニでは、昼間のシフトは言語道断。人手不足でしかたなく使っていたらしいが、新しく入ってくれそうなバイトも目処《めど》が立ったし、亮祐が辞めないなら、それでいい、ということらしい。

　亮祐としてはもめてしまった以上、言いつけるのは卑怯《ひきょう》にも思えるので、ちょろまかしの件などは黙っていたのだけれど、すでにその件は発覚していたようだ。

　――とにかく急な早退はダメだよ、とくに深夜は物騒だし。

　店長からはその程度のお小言で亮祐は放免され、今日もレジのまえに立つことになったのだと説明すると、日奈子は「ふーん」と言ったのち、小首をかしげた。

「そんで、その酔っぱらいさん、今日は無事に帰ったの？」

「あー、たぶん」

歯切れ悪く亮祐が言うと、日奈子は「たぶん？」と繰り返した。

「俺が起きたらいなかったもん」

へろりと答えると、日奈子は「ちょっと、それずいぶん失礼じゃない」と眉をひそめた。

「助けてもらっておいて、黙って消えたの？　すっげえ恩知らず。まさかと思うけど、なんか盗られたりしてないでしょうね」

「それこそまさかだよ、べつにそんな、俺んち、盗られるようなもんないし――」

地方出身の男のひとり暮らしだ。金目のものなどろくにあるわけがない。言いかけて、亮祐はひとつだけひっかかっていることを思いだした。

（なんで、エプロンなくなってたんだろ）

朝、姿を消していたのは彼だけではない。洗うつもりで持ち帰ってきたはずなのに、彼の汚したエプロンもだ。それが妙に気になったが、店を出るときには木田とやりあってばたばたしていたし、うっかり忘れた可能性は否めない。よしんばなくしたとしても、事情を話して、新しいものを支給してもらい、弁償なりすればいい話だ。

「なに、言いよどむってことは、やっぱひっかかるの？　だいたい、名乗らずに消えるってナニサマなのよ」

考えこんでいた亮祐の沈黙を誤解したらしく、日奈子はますます剣呑な顔になり、亮祐は少しあわてた。

「あ、違うよ。会社に遅れるから出ます、ごめんなさいって手紙はあった。小井博巳《いさらいひろみ》さんっていうらしいよ。それではじめて、博巳さんの名前知ったけど」

言いながら、今朝になるまで名前さえ知らなかった赤の他人を、なぜかばっているのだろうと自分でも思った。案の定、日奈子は「ほお?」とわざとらしく眉をあげる。

「ずいぶん肩入れしてんじゃん。博巳さんって……ああ。なるほど。そっかそっか」

「……なによ。なにが言いてえの」

日奈子はまたにんまりと笑って、亮祐はいやそうに顎を引く。

「そのひと、例の常連さんでしょ、やたらきれいな顔の。そうでしょ」

あえて口にしなかったことを言いあてられ、亮祐は沈黙で肯定する。目を逸らした男友達に、日奈子はわざとらしく嘆息してみせた。

「面食いなんだから、もう。あんた顔さえよきゃなんでもいいって性癖、いまのうちになんとかしなさいよ。病気持ちになったら縁切るからね」

「セーヘキって言うなよ、なまなましい。それ言うなら性的嗜好だろが」

「細かいことにこだわるな、男のくせに。つうか、顔っつうかフォルムがきれいで好みならいいんでしょ。いっそ無機物でもいけんじゃないの?」

ひどい言いざまに、さすがに亮祐は顔を歪め、じろりと睨みつけた。

「ひとを勝手にフェティシストにすんな! 俺はふつうのバイなのっ」

　バイセクシャルであることをとくに隠してもいない亮祐だが、露悪《ろあく》的な言いかたはあまり好きではない。わかっていてからかうのは、それこそ日奈子の悪癖であると知ってはいるけれど、変態扱いはさすがにいい気分ではなかった。

　だが、日奈子にはこの二年間で亮祐がやらかした『ばか』は知られつくしている。

「事実でしょ。あんた、写真と美人に関しては理性なさすぎだもん」

「うっ」

　そこを言われると、さすがに言葉がないと亮祐は首をすくめた。

「顔で選んだ相手に二股かけられてたのも気づかなかったし。まあこりゃ、あんたも顔だけありゃいいっていうひとでなしだから、どっちもどっちで、いいけどさあ？」

　うろんな目にさらされ、亮祐は顔を逸らすが、日奈子はさらに容赦がなかった。

「美人についてって乱パに連れこまれそうになったり、ほかにもカメラマンの腕がいいからっつって、ゲイAVの監督にほいほいついてってやばい真似させられたり」

「うう」

「あとなんだっけ。えっと――ああ、うっかり引っかけた美人にクスリ勧められたんだっけ？」

「もういいって！　若気《わかげ》の至《いた》りだって！」

　上京してひとり暮らしをはじめた一年のころの亮祐が、本当にひどかったことは自覚している。情報の溢れまくる東京《とうきょう》で、写真でもセックスでも、なんでもいいから刺激を受けたくて、無鉄砲に首を突っこんだ。当然、痛い目を見たこともあるし、誉《ほ》められたものではない行動を、日奈子や壮一に止められ、助けられ、たしなめられたことも何度となくあった。

——おもしろいときれいだけですべてを判断すんな、このばかったれが！

——人間として危機感持ちなさいよ！　ちゃんとひとを見る目養え！

正座したまま交互に四時間、みっちりと説教を食らった日のことは忘れられない。壮一と日奈子に大喝《だいかつ》され、自分でもいろいろ反省して、以後はおとなしくしている。

「適当やってると、あとで後悔するんだからね。東京は怖いんだぞ」

「もうやんないよ！　壮一さんとおまえのダブル説教、まじで怖いもん」

だから勘弁してくださいと拝んで、日奈子の小言をどうにか止め、亮祐はため息をついた。

ある意味、このところの亮祐がいまいち覇気《はき》がないのは、あのころのむちゃくちゃのせいもあるのかもしれない。

危ない遊びに手を染めかけ、刺激的な経験もしたけれど、そのぶん人間の汚い部分も見てしまった気がする。きれいな顔をした人間が必ずしもきれいな生きかたをしているわけでもないことや、作品がすばらしくても人間性はどうなの、という相手を知ってしまった。

もともと、亮祐の本質は冷めたところがあって、しらっとしている自分があまり好きではなく、だから穏やかで明るくふるまってしまう。冷えた心の温度をあげたくて、スパイスの効いた経験で無理やり自分を興奮させていたような部分も、もしかしたらあったのかもしれない。それもこれも、若さゆえの愚《おろ》かさだったとは、いまになって気づいたことだけれど。

（ああ、でも、あのひとは違ったなあ）

顔がきれいで目を惹《ひ》いたのは事実だが、好ましく思った最初のきっかけは、どちらかといえばあの声だった気がする。亮祐のように軽薄に明るいわけではなく、誠実そうでまじめそうな、ていねいな挨拶。そして物静かで上品な所作。

「……まあ、もう会うことはないとは思うけどさ」

つぶやいた言葉が、ずいぶん未練がましい響きがして、亮祐は自分でも驚いた。

酔いつぶれて醜態《しゅうたい》をさらしてしまったことを憶《おぼ》えているならば、あのきれいなひとはもうコンビニには来てくれないだろう。それが少しだけ残念で、胸が痛い。

（あのひと、どうして泣いたのかな）

酔いつぶれた彼が、ほろほろと落とした涙のことだけは、日奈子には言わなかった。あの透明な涙に覚えた痛みは、奇妙に純情な類《たぐい》の感情で、それだけに自分でも恥ずかしいのだ。だから、あまりこの件に関しては突っこまれたくはない。

「ひとのこと面食いだとか難癖つけるけどさ、おまえこそ筋肉フェチどうにかしろよ」

亮祐は話題とともに、声音も明るく変えてみせる。

「脳味噌まで筋肉みたいなのばっか選びやがって、だからすぐ別れんだろうが」

自身は折れそうなくらい華奢なくせに、見るからにマッチョな男が日奈子のタイプで、亮祐のように細いシルエットの男は論外なのだそうだ。

しかし、いかんせんそういう体育会系の男というのは、ステレオタイプな『男らしい』性格の野郎が多い。見た目にこそ美少女だが、頭の回転が速く性格もきつく、感性に関してはいささか規格外な日奈子を持てあまし、オツキアイも長く続くことはないらしい。

趣味の悪さはおまえがうえだ――と切り返したつもりだったのだが、日奈子はしみじみとつぶやいた。

「そうねえ、どっかにいないかしらね。見た目がマッチョ、中身インテリのアーティスト」

「どんだけ欲深なんだよ……」

どうやら本気で憂《うれ》えているらしいその言葉に、亮祐は苦《にが》く微笑むのが精いっぱいだ。しかし、日奈子はきっと睨みつけてくる。

「だって、この間の男なんかね！　見た目パーフェクトだったのよ、一九〇センチでむっきむきで！　でもおつむが、おつむのほうがね……っ」

「はいはい、愚痴《ぐち》は聞いてやるから」

そのまま話題は先日日奈子が別れた某体育大のレスリング部の男の話に流れ、アルバイトさきで起きた椿事《ちんじ》については、それ以上触れられなかった。

(まあどうせ、すぐ忘れちゃうだろうしな)

日奈子にもしょっちゅう言われるし、自覚もしているが、亮祐は少し薄情な部分がある。かつて乱交に連れこまれかけたときも、たしかに焦りはしたが、おもしろがっていた部分もいなめない。セックスにも恋愛に対しても、年齢のわりにすれている自覚はある。

ちょっとしたハプニングの相手のことなど、すぐに忘れてしまうはずだ。そう考えながらも、ころりとこぼれ落ちたあの涙の理由や、亮祐のまえで安心しきったように眠っていた姿が、頭の端っこにひっかかってどうしようもないのはなぜだろう。

（あのくらいのことで、意識するなんて。どうせ、ちょっとした気の迷いだし）

せわしなく流れていく日々には薄れる記憶を取りだして眺める余裕などない。

とりあえずはリテイクの課題だ。かぶりを振って奇妙な感覚を振り払い、ため息をついた。

（博巳さんなら、さぞかしフォトジェニックな被写体になってくれるだろうけど）

もしも彼が撮らせてくれるなら、少しは意欲もわくかもしれない――。本気で考えはじめている自分に、はっとした。

忘れようと決めたはしからこれか。埒《らち》もないことを考えてしまう自分を少し笑う。

（インパクトありすぎたからだろ。顔が好みっつったって、ゲロ吐かれちゃなあ）

だから、そう簡単に忘れられないだけだ。亮祐は苦く笑って、ちくちくする胸の痛みとともに、記憶を振り払おうとした。

まさか本当に、ちらりと考えた願いが叶《かな》ってしまうなんて、露《つゆ》ほども知らないまま。

＊　＊　＊

「亮祐さーん、商品チェック終わりましたけど」

「あ、ありがと。休憩入っていいよ」

レジのなかから声をかけると「はーい」という明るい返事があった。

亮祐が一応の確認で倉庫を見れば、夕方搬送された商品の梱包はほどいたあともきれいに片づけられている。

「……有能だなあ、中村《なかむら》くん」

木田の次に入ってきた、高校生の中村元気《げんき》は、名前のとおり元気なうえ、なかなかまじめな好青年だ。こちらがあれこれと言うまえに仕事を見つけて働いてくれる。

おかげで暇でしょうがない。木田がいたときには考えられなかった退屈を持てあますせいで、よけいなことばかり脳裏をちらついてしまう。

深夜の椿事から、二週間近く経っていた。そして博巳の姿は、あれ以来見かけない。

やっぱりと思いつつも少し残念なのは本音だ。そして、あまり他人に入れこむタチでは本来ないのに、妙に落ちこんでいる自分が不思議だとも思う。

亮祐にとってマンウォッチングは趣味のようなものだ。ファインダー越しにモノを見るせいで身についた悪癖だとは思うが、ときおり、観察するような視点でしかひとを見ることがない自分に嫌気がさすこともある。

（だから人物写真は苦手なのかなあ）

自問してみるけれど、いまだに答えは見つからない。そうした迷いがフィルムに混ざってしまうことだけは、なんとなくわかるのだが。

「リテイクかあ」

むう、と唇を尖らせてつぶやいた亮祐は、なんの気なしに壁の時計を見る。

（そろそろ八時か）

ふと思って、いままでならば博巳が訪れていた時間だとすぐに気づいた。

（んだよ。けっきょく気になってんじゃん。あほか俺）

自分に突っこみを入れても、感情はおさまらない。そわそわと落ちつかない気分のまま外を眺めれば、雨が降りはじめていた。顔をしかめ、休憩室で弁当をつつく中村に声をかける。

「やべー、中村くん、雨降ってきたよ」

「え、まじっすか！」

亮祐も中村も、このコンビニの近所に住んでいる。走って帰れない距離ではないが、ガラスを叩く雨の激しさに顔をしかめてしまう。

「濡れんのやだな。でも、すぐ近くなのに傘買うのもなあ」

「帰るまでにやめばいいけどね。降るかなーとは思ってたけど」

ため息をつくと、中村が「なんでわかるんですか？　天気予報、雨って言ってませんでしたよ」と不思議そうに問いかけてくる。

「俺、くせっ毛だから髪のハネがひどくなるの」

「すげ、天然予報士だ。つか、わかってるなら傘持ってくればいいじゃないですか」

中村と話している間にも、雨宿りの客が駆けこんできた。あわてて立ちあがろうとする中村に「いいよ」と告げ、亮祐はにこやかに笑ってみせながら、さりげなくビニール傘の補充をして、入口付近に移動させた。

「いらっしゃいませ」

雨宿りのついでに飲み物や弁当を物色し、補充したばかりの傘を手にしたOLがレジに並ぶ。会計をすませ、お釣りを渡していると、また自動ドアが開き、反射的に亮祐は営業スマイルを作ってそちらに顔を向けた。

「いらっ……」

しかし、お定まりの言葉は途中で飲みこまれ、あ、と口を開けた亮祐を、OLさんが訝《いぶか》しげに見あげてくる。

「ど、どうも、こんばんは」

ただ、少し気まずそうにはにかんだような博巳の、栗色の髪のさきに絡《から》んだ小さな水滴が、光を弾いてぱらりと落ちていくさまだけが、亮祐の目に飛びこんできた。

「あのお、それ」

不審そうに言われ、はっと気づくと、ＯＬが「それ」と傘を指さす。あわてて商品を渡した亮祐の顔はひきつっていた。

「あ、あっ。すみません、ありがとうございました」

変な店員だと思われたのは間違いない。けれど、いまの亮祐はそんなことにかまっていられなかった。

「こ、こんばんは」

いまさらで間抜けな挨拶をすると、博巳ははにかんだように笑う。

「この間はすみませんでした。迷惑かもしれないけど、これ……」

軽く頭をさげた博巳が、差しだしたのは紙袋。なかを見ればクリーニングに出したのだろう、プレスされたエプロンと、おそらく菓子折とおぼしき包みが入っている。

「あの、こんなのいいです」

あわてて押し戻《もど》すと、困ったような顔をされた。軽く眉を寄せた表情はひどく頼りなく見えて、どぎまぎしてしまう。

「そんなわけにいかないです。本当にご迷惑かけて、黙って帰っちゃったし」

「えと、でも……」

話す間にも、また雨宿りの客がやってくる。ちらりと視線を動かした亮祐に気づいたように、博巳は眉をさげたまま微笑んだ。

「お邪魔になると、あれですから。これだけ渡しにきただけなんで」

「え、いや、ちょっと待ってください」

レジで立ち話をするわけにもいかないが、このまま帰られても困る。亮祐はとっさに彼の腕を摑み、中村を呼んだ。

「ごめん、中村くーん！　ちょっと来て！」

はあい、と明るい返事で、ちょっとだけ口をもぐもぐさせながら顔を出す。レジを代わってほしいと頼むと、好青年はあっさり「いいですよ」だった。

「ちょっと、こっちに来てください」

「は、はあ」

博巳を狭い休憩室に連れこみ、彼には椅子《いす》を勧める。自分は先日は彼が横たわっていた場所に腰を据えたが、亮祐は妙に落ちつかない気分を味わっていた。

「あらためまして、先日はお世話になりました」

「いえ、べつに、たいしたことしてませんし」

今日はまったく酔いの見えない博巳は、その容姿に似つかわしく、あまいなめらかな声をしている。にこりと微笑み、ふたたびあの包みを差しだした。

「で、これ。気持ちなんで、受けとってもらえませんか？　本当はすぐにお返しするつもりだったのに、仕事が立てこんで、なかなか来られなくて」

「いや、でもですね、そこまでしてもらうわけには」

「あ……あまいもの苦手でしたか？」

博巳はいまさら気づいたように困った顔をして、ずれた反応に亮祐は笑ってしまった。

「いいえ、好きですから。じゃ、いま休憩だし、いただきます。よかったらお茶、どうぞ。つってもペットボトルですが」

「そんな、俺は」

遠慮する博巳に有無を言わさず、ストックから一本取りだす。おずおずお茶を受けとる指まで整っていることをさりげなく観察して、亮祐は菓子の包みを開けた。

「お、生どら焼き。ここのテレビで見たことある」

「なに買っていいかわからなかったんで、会社の子に聞いたんです。おつかいものなら、いまはこれがお勧めだって言われたんで……」

化粧箱に入った、かなり立派なそれは、亮祐がふだんレジ横で売っているそれの、数倍の値段がするものだろう。「いただきます」と大口を開けてかぶりつくと、なるほどうまい。

ものの三口で食べてしまった亮祐が、指を舐《な》めたあともうひとつ、と手を伸ばす。まだ休憩をとっていなくて空腹だったのもあるが、有名店の生どら焼きは妙にあとを引く味だ。クリームとあんこが絶妙なバランスで混じりあい、生地もふわふわ。

「すっげえ、うまいです」

「よかった！」

ほっとしたように博巳は笑った。その顔に一瞬どきっとしたけれど、顔に出す愚は犯さず、亮祐は自分をごまかすために口を開く。

「なんか、いいんですかね。こんな高そうなの」

「とんでもない。あれだけ迷惑かけておいて、見ず知らずのひとにひと晩世話になっておいて、こんなものですまそうなんて、虫のいい話なんですけど」

「べつに、たいしたことしてないですって」

長い手足を縮めるように恐縮する博巳が、見た目の派手さに比べて、ずいぶんとまじめな性格をしていることが知れた。わけもなく嬉《うれ》しくなる。誰かに受けた親切とか、そういうものに礼をつくそうとする人間は少ないことぐらい、まだ二十歳の亮祐とて知らないわけではない。

「本当に、気にしなくていいですから」

「でも、そんなわけにいかないです」

きまじめな顔で告げた博巳に、亮祐の笑みは自然と深くなる。

（なんだか、いいな）

亮祐のような学生バイト相手になにを買ってきたらいいのかわからず、真剣に悩んだあげく、会社のOLさんにスイーツの種類を訊《たず》ねているさまが目に浮かぶ。そして、うまいと告げた瞬間本当にほっとしたような顔を見て、かわいいな、と思った。

ルックスだけなら、博巳はかわいいというより、かっこいい系だ。

顔の造作だけでなく、彼はスタイルもいい。背中に背負ってみてわかったけれど、細いが引き締まった身体はスーツ越しにもたるんだ感じがなかった。質のよさそうなスーツが似合うボディバランスは、貧弱な体軀《たいく》では不可能だ。

そして、色男なのにちっともそれを鼻にかけないし、律儀《りちぎ》で誠実。

（このひと、いいなあ。これきりにしたくないなあ）

むずむずと胸のなかが疼《うず》くような気分のまま、亮祐は思う。

（やっぱり、このひとなら撮れるかもしれない）

フォトジェニックな容姿だけでなく、育ちのよさを表すような所作や、ぴんと伸びたまっすぐな背筋や、誠実でやわらかい雰囲気を写しとれれば、なにかがわかる気がする。

「ええとじゃあ……お願いがあるんですけど」

「あ、はい、なんでしょう」

唐突《とうとつ》なそれに引くかと思いきや、ほっとしたようにうなずくので、内心亮祐は苦笑する。

（ほんとに、まじめ）

スーツの似合うサラリーマンで、間違いなく年上だろう。なのに、そんなに素直にまっすぐな目でいるから、やっぱりなんだかかわいく感じてしまう。

笑って息を逃がし、あらためて彼の目を見つめ返す。

「あのですね――」

これから博巳に告げる『お願い』を口にする心境は、落としたい相手を口説《くど》く感覚にひどく似ている気がする。

じっさいのところ亮祐自身、もはやどちらが最終目的なのか、わからなくなっていた。

＊　＊　＊

「あー、これ、定着液古くない？　なんかムラ出てる」

六切り印画紙を水から引きあげて言う亮祐に日奈子も口を尖らせた。

「っぽいな。しまったね、まえの連中、入れ替えてってないんだ」

実習のため、不特定多数の使用する大人数用の暗室は、設備としてかなり古い。おまけに扱いが雑な連中も多いので、現像液ほかの薬品が古くなるのにも気づかれない場合がある。

写真学科と言えど、真剣に作品と向きあう生徒ばかりではないからだ。暗黙の了解である『気づいたひとが片づける』も、責任感の薄い学生相手には通用せず、備品の手入れもおろそかになりがちだった。

「もー、だからこっちで現像するのヤなんだよね」

饐えたにおいの漂う空間で眉をしかめた日奈子だったが、薄暗い赤いランプのしたでもわかるほど、しまりのない亮祐の表情にあきれたような声を出す。

「なあんか機嫌いいじゃない」

「んー？　んふふふふ」

「きもっ」

地下の現像室に設置された水道で、定着液を洗い流しながら鼻歌混じりの亮祐に、日奈子は眉をひそめた。アナログ写真の現像のための暗室は、正直、本能的な恐怖を覚えるほど暗い。そこでひたすらにやつく男の姿はたしかに不気味以外のなにものでもないだろう。

「なんなのよ、まじできもいよ、あんた」

だが、日奈子になんと言われても、亮祐はまったく気にならなかった。

「博巳さんがモデル引き受けてくれたんだー」

歌うように告げると、日奈子は「へー」と平たい声を出した。間違いなく目も平べったくなっているだろうけれど、そんなことはどうでもいい。

――モデルですか⁉　できませんよ、そんな。

はじめは驚いてとんでもないと辞退した博巳だったが、再三ねばり強く頼みこんだ亮祐の押しに、けっきょくは負けた形でモデルの件はＯＫをもらった。

——モデルっていっても、べつにポーズとったり、ヌードになったりとかじゃないんで。素のままの表情を適当に撮らせてくれればいいと説明して、中村とトレードした休憩時間いっぱいを費やした説得のとどめは、このひとことだった。

——いま、まじで課題やばいんです。これっていう決め手がないし、単位落としそうで。助けると思って、お願いします、このとおり！

両手をあわせて拝むと、博巳は根負けしたように「いいですよ」と言ってくれた。

——篠原さんにはお世話になったし。

——さんとかやめてくださいよ、俺のほうが年下なんだから。名前でいいっすよ。

一時間にわたる「お願い」の間に携帯の番号も交換した。嘘の番号を教えられるかもしれないという危惧は、素直に赤外線通信を申し出た彼の言葉に拭《ぬぐ》われる。

——ええとじゃあ……篠原くん？　よろしくお願いします。

あげく、頭をさげられて、恐縮したふりをしつつも、内心ではガッツポーズをとっていた。

「……あんたの面食いは、もはや病気よね」

概要を話してみせると、相変わらず平たい声で日奈子は言った。喜びに水をさされ、むっと亮祐は口を尖らせる。

「っだよ、いきなり」

「べえつにー。んで、いつ会うのよ。その、きれいな博巳サンとは」

きれいな、に妙な力をこめた日奈子の嫌味はさらりと流し、亮祐は答える。

「今度の日曜。とりあえずメシでも食って、近所の公園ぶらつきながら――」

撮影に入ろうかと、と言いかけたところで、日奈子が「けっ」と言わんばかりに吐き捨てた。

「なにそれ。まるっきりデートプランじゃないのよ。しかもド健全コース。おまえはハツカノに舞いあがる中学生か」

「ばか、違うよ。そんなんじゃないし」

あきれを通り越した日奈子の言葉に、亮祐は苦笑してみせるが、内心は小さなうしろめたさを感じていた。そして自分でも驚いたことに、『中学生のデート』などと言われたことが恥ずかしくて、ちょっとだけ傷ついた。

(え、ていうか、なんで俺、動揺してんの?)

自覚もするが、亮祐はさほど感受性の強いタイプではないと思う。他人の嫌味には動じないし、どちらかといえば情緒面で鈍いところもある。毒舌な友人がからかってきたくらいで、なんだというのだろう?

自分の反応に面くらい、ほんの少しだけ黙りこんだ亮祐の肩を、日奈子がつついた。

「そんなんじゃない、ねえ。……まあ、せいぜいがんばってね」

含みの多い言葉と含みの多い笑いを亮祐に向ける日奈子の表情は、暗緑色の灯りのしたでも微妙に意地悪だ。亮祐はその小さな頭を軽く叩く以外、反論もなにもできなかった。

＊　　＊　　＊

いざ約束の日曜日。亮祐は、朝から緊張していた。

待ちあわせ場所に向かう途中も、本当に来てくれるだろうかと危ぶんでいたし、なにか不都合が起きて来られない場合もあるよな、などと、らしくもなく弱気なことも考えた。

「いなくてもがっかりすんなよ。うん」

ぶつぶつひとりごとをつぶやきながら歩く青年は、なかなかに不気味なものだろう。

自分を嘲笑《あざわら》いつつ、時間どおりに訪れた駅前のロータリーには、すでに博巳の姿があった。

(うわ、やっべ)

亮祐はどきりと胸が高鳴るのを覚え、思わず手のひらで心臓のうえを押さえる。

遠目にも、一発で彼だと知れたのは、あのしなやかですらりとしたシルエットのおかげだ。

どきどきするのは、約束を守ってくれるかどうか不安だったから。

(緊張してるせいだろ。きっとそうだ)

そう自分に言い聞かせながらも、常になく大暴れする心臓が「嘘をつくな」と訴えている。

ときめく、なんていう感覚を味わうのはかなりひさしぶりな気がして、自分でも判断がつかない。亮祐は微妙に舞いあがったまま、小走りに博巳へと近づいた。

「すいません！　ひょっとして待たせました？」

「あ、いいえ。五分くらいです」

待たせたことにあわてて駆け寄る亮祐に、博巳はにっこりと笑ってくれる。いい顔するなあ、とつられてこちらも笑いながら、さりげなく全身をチェックした。

(うん、私服もいい感じ)

今日の博巳は当然ながらスーツではなく、カジュアルなシャツに、薄手のパーカーとジーンズという出で立《いた》ちだった。前髪もいつもよりもずっとラフに額にかかり、そうするとずいぶん目の大きさが際《きわ》だって幼く見えるのだと気づいた。

身長も、思っていたより大きくないのかもしれない。ふだん、スーツのときはぴっと伸びている背中が、オフのせいなのか、少しまるい。

(あ、それとも、このひとも緊張してる？)

博巳の口元が少し硬い気がした。なんと言っても、ほとんど知らない者同士で、博巳にしてみれば恩を着せられたあげく、強引に奇妙な約束をさせられた相手だ。

「あの、これからどうすれば？」

口を開くと、ますます博巳の緊張ははっきりした。ぎゅっと拳を握っている。写真のモデルになれ、などと、その手のことに関わりのない人間からすれば、かなり気負って感じられることなのだろう。

まずは落ちついてもらわなければいけない。そう考えると、亮祐にいささか余裕ができた。

「えーっと、とりあえず昼メシ食いませんか。で、そこで、モデルの件の打ちあわせします」

提案した亮祐に、博巳はきまじめな顔で「そうですね」とうなずいた。

「でも、俺はこのあたりは、不案内なんで、店とかわからないんですけど」

待ちあわせに指定したのは、亮祐の大学の近くだった。例のコンビニからは私鉄で二駅だが、博巳はまったく訪れたことがないという。ホームグラウンドの強みはこちらにありと踏んで、亮祐は内心にんまりとした。というか、そのくらいは勝ち点がないと、緊張のあまり自分がどうなるかわからない気がした。

「なに食べます? つっても俺、まだ学生なんで、安いとこしか入れないんですけど」

「それでいいんじゃない? 健全だよそのほうが」

当然、とうなずいた博巳にほっとして、亮祐は向かうさきを指さした。

「あっちの、駅の裏にあるパスタの店、うまいんですよ。そこでいいですか」

いいですよ、と軽くうなずいた博巳のさきを歩く。肩にかけたカメラに気づいた彼は、「今日はこれで撮るんですか」と訊ねてきた。

「あ、そうです。ええと、でも、今日は本番じゃないですけど」

「そうなんですか?」

「ええ、……あ、ここだ」

少し入り組んだ路地を抜け、こぢんまりした店のまえで亮祐は立ち止まる。木と煉瓦《れんが》を組みあわせてある外装はなかなかに洒落《しゃれ》ていて、住宅街のなかにぽつんとあるその空間が亮祐は好きだった。

裏の菜園で採れる自家製野菜を使ったメニューの良質な味と、値段の安さが評判になり、いちどは雑誌にも紹介されたらしい。そこそこ繁盛してはいるようだが、鬱陶《うっとう》しいほど混みあうことは少なくて、それも気に入っていた。

「なんかいい感じですね、ここ。落ちついてて」

窓際の席に案内され、席に着いた博巳は、そう言ってほっと息をついた。気に入ってくれたらしい。よかった、と亮祐は笑ったあと、彼に向かって身を乗りだす。

「ところで博巳さん、また『ですます』になってるんですが」

「あ、そうです……そうだね。なんだろ、なんか緊張してた」

博巳は素直にそう口にした。初対面に近い相手、しかも写真を撮られるとあれば、緊張を覚えても当然だというのに、「ごめん」と彼は言った。

「ちょっとテンパってた。みっともないね」

苦笑して頬を掻《か》く仕種が、これまたかわいらしい。「いえいえ」と笑ってみせつつ、いま撮りたいなあ、と亮祐は思った。けれど、ここは我慢だ。まだほどけきっていない博巳にレンズを向けたら、ふたたび硬くなってしまうに違いない。

「とにかく、なんか頼みましょう。どれにします?」

「そうだな……うーん、しかし本当に安いね」

メニューを眺めながら、感心したように博巳は言った。

「うちの社食とどっこいだなあ、この値段。もっとも味はサイアクだけどね」

「ここ、なに頼んでもうまいっすよ。俺が好きなのはね、アサリのコンソメパスタ。大葉とごまがいいにおいで」

「あ、じゃあそれにしようかな」

メニューを広げてお勧め料理を教え、あれこれ吟味《ぎんみ》したあと、博巳はアサリのコンソメパスタ、亮祐はきのこと牛肉のパスタを注文した。待っている間に、セットメニューのサラダと季節野菜のミルクスープが運ばれてくる。

「……おまけに早い」

また感心したように告げる博巳に、「それもここの売りです」と亮祐は自慢するように笑ったのち、なんだかそんな自分が恥ずかしくなった。

「つか、博巳さん大人だから、もっとうまいもん食ってますよね」

「とんでもない。仕事してると、大半が社食かコンビニ弁当だよ」

向かいの席で笑う表情はおっとりとなごやかだ。亮祐はさらに質問を向ける。

「そういや、コンビニでいっつも弁当買っていくけど、ひとり暮らし?」

「うん。大学入ってからはずっとひとり。だけど料理はちっとも上達しない」

わかる気がする、とうなずくと、「どういう意味だ」と睨まれた。

「えーと、地方出身？」

「いや、東京。都下だけどね」

そのあと聞きだしたことによると、年齢は亮祐より五つうえの、二十五歳だった。

（コンビニ弁当づけってことは、独身だし、彼女もいないな）

モデルの件はためらったようだが、待ちあわせの日程を決め、休日を潰すことについて、博巳が言ったのは「特に用事はないし、いいよ」のひとことだった。つまり、彼の時間についておうかがいを立てたり、定期的に会う予定がある相手はいないということだ。

なんだか勝手に喜んでいる自分に気づいて、亮祐はあわてて質問を軌道修正する。

「社食って言ってましたよね。お仕事なにやってらっしゃるんですか？」

「んーと、一応、パソコンのソフトとか、システム作る会社で働いてます」

少し長めの栗色の髪や、その雰囲気から銀行などの堅い職ではないだろうとは予測されたが、理系の仕事と聞いて少し驚いた。

「じゃ、ＳＥ？　すげー」

「べつにすごくないよ。それにＳＥでもない。会社も小さいから、プログラム書くより雑用とか事務やらされることも多いし」

博巳曰く、システムエンジニアやプログラマーに代表されるパソコンまわりの仕事の実情は、かなり地味なものだそうだ。ひたすらこつこつ作業を進めるだけで、それらの業務自体が日のあたる場所に出ることは少ない。

「建設業で言えば、工事現場でセメント練ってるひと、みたいな感じかな。建設会社の名前とか、建築デザイナーの名前はどーんと出るけど、大工さんたちは名前出ないだろ?」

「え、でも、現場仕事するひとがいなきゃ、ビルは建たないじゃないすか。いちばん大事な仕事じゃん? プログラムも、だから、そういうことでしょ」

亮祐が告げると、ほんの少し嬉しそうに、そして照れくさそうに博巳は微笑んだ。

「いずれはもっと技術覚えて、フリーになりたいんだよね。いまはまだ勉強中だけど」

「あー、会社員だとやっぱり、大変ですか?」

亮祐はアルバイト程度でしか働いたことはなく、まだ社会人になるということにも実感が持てない。他意もなく問いかけたのだが、なぜか博巳は一瞬押し黙った。

「……どうしたんすか?」

「え、いや。なんでも。……篠原くんはカメラマン志望だよね、ああいう仕事って、基本がフリーなの?」

なんだかはぐらかされた気がした。ひっかかりを覚えたけれど、せっかくゆるみかけていた博巳の顔がこれ以上強ばるのは忍びなく、亮祐はそのままさきほどの話を流した。

「そうでもないですよ。会社に所属して、専属のカメラマン……たとえばウェディングプランの会社で、結婚式の写真撮るひとなんか、その会社の『社員』になってることもあるし。雑誌の専属のひととかも、『契約社員』だったりするし」

「あ、そうか。いろいろあるんだね」

感心したようにうなずく博巳は、さっきの話がスルーされてほっとしているらしい。なにかあるのかと少し心配だったけれど、まだ突っこんだ話ができるほど、親しくはない。

好奇心がむずむずしたけれど、口は災いのもとだ。博巳がいつかしゃべる気になったらで
──と考え、亮祐は内心苦笑した。

（って、これからさき、どんだけ会ってくれるかもわかんねえのに）

少なくとも自分は彼との縁を切りたくないらしい。こっそり浮かべた自嘲《じちょう》の笑みは、パスタを咀嚼《そしゃく》することでごまかし、亮祐は目のまえの博巳を観察した。

食事にはどうしたって育ちが滲む。博巳は、カトラリーの扱いや所作までもきれいだった。

（うーん、やっぱり上品。いいうちで、大事に育てられたんだろうなあ）

亮祐は嫌味なく思いながら、こちらは豪快にサラダのレタスを口に放りこんだ。

スープとサラダを片づけるころに、それぞれのパスタが届く。湯気のたつパスタを巻き取りながら「パソコン使うひとって尊敬する」と亮祐は言った。

「俺どうもパソコンって苦手なんですよ。それ仕事にしてるなんて、すごいです」

亮祐は理系の人間というだけで感心してしまう。そう告げると、博巳は小首をかしげて「そうかなあ」と言った。

「プログラムは、必要な知識を覚えれば誰だってできる。極端な話、テキストや参考資料を見て、根気があればやれるよ」

「いや、その、覚えるってのがほんと無理です。根本的に理解できないし。一回、授業でホームページ作ってみろっていうのやって、タグってなんだよ、HTMLってなんだよって、そこで挫折しました」

フォトショップなど、直感操作性に長けた画像ソフトなら、苦手でもまだなんとかなった。だが、『文字を書いて』『ページを構築し』『画像を貼りつける』ことは、亮祐の脳のなかで、まったく違うフォルダに入ってしまい、どうしてもつながってくれなかった。

そのことを話すと、博巳は眉間にしわを寄せ、首をかしげている。

「うーん、簡単に言えば命令するための言語だから、『この絵をこの位置に呼びだせ』っていう命令文を、べつの国の言葉で書いてると思えばいいんだけど……」

「だからぁ、英語すらできない日本人が、いきなりフランスに単身旅行に行った気分なんですってば。なにゆってっかわっかんねーよ、みたいな」

なるほど、とうなずいてはいたけれど、博巳はやっぱり小首をかしげていた。

「でもいまはデジカメのほうがメインになってきてるんじゃないの？　パソコン苦手って、まずくない？」

　博巳に問われ、「まったく使えないわけじゃないですよ」と亮祐は苦笑した。

「デジタルの鮮明さってのも、写真のとしてはきらいじゃないんですよ。カメラ扱うこと自体は、苦じゃないです。でも、データ取りこんだり、レタッチソフト使うのが、なーんか、苦手で。暗室で印画紙に現像してるほうが、ほんとは好きなんです」

　なるほど、とうなずいてみせた博巳だったが、理系というだけでスゴイ、という亮祐の説には納得がいかないようだった。

「俺からすると、絵を描くとかカメラ使うほうが、よっぽど、むずかしいと思うけど？　だってあれは、センスと美的感覚が必要だろ。構図にしても、なんにしても」

「え、そんなの思ったまんま、きたきたーって撮っちゃえばいいじゃないですか。絵だって、見たまんま描けばいいし」

「だって見たものと描かれたものってぜんぜん違うくならない？　俺、昔、猫の絵描いて、カバだって言われたことある」

「……うーん、これが右脳人間と左脳人間の差かなあ」

「そんなおおげさな話か？」

　他愛もないことを話しながら、湯気の立った皿を空にするころには、亮祐のひと好きのする雰囲気に慣れたのか、博巳の口調もだいぶ砕けたものになっていた。

亮祐はもちろんだが、彼もあまりひと見知りをしないようだ。リラックスするのも早いし、違う世界の人間なのに、会話がひどく楽で、めずらしいなと思った。

「……あれ、混んできちゃった？」

「かもしれない。打ちあわせできなかったね、どうしようか」

じつのところ、とくに『打ちあわせ』をする必要などない。あくまで博巳の緊張をとるための食事と会話だったからだ。

「んー、まあ、外出てから考えましょう」

適当にごまかし、ふたりは席を立った。

会計の際、おごるおごらないでささやかにもめた。亮祐はつきあってもらうお礼だと言い張り、博巳はこちらは社会人だし、先日のお礼なんだからそれは筋がとおらないと言うのだ。けっきょく、支払いは各自ですることになり、年上の博巳は複雑そうな顔で財布をしまっている。精算を済ませて店を出るなり、亮祐は言った。

「博巳さんって、じつはけっこう頑固？」

亮祐のにやりとした表情に顔をしかめて博巳も言い返す。ムキになったのがばつが悪いらしい。

「そっちもじゃないか」

拗ねたような表情に、もう我慢ができなかった。亮祐はなんの前触れもなくカメラを取りだしシャッターを切る。

「ちょ、ちょっと、いきなり？」

博巳は驚いたように二重の目を見開き、小さく息を呑んだ。そこでさらに、ぱしゃり。

「なあ、篠原くんっ」

「あーいいのいいの、ふつうにしてて」

案の定、身体も表情も硬くした博巳にファインダーを覗いたまま笑みかけると、亮祐は
「作った顔撮りたいわけじゃないから」と言った。

「ふつうにったって……、おい！　待てってばっ」

焦った顔をする彼に向け、連続でシャッターを切った。今日のカメラはデジタルの一眼レフで、メモリーカードの予備もとりあえず用意してきてある。

気が済むまで撮り、亮祐はようやくカメラから顔を離して、博巳に笑いかけた。

「大丈夫、これでいちばんひどい顔撮りました」

「うわ、ひってえな」

苦笑した博巳は、言葉ほど怒っていないらしい。亮祐の隣に並んで歩きながら、不思議そうに問いかけてくる。

「なあ、ところでさっきの。打ちあわせしなくてよかったのか？」

「あ、いいんです。あれが打ちあわせみたいなもんだから。いろいろ質問したでしょ。プラン、

練れました」

「そうなのか？」

うなずきながら、亮祐はそのまま博巳を近くの自然公園へと誘った。

「散歩して話しながら、適当に撮ります。今日は、とにかくカメラに慣れてもらう。さっきみたいに不意打ちでやるけど、あんまかまえないで」

「わ、わかった」

答えるさまがすでにカチカチだが、亮祐は笑うだけで指摘しなかった。

この付近はのんびりした住宅街で、自然公園には外周三キロにわたる散策コースがある。ぶらぶらと歩きまわりながら、適当にレンズを向けた。

「器用だなあ、カメラ見ながら歩けるのか？」

「博巳さん見て歩くから平気。なんかぶつかりそうになったら教えて」

ぱしぱしと撮りながら、博巳と話す。最初はぎこちなかったけれども、そのうちカメラをかまえっぱなしでしゃべる亮祐に、レンズの存在を忘れはじめた。

歩く、笑う、考える、話す。小さな変化を片っ端から捉《とら》えたそれは、正直、作品に使えるものはあまりないだろうけれど、博巳に言ったようにこの日は『お試し』だ。

（デジカメでよかったなあ）

ついでに、大容量のメモリーカードにも感謝だ。アナログカメラだったら、いったい何本のフィルムがいることだろう。

散策コースを半分ほど歩いたところで、博巳が「そういえば」と問いかけてきた。

「訊くの忘れてた。なんで俺のことモデルにしようと思ったの？」

「え？　そりゃ——」

思わずカメラをおろし、亮祐はぽかんとする。

（え、これって素で訊いてんの？　それとも、誉められたいの？）

だが、本気で問いかけてきているのならば、どうすればいいだろうと言葉につまった。

被写体に問われた際には、大仰《おおぎょう》なほど誉めたほうがいい、というのはグラビア撮影のアルバイトを通して知ってはいたが、相手は博巳だ。

あなたの顔がきれいだから、と答えていいものかどうか、わからない。そもそもふつうの男性に、容姿の造作について言うのも失礼にあたるだろうか。

（やっべ。ふだん、自意識過剰な連中といっしょにいるから、こういうひと、わかんない）

職業モデルにせよ美大の連中にしろ、『俺を見ろ、崇《あが》めろ、誉めろ』というタイプが多い。過剰に卑屈《ひくつ》なタイプや誉めると片っ端から否定するような人間もいなくはないが、あれはあれで自意識の裏返しだ。

博巳のように、直球ストレートな言葉を投げかけ、しかも左脳を使っている人間にどんな言葉で話せばいいのか。意外にスキルのない自分を知り、亮祐は混乱してしまった。

口ごもっていると、じいっと透明で色の浅い、大きな目がこちらを見つめている。

「きみくらいの年齢なら、かわいい女の子撮ったほうが、おもしろいんじゃないかと思ったけど、そういうもんでもないの？」

「はは、それは偏見です」

問いかけに、このひと自分の顔、わかってんのかなと亮祐は苦笑する。

知りあって日は浅いながら、どうにも博巳は自意識が薄いようなのは見てとれた。それが本当にわかっていないのか、あえて天然を装っているのかと、少し疑ってもいたのだが。

(男のぶりっこもいないわけじゃないけど……いや、このひとは違うな)

「で、理由は？」

軽く小首をかしげ、まっすぐな、心まで見透かすようなまなざしが向けられるのは、どうやら会話するときの彼のくせらしいとわかった。けれど、どうにも心臓に悪い。これが素だとしたら、わりととんでもないなあ、などと亮祐はぼんやり思った。

「えーと……博巳さんの目がね、でっかくて、少し色薄いでしょ。なんか印象的だと思って、それ、撮ってみたいなあと思った、から」

迷った末、言葉を選んでそう口にすると、しぱしぱと博巳は瞬きをしたあと、ふいと目を逸らした
「ふうん？　そっか」

意外にあっさりそれを受け入れた返答は、誉められなれた人間の反応に思えた。

（まあこれだけの顔してりゃあ、当然か）

博巳クラスの顔になると、讃辞も山ほど受けているだろう。いまさら、多少の誉め言葉などで動揺もしないし、気にも留めないのだろう。亮祐は、内心「やっぱりなあ」と思いながらも、なぜか、それが、ちょっとだけいやだな、と感じた。

（っておいおい、二十五の男にどんだけ夢見てんだよ）

内心で自分にツッコミを入れていると、ぽつりと小さな声が聞こえた。

「……なんか、そういうのはじめて言われた」

「え？」

「印象的、とか。なんか、あれだね。ちょっと恥ずかしいな」

博巳は少し早足になった。そして亮祐は「恥ずかしい」という言葉の意味を一瞬、悪く取りかけて、すぐに思い直す。

（引いた、って意味じゃないな、これ）

よくよく見れば、博巳のやわらかそうな耳たぶが薄く染まっていた。どうやらさっきのは聞き流したのではなく、照れて反応できなかったらしい。

胸のなかが熱くなって、博巳の照れが伝染したかのように、亮祐も顔が火照ってくる。

うわあ、とそんな声が出そうになり、口を押さえてそっぽを向く。

コンビニのカウンター越しに見ていたときには、きりっとした立ち姿や顔だちに、ただきれいだと思うばかりだった。

(このひとやっぱ、ものすごく、天然なかわいいひとなのかもしれない)

そんなことを考える自分が恥ずかしくて、照れてしまった。だが、自分のなかのあんまり性格のよろしくない部分が「ほんとかよ」と亮祐をせっついてくる。

「えっと、言われたことありません? きれいとか」

「言われないよ。なにそれ、きれいって。それ、女性に言う言葉だろ」

少し意地悪な気分で投げかけた問いには、怪訝そうな顔をされてしまった。本気だと知り、

「嘘でしょう!?」と亮祐が言うと、首を振って否定される。

「ブサイクとかはそりゃ、言われたことないけど、とくに誉められたことないよ、顔は」マジですか、とさらに問いただそうとして、亮祐ははっとした。さきほど自分でも、誉め言葉を口にするのを一瞬迷ったことを思いだしたのだ。

(あ、そっか。顔のことって言いにくいんだ、このひとには)

造りもたしかにきれいなのだが、清潔で品のいい雰囲気の漂う博巳には、そういう、うわっつらでの言葉をかけていいのかためらってしまうのだ。きっと彼に関わってきた人々も、同じような感覚で接してきたのに違いない。

ひとり納得した亮祐の内心も知らず、あっけらかんと博巳は笑った。

「でも、やっぱり芸術家のひとだな。印象的、とかってふつう、言わないと思う。カメラマンって被写体誉めてその気にさせるんだっけね」

彼は彼で、勝手に納得していたらしい。なんだかそれは不本意で、亮祐は否定した。

「違いますよ、ほんとに博巳さんの目はきれいなんだってば」

部分限定じゃなく全体も、と言いたかったが、おそらく博巳は受け入れまいと思った。案の定「またまた」と笑っていなされ、なんだか脱力する。

「持ちあげなくていいよ。……だいたい、男にきれいって、あんまり誉めたことになんないし」

軽く歪んだ表情、意味するものは嫌悪だろうか。やはりこの手の言葉はいやなのだろうか。

(でもあんまり、頓着なさそうに見えたんだけどなあ)

意外に地雷があったらしいとあわてたけれど、亮祐がフォローを思いつくまえに博巳は表情を変えた。

「それに、篠原くん俺の姉貴見たら、そんなこと言わなくなるよ」

「お姉さんいるんだ?」

「うん。ふたつうえ。身内が言うのもなんだけど、ものすごい美人」

とはいえ、亮祐にはこの顔以上の美形というのはなかなかに想像しがたい。ファンデーションなしでもきれいに光を弾くなめらかな頬は、自分より五つも年上の男とは思えない。

「家族とか知りあいとか、姉ちゃん誉めてばっかりで、とくに俺の顔についてのコメントはなかったけどなあ」

「……たとえば、どんな？」

「えーと、高校のときとか、友達に、姉貴いるなら紹介しろってすごい言われた」

それも天然か、という言葉を亮祐は呑みこんだ。要するにそれは『おまえの姉なら美人だろう』という期待の言葉でもあるし、裏返せば遠まわしに『おまえの顔がきれいだから』と伝えていることになるが、博巳はつるっとスルーしてしまったらしい。

いささか相手に同情しつつ、亮祐は話題を変えた。

「じゃあ、えっと。スカウトとかされたことないの？」

「ないよ」

きょとんとした表情にまたカメラを向ければ、博巳の目が眩しそうに眇められる。これは緊張したのではなく、歩くうちに木漏れ日を受けたからだ。

「遊んでて声かけられるくらいあったでしょう、東京育ちなら」

かくいう亮祐は大学入学を機に四国から上京してきた口だ。東京の若者というのはみんな、中高生のころから派手に遊んでいるのではないかという印象があったけれど、全員が全員というわけでもないのはもう知っている。博巳はどちらだ、と思いつつ問いかけると、想像したとおりの返事があった。

「学生のころは部活で忙しかったし、いまは会社と家の往復だし。流行りの遊び場とか知らないんだよね、じつは」

「そうなんですか？」

話を聞けば聞くほど博巳は天然の箱入りで、亮祐はいっそ感心してしまった。年下の自分がいっそ汚い大人になった気がする。だからこそ、このやわらかい空気が保てているのだろうと、誰にともなく感謝した。

「部活なにやってたの？」

「んん？　野球部。中学までは坊主だった」

「うわなんか想像つかねー」

どういう意味だと、少しむっとした顔にもシャッターを切る。

写真を撮られる合間の沈黙がいやなのか、ずいぶんプライベートな質問にも淀《よど》みなく答えてくれる。気を許してくれたのか、それとも、いつもそんなに素直なんですか――と訊ねてみたくなるのを亮祐はこらえた。

風が変わり、雲が多くなってきた。「光量が足りないから休憩」と言うと、博巳はほっとしたように、軽く肩で息をした。

「緊張した？」

「うーん、じつはかなり。こんなに延々カメラ向けられたことないし……あ、そうだ」

そういえばこれ、と名刺を差しだされる。

『株式会社　Kシステムズ・開発部・小井博巳』

会社住所のうえの空欄部分には、少しくせのある、でも男にしてはきれいな字で、自宅のものらしい住所と電話番号が記されていた。

「この間、手持ちが切れてたんだ。連絡は、こっちでも携帯でもいいから」

「あ、ありがとうございます」

少し恐縮しながら受けとる亮祐に、彼は穏やかに目をなごませた。「なんですか」と問うと、「印象違うなあと思って」と言う。

「篠原くん見た目とかすごいお洒落だし、カメラとか持っててかっこいいじゃない。なのに、あんまりすれてる感じしないね」

かっこいいなどと言われて、正直、照れくさかった。亮祐の七〇年代ふうのチープなファッションは、流行るまえから好きだっただけのことだし、くせっ毛の伸び放題の髪も同じくだ。

「そうですか？　小汚いでしょ、俺。狙ってるんだけど」

「汚い感じしないよ？　センスよくて、いいね。俺、オーソドックスな服しか着られない」

笑って茶化した言葉にもまじめに答えるから、思わず苦笑するしかない。

（すれてないのはそっちだろう）

この博巳に「すれてない」と言われてしまうと、正直ちょっと複雑だ。罪悪感すら覚える。

亮祐が、日奈子曰く『偽善さわやか』なのは、あからさまに怠惰《たいだ》な気配が滲んだり、すれた顔をしないよう気をつける程度には、ディープに遊びすぎてしまったせいだからだ。

だが、それは言わなくてもいいだろう。博巳の夢を壊すには忍びない。

そんな亮祐には気づかず、博巳は言葉を続けた。

「会社にたまに広報関係でカメラマンとか、アシスタントのバイトの子とかくるけど、きみと同じくらいでも、もっと業界っぽいっていうか」

「……業界か。そういうのあんま好きじゃないんすよね。苦手で」

ぽろりとこぼした言葉は、驚くことに本音だった。しまった、と思うより早く、博巳が言う。

「いいんじゃない？　それで」

「え？」

「ひとそれぞれだと思うけど。変に業界言葉使ったり、通《つう》ぶるのって苦手なんだ、俺。とくに相手が若いと、無理してんじゃないの？　って感じちゃって」

亮祐がそうじゃなくてよかったと言外に言われた気がした。そして、共感を得られたことに喜んでいる自分に気づくより早く、亮祐の口から言葉が溢れていく。

「グラビアカメラマンのアシにも入ったんですけどね。スタジオとかの雰囲気もなんか苦手だし、ギョーカイジンになりたいわけじゃないし」

ただ好きなように撮りたいだけだし、できるならそれで食べたいと思う。まだモチーフを固めてしまうには早いと思うし、可能性も探りたい。ただ、どうしてか人間を撮るのは苦手で、まずはそこを克服しなければ、どうにもならない。

「カメラマンになりたいなら、もうちょっと食いつけって友達にも言われるんだけど、なんかどうも、あの『ギョーカイ』って感じは、好きになれなくて。いちばん苦手だったのは、カメラマンの『先生』を持ちあげなきゃいけないことだった。おまけに、ものすごいスケベオヤジで、妻子持ちなのも周知の事実なのに、女口説きまくりだし」

少なくとも、エゴまるだしで何人もの若造を顎でこき使い、女の電話番号を問いたださせたり、情事の見張りをさせたり、それが『仕事』と言われるのはなんだか違う気がした。そうこぼすと、嫌悪感でも示すかと思った博巳は驚いたように「へえ」と言った。

「そりゃまた、えらくバイタリティのあるカメラマンだったんだね」

「まあ、そういう言いかたもできますが……」

「だって妻子持ちって言っただろ？　それでそこまで女性口説きまくるのって、よっぽどパワーが必要だよ。俺にはできないな」

妙な感心をする博巳に、なんだか脱力する。そして、彼はなおも言った。

「んー、篠原くんはさ、その先生の作品っていうか、写真、どう思った？」

「……ぶっちゃけちゃうと、たいしたことないな、って。でもマンガ雑誌とかに毎回、グラビア写真載せてる、有名なひとなんですけど」

「でも、興味を惹かれるような写真じゃなかったんだ?」

こくりとうなずくと、博巳はやさしく笑った。

「作品も好きになれなくて、人間性も尊敬できない相手じゃあ、がっかりもするよね」

言われて、はじめて気づいた。あのカメラマンに接触したことで、自分は博巳が言うように、——とても、『がっかりしていた』のだ。

いまさらそんなことに気づかされ、亮祐は急激に恥ずかしくなった。

(うわ。なんだかんだ言って、夢見てたんだな、俺)

プロというのは、どこかで高潔ななにかを追い求めているものだと信じこんでいたのかもしれない。生活のために写真を撮り、クオリティよりも量と速さである、という仕事も世のなかにあると、わかっていたつもりでわかっていなかった。

「……ありがとうございます」

「え、なにが?」

唐突なお礼の言葉に、博巳はきょとんと目を瞠《みは》る。

「いや、気づいてなかったことが、いま、わかったから」

自分の青さが恥ずかしいとも思ったが、逆にすっきりした部分もあった。

結論として、亮祐はああいうタイプのカメラマンにはなれないし、なりたいとも思っていない。とはいえ、相手のことを否定する気は、これは最初からない。それは亮祐にとって、関係のないことだし、他人は他人だからだ。

むろん、また女の世話をしろと言われたら、次には断固断るだろうけれど。

（うん、でも、違っていいんだ）

漠然《ばくぜん》とした、将来への不安はあって、けれどまだ、自分が何者かを、あるいは何者にもなれないのかを、亮祐は決めてしまいたくなかった。そういう自分に気づかされたのは、博巳の素直で、けれどたしかに大人な言葉だった。

「……さて。もうちょっと撮りますよ」

雑談の合間に雲が切れ、カメラを向ける。照れ隠しなのが理解できたのか、博巳もふざけて笑ってくれた。

「はい、先生」

「やめてー。先生やめてー」

笑いながらシャッターを切り、亮祐は「そうだ」とカメラをかまえたまま言った。

「今度、なにかメシ、作ってあげましょうか。モデル代、払えそうにないし」

料理はろくにできないという博巳に提案したのは、ほんの思いつきだ。馴れ馴れしすぎると辞退されるかと思いきや、博巳は「ほんと？」と目を輝かせる。

「外食ばっかりなんだよ、ここ一年。すげえ、嬉しい。うち来て作ってよ」

「え、んな期待されても……まずいかもよ？」

どうしてこんなに無防備なんだろうと思いながらの言葉は、少しだけ含みを持った。

料理がまずいのか、亮祐自身がまずいのか。そんなことにはまるで気づかない目のまえのひとは、からかうように笑うのに、少しも意地悪く見えない。

「篠原くん器用そうだから、大丈夫なんじゃないの？　それに、自信のないもの、他人に勧めるタイプじゃないだろ」

並びのきれいな、ほんの少し大きめの前歯が淡い色の唇から覗いて、心臓が止まった。

昔好きだった女の子も、こんな口をしていた。少しだけ受け口で、下唇がまるくふっくらしているのがエロティックなのにかわいい。そしてキスが好きだった。彼女といる間じゅう、しつこいくらいに舐めて、噛んで、味わっていたあの形に、博巳の唇は似ている。

（……違う。似てるとかじゃない。これ、俺の好みなんだ）

思い返すと、亮祐がいままで好きになった相手はみんな、こんな感じの口元をしていた。

それに気づいてしまうと、博巳はどこもかしこも自分の好みどおりの形をしている気がしてきて――亮祐は「うわ」と博巳に聞こえない程度の、小さな声をあげる。

（やられた。だめだ。落ちた）

ただの好意を逸脱した。ラインを割って、一気に加速した感情が、シャッタースピードといっしょにどこまでもあがっていく。

「じゃあ、まじで遊びに行っちゃうよ？　いいの？」

「いいよ、篠原くんおもしろいし。あ、部屋汚いけど勘弁ね」

耳にあまい声が、テリトリーのなかにおいでと誘ってくれれば、とどめだろう。

途切れないシャッターの音が、少しずつ上昇する心音に似ているとふと思って、もうこりゃだめだはまったなと、口元だけで亮祐は笑う。

きれいなラインの横顔を焼きつけたい。デジタルのデータではなく、印画紙にでもなく、この胸の奥に。

奇妙な敗北感を覚えながらの恋の自覚は、なんだかいっそ清々《すがすが》しかった。

＊　＊　＊

それから、ほぼ毎日博巳と会うようになった。厳密にいえば、博巳の出勤日には彼がコンビニに買いものにくるからであり、実質的に示しあわせて会うのは、多くて週に二回程度。

亮祐としては、もっとじっくりしっかり会いたいと思う。事情を知る日奈子は「いや、それ充分、多いから」とあきれてくれるけれど、亮祐にはまだまだ足りない。

それでも、おおむね順調、と言えるだろう。撮影抜きでも互いの家を行き来するようにもなったし、そういうときの待ちあわせは亮祐のバイトするコンビニだ。

「この間のやつ、だめだったの？」

「んー、またリテイクだって」

今日は亮祐のうちに泊まりこみでのビデオ鑑賞ということになって、酒のつまみをついでに買いだしである。

先日撮った博巳の写真のうち、いくつかを亮祐は教授に提出していた。自分ではちょっと自信があったのだが、すっぱり不可を言い渡された。

「提出用のって、アナログで撮ってたやつだよね？　この間の」

「そう。印画紙も高いから、出費きっついのにさ……」

デジタルカメラ全盛の時代、アナログ印画紙は年々値上がりする一方だ。四つ切りサイズなど、パック売りで安くて三千円代、メーカーによっては万単位にもなると告げると、博巳が目を剝いた。

「たっか！　なにそれ。そんなに高いのか？　印画紙って」

「いまって生産量減ってるから、ほんとに高いんですよ。まあ、学校の売店で買えるから、市場価格よりは安くはなってるんだろうけど……バラ売りできるもんじゃないから、メーカーのセット枚数で買わないといけないし。ほんっと金かかる」

ぼやいて、亮祐はしゃがみこむ。ひたすら亮祐にリテイクを出すあの教授は古いタイプの人間で、課題の提出にはデジタルデータをプリントしたものでは許さない。レタッチソフト等を使われると補整が利いてしまうから、だそうだ。

「生で撮ったもん、そのまま使えなくちゃ意味がない、とか言うんですよ。もー、いつ時代のひとなの、あのひと」

「でも、そういう教授だから、指導を仰いでるんだろ？」

天然がまた図星をついた。恨みがましく睨んでみせても、わかっていないように博巳は「なに？」と首をかしげている。亮祐はしたを向いてため息をつくしかない。

「なんでもないっす。……あ、中村くーん！　えびスナック、袋が破れてる」

すでに亮祐はバイト時間をあがりになっていたが、不良品を見つけて思わず声をあげると、中村がすぐに引き取りにきた。

「どれですか？」

「これ。いたずらされたのかもな」

相変わらずきびきびと、小柄な彼はよく働く。自分がふにゃふにゃしているぶん、どうにもこういうきちっとした、誠実なタイプが好きなのかもしれない。博巳のことはもちろんだが、そういえば日奈子も、根はひどくまじめなタイプだ。――男の趣味は悪いが。

「なんかあるとまずいから、すぐ廃棄しといてね」

「はーい」

中村に指示を出している亮祐を、博巳はじっと見ていた。「なに？」と笑って訊ねると、「なんか新鮮だった」と彼は笑う。

「年下の子のまえだとずいぶん、雰囲気違うなと思って。うーんと……大人っぽい？」

「博巳さん、それどーゆー意味すか」

亮祐のなかでは、しっかりしている中村よりよほど博巳のほうが危なっかしくも愛おしいわけだが、それをそのまま言うわけにもいかず、亮祐は苦笑する。

「俺はしっかりしてるよ？」

「はは、知ってるよ」

笑って流した博巳を軽く小突いたあと、適当に食料とつまみ、酒を買いこみ、ふたりは店を出た。

はじめて博巳を連れていったとき、おぶって帰った道のりを、ふたり並んで歩く。狭い路地ではたまに腕があたるけれど、博巳も気にした様子もない。

「でも、リテイクって、そんなに期間あるの？」

「うーん。単位はね、まあ、くれるみたいなんですけど」

亮祐は夜空を仰いでため息をつく。

「教授がなんかこだわってて。期限は切らないから人物撮ってこいって言うんですよ」

「そういうのありなの？」

「あのひと的にはありみたい」

こういうなごやかな時間が、ひどく嬉しい。恋愛に属する情を、隣のきれいな横顔に向けているのはたしかだし、ときには切羽《せっぱ》つまったような気分に駆られるときもあるが、もう少しこのじりじりした感覚を味わいたい。

（それになあ、じつは博巳さん、男らしいしなあ）

博巳はきまじめなわりに融通《ゆうずう》の利く性格だけれど、中身は非常にふつうの男性だ。たぶん同性との恋愛など考えたこともないだろう。告白したところで、嫌悪されるか、もしくは一笑に付されるのがオチだろうと、なかばあきらめ混じりで亮祐は思っていた。

（いいや。片思いってあんまり経験したことねえし）

ひとが聞いたらぶっ飛ばされそうなことを考えつつ、アパートにたどり着く。

「適当に作るから、さきに映画見てていいよ」

「え、いっしょに見ようよ」

帰りしなに寄ったレンタルビデオ店で借りてきたＤＶＤは、『羊たちの沈黙』。九十年代初頭に大ヒットしたサイコ映画だが、博巳は観たことがないという。

「うそ、これ観たことないってひと、はじめて見た」

博巳のタイプからいって、あんまりマニアックな映画は観ないだろうと思い、亮祐なりに多少考えたのだ。ロマンチックな場面がまったくないものを選んだのは、変なムードができるとまずい――亮祐が一方的に、だが――と思っての選択だった。

「知ってはいるよ。でもホラーなんだろ？　怖いの苦手なんだよ」

「えっ、いや、ちょっと怖いシーンはあるけど、おもしろいって、ぜったい！」

及び腰の博巳に、著名な俳優が演じるシリアルキラーの犯人が、じつに魅力的に描かれていておもしろいのだと亮祐は力説した。そしてこの俳優が大好きなのだ、とも。

「そこまで言うなら……」

亮祐の力説に負けたように、博巳はDVDを観ることを了承した。狭いアパートで、膝が触れそうな距離にいる彼を意識しないようにと亮祐は気をつけていたが、なかなか凄惨なシーンが続く映画に博巳が「ひ」とか「うぎゃ」とか色気のない声をあげてくれたので、問題はなかった。

「やっぱり怖かったじゃないか……」

観終わっての第一声がそれで、博巳はぐったりとローテーブルになついていた。でもおもしろかったでしょ、と告げると、不本意そうにだがうなずいたので、亮祐はにやりとする。

「アンソニー・ホプキンスって、Sir《サー》の称号持ってるんですよ。なのにいま、アメリカ国籍とっちゃったんで、イギリスからは裏切り者扱いらしいけど」

「サーって、貴族なの？」

「じゃなくて、俳優としての功績認められて、九十三年だか、九十四年かな？　に、エリザベス女王から認定されたの。でもって、ハンニバル・レクターで有名になったんだけど、本人じつはベジタリアン」

「うわ、イメージ違う」

熱く語る亮祐に、博巳はやわらかく微笑みながら相づちを打ってくれる。

一方的にしゃべりすぎかなと思ったけれど、おもしろいと笑ってくれるから調子にのってしまうのだ。感心したように、「いろいろ詳しくてすごい」なんて言われてしまうと、ほかにもね——とついつい続けてしまう。

「コメディとかもおもしろいっすよ。あ、痛快なやつがいいなら『マスク・オブ・ゾロ』とかもありかな。初代ゾロがホプキンスで、かっこいい爺さんやってるの」

ラブシーンがあることにはあるが、ラテン系男女の豪快さがあって、あまりムードがあるとはいえないから大丈夫だろう。妙なところに気をまわしつつ、わかりやすそうなタイトルを脳内で探していると、博巳が感心したように言った。

「やっぱりカメラ好きだからかなあ、映画詳しいね」

「え……いや、俺、わりとベタなのしか観ないっすよ？　ハリウッド系多いし」

本当の映画マニアになると、いったいどこから拾ってきた、というようなタイトルまで網羅《もうら》している。そういう人種からすると亮祐などは『俗物』だ。そう説明しても、博巳にはぴんとこないようだった。

「俺、映画とか、あんまり見ないんだよ。高校のころまで部活づけだろ、大学時代はバイトと勉強で忙しくて、最近は仕事ばっかりだからなあ」

「博巳さん、趣味とかは?」

「趣味……うーん、趣味……」

ＤＶＤを観終えたあと、テレビは消してあった。おかげで沈黙が妙に強く感じられ、博巳の返事がないのだと気づいて、亮祐はふと顔をあげる。

「博巳さん?」

いつの間にか、博巳の白い頬がずいぶんと赤くなっていることに気がついた。飲んでいたのはビールや缶チューハイの、さほどアルコール度数のないものばかりなのにと亮祐は驚く。

「もしかして、あんまり強くないの?」

「ううん……そうでもない、んだけど」

「そうでもないって……なくないよ。そういや、あの日も酔いつぶれてたんだっけ」

知りあったきっかけがきっかけだったのだ。気づけばよかったと眉をしかめると、博巳はゆっくり首を振る。その頬といわず首筋といわず、茹《ゆ》であがったかのように赤い。

「ちょっと疲れてるせいだと思う。ごめんね、気分悪くはないよ。ただ、すごく赤くなっちゃうから、あんまり外では飲まないようにしてるけど」

少しとろりとした大きな目をしばたたかせる。それが奇妙にいろっぽく感じられて、亮祐は不意に心拍数があがるのを感じた。

まずい。もう一回ＤＶＤをリピートしたほうがいいだろうか。それとも以前、友人に押しつけられた、『ゆきゆきて、神軍』でも流そうか。もしくは『アタック・オブ・ザ・キラートマト』か『アタック・オブ・ザ・ジャイアントケーキ』がいいだろうか。

　雰囲気をぶち壊すための悪趣味映画コレクションを脳内から検索していると、博巳がぽやんとした声で言った。

「ちょっと窓開けていいかな」

「あ、ど、どうぞ」

　亮祐の声がうわずっったことにも気づいた様子はなく、博巳は窓にもたれた。夜風に火照った頬をさらし、うっとりと目を閉じる。

「気持ちいい……」

　気怠《けだる》げなつぶやきは、どきりとするほどなまめいて聞こえた。ちょっとこれはきついかな、と亮祐は目を逸らす。

　同じ部屋にいる男の苦い葛藤《かっとう》にはまったく気づかないらしく、ぼんやりとした声で博巳は話しかけてくる。

「この部屋、居心地いいね」

「え？　あ、そう？」

「うん、篠原くんの部屋って感じ。その写真も、自分で撮ったのだよね？」

　壁のボードに貼りつけてある、風景や植物の写真を指さし、博巳はとろりとした目をしばたたかせる。

「ああ、うん。気に入ったヤツ、飾ってる」

「いいな、今度焼き増し……っていっても飾るとこないか。デジタルデータだったら、パソコンに入れて壁紙にするんだけど」

「じゃあ今度、詳しいヤツにデータにまとめてもらっとくよ」

少しの照れくささと嬉しさをまじえて答えると、博巳は「ありがとう」と微笑んだ。

「俺、篠原くんの写真も、この部屋も、好きだな。……なんか、すごく楽になる」

ふわりと唇をほころばせ、窓枠に首を預けたまま、博巳は薄く目を開いた。無防備な表情はどこか頼りなく見えて、目に毒だ。亮祐はビールの苦みとともに口のなかにたまった生唾《なまつば》を飲みこむ。しかし、持てあましそうな衝動以上に、気になることがあった。

楽になる——そうつぶやいた細い声の背後になにか、痛みを伴う疲れを感じたのだ。

「いま、楽じゃないんですか?」

彼に視線を向けるのは危険すぎるので、目を逸らしたまま問いかけてみる。買い置きの煙草《たばこ》に手を伸ばしたのも気を逸らすためだったのだが、返ってきた言葉には、ただうろたえるしかできなくなった。

「篠原くん、やさしいね」

「へ? なんすか、いきなり」

やさしいのは、あたりまえだと思う。亮祐にしてみれば、博巳へ向けた情が押しつけがましくならないように、精いっぱい気をつけているのだから。

いまのやわらかな時間をできるかぎり大事にしたいのだ。

直情径行な性格ではないにしろ、亮祐も若い。正直、好きな相手とふたりきり、しかもその相手が弱っていて無防備きわまりないという、いまのシチュエーションはかなりきつい。

見え見えの下心や勝手な欲を押しつけて、だめになるのが怖い気持ちも大きくて、日に日に膨れていく思いを少し持てあましてもいる。

けれど、そんなことはなにも知らない博巳は、酒のせいでふだんより数倍ふにゃふにゃになっているし、罪なくらいに無防備だ。

「なんでそんなにやさしいの？」

だから、そんな声を出すな。思わずうめきそうになり、空になったビールの缶を握りつぶした。

潤《うる》みを帯びたまなざしにじっと見つめられたり、頼りない声でそんなことを訊ねられたりしたら、勝手な期待にあと押しされて、なにかとんでもないことを口走ってしまいそうになる。

言葉だけならまだしも、強引な行動に出たりしたら、もう目もあてられない。

「……酔っちゃったみたいだね。横になったほうがいいかも」

亮祐としては、苦く笑ってみせるのが精いっぱいだ。煙草をふかして、苦しさがぎゅっとつまったため息も、狭い部屋に逃がしてしまう。

博巳が両手に握りしめている、温くなったチューハイの缶を取りあげ、代わりに冷えたウーロン茶のグラスを差しだした。

「布団敷くよ、狭いけど俺まだ寝ないから、寝ちゃっていいよ。ね？」

なだめるような声を出すと、博巳が拗ねたみたいに唇を尖らせ、どきりとする。

「なんだよそれ。俺の話なんか聞きたくない？」

「え!? や、そういうんじゃなくて」

つぶやく声はすでに水気を含んでいる。証明するかのように、じわ、と博巳の目元が滲み、ますます胸が痛くなった。

(しまった。泣き上戸《じょうご》だったのか。そういや、あのときも泣いてたっけ)

思いだしても遅く、博巳の目の縁、いまにも転がり落ちそうに膨れあがった水滴は、下睫毛にようやくひっかかっている有様だった。

「そりゃさ、俺は、仕事以外なんにも趣味ないし、つまんないヤツかもしんないけど。話、聞いてくれたっていいだろ」

「え、つまんないとか、そんなことないけど」

穏やかで明るい彼にはめずらしく、愚痴めいたことを言いはじめるのにぎょっとして、あわてて否定する。だが、博巳は目を据わらせた。

「けど、なんだよ？　逆接の接続詞がつくってことは、まだなんかあるんだろ」

納得いかないと顔をしかめられ、亮祐は薄笑いを浮かべるしかない。

(泣き上戸のうえに絡み酒かーっ！　このひと、酒癖悪い！)

厄介なことになったと冷や汗をかきつつ、とりあえず話を聞くしかないと腹をくった。

「いや、けど、ってのは言葉のあや。ね？　ちゃんと話、聞くから」

「……ほんとか？」

「ほんとほんと」

酔っぱらい相手には、適当に相づちを打つのがいちばんだろう。適当に受け流そうと思っていたけれど、亮祐は博巳の顔を見て、それだけではすまない自分を知った。

ぎりぎりで涙をこらえるせいか、いつもは澄んだ目が真っ赤に充血して、かなりかわいそうなことになっている。

(いいや、もう。酔っぱらいでも、酒癖悪くても)

明日になってなにも覚えていなかったにしても、彼の話ならぜんぶ聞いてあげよう。どうせ酔っているのだし、もう醜態は知っている。明日の朝には笑ってあげればいいだけのことだ。

どれだけ手がかかっても、博巳ならぜんぶ受け止めたい自分を早々に認めて、亮祐は彼の顔を覗きこむ。

「なんか、あったの？」

やさしく問うと、ぐず、と博巳が洟《はな》をすすった。

「すごく、情けないんだけど」

「いいよ、酒の席じゃん。かまわないよ。俺でいいなら聞くよ?」

静かになだめるような声を出した亮祐に、博巳はほっとしたように息をつく。そしてなんどか唇を噛み、長い沈黙のあと、震える声を発した。

「会社で……いまちょっと、うまくないんだ」

「会社か。仕事のこととか、俺あんまりわかんないんだけど、やっぱ社会人って大変?」

「仕事そのものは、べつに、大変じゃない。忙しくても、好きだし」

じゃあなに、と相づちを打ったが、博巳はまた沈黙する。亮祐はけっして急《せ》かさず待った。

じっと、いつも博巳がそうするように相手をまっすぐ見つめていると、小さな声で彼は言った。

「なんか、いやがらせ、されてる」

「……どういうこと?」

穏やかでない話に、亮祐は眉をひそめた。博巳は、無理をしたとわかる表情で笑う。

「最初は、気のせいかなと思ってたんだ。けど、書類、提出したはずなのになくなってたり、通達が俺のところだけ来てなかったりとか、そういうことすごく多くて……あと、変なメールとか、社内にまわったり」

いやな予感を覚えつつ、「変なメールって、どんな」と問うと、博巳は悔しそうな顔をした。

「会ったこともない女のひと、中絶させたとか、取引先の相手に色目使った、とか」

「はあ？　ちょっ、なにそれ。あり得ねえ」

「そうなんだよ。俺、営業でもないし、内勤でほとんど接触ないし」

博巳は大きくうなずいたが、そういう話だけではなく、と亮祐は苦笑した。

顔こそきれいだけれど、博巳は自分から積極的に異性を口説くようなタイプではない。むしろ天然気味でかなり鈍感だし、むしろ向けられる好意に疎い節がある。

亮祐が撮影する合間、通りすぎるひとたちは『モデルかな？』という顔で博巳をしげしげ眺め、見惚れることも多い。けれど本人は恥ずかしそうに言うのだ。

――やっぱり、街なかでカメラなんか向けられてると、目立っちゃうんだなあ。篠原くんも、いかにもカメラマンっぽいしさ。

つまり、じろじろ見られるのはシチュエーションのせいで、そうでなければ目立つことなどないと本心から言っていたくらいだ。

「だいたい博巳さんが、そこまで色恋沙汰にアグレッシブなわけないじゃん。そんなの、俺にだってわかるよ」

亮祐が言った『あり得ない』はそういうことだと告げると、博巳は眉をさげた。

「……そう言いきられるのも、それはそれで、なんだか複雑だ」

「じゃあ、自分から女のひと口説いたことあんの？　告白したことは？」

問いかけてみれば、「うっ」と彼はつまった。

かつての彼女はたいてい『なんとなくいっしょにいた』からつきあってみたり、相手から積極的にアプローチを受けた、というパターンばかりだという。

「考えてみたら、ない、かも」

亮祐があきれたように「ほらね。だと思った」と肩をすくめると、博巳はむっとしたように肩を小突いてくる。

「だって俺、男子校育ちだぞ。大学も理系で、女子率低いとこにいっちゃったし。女のひとって、なに話せばいいかわからないんだよ」

「お姉さんいたくせに、女のひとに慣れてないの?」

「姉貴なんて、ほっといたら一方的にしゃべってくるもんだろ。年離れてるから、俺なんかただのパシリかおもちゃだったし、あれ見てると、なんか女って怖いって思っちゃうし」

なるほど、女傑にいじり倒されたあげくに男子校、ある意味純粋培養だったわけだ。勢い、彼女になるのは友達感覚で気やすくつきあえる子ばかり。

(そりゃスキルもあがらんわ)

彼の天然ぶりは、環境に育まれたところが大きいのだな、などと感心していると、博巳がむっとした顔で咳払いをする。

「そんなの、どうでもいいよ。話、逸れたじゃないか」

「そうね、ごめん。で？」

微妙な話題にすり替わったのを軌道修正し、博巳はまた表情をくもらせた。

「取引先うんぬんは、時系列自体おかしいし、相手に確認とるまでもなく嘘だってみんな思ったらしい。ほかには、社内の人間で二股かけてるだの言われたてたんだけど、すぐデマだってのは、わかってもらえたんだ」

歯切れの悪い口調に、まだあるな、と亮祐は思った。

「わかってもらえた、『けど』、がつくわけ？」

ここで逆接か。問いかけると、博巳はこくんとうなずいた。そして、続いた言葉に、今度こそ亮祐は怒りをあらわにする。

「亀山さん……あ、課長代理の上司なんだけどさ。そのひとに、ただでさえ書類なくしたりミスが多いうえに、こういうのは社会人としてまずいって言われて。問題にするって言われて」

そのあと、上層部からも呼びだしを食らったと聞かされ、亮祐は目を剥いた。

「呼びだしって、なんで⁉　博巳さん、なんも悪くないじゃん。被害者だろ！」

「うん、そうなんだ。そうなんだけど……」

激した亮祐にむしろほっとしたように微苦笑を浮かべ、博巳は乾いた唇を湿すようにウーロン茶をひとくち飲みほす。

「こういうことされる心あたりがないか、とか言われた。要するに俺に問題があるから、いやがらせされたんだろ、みたいに言われて……なんか、情けなくなった。俺、信用ないんだなって。おまけにそのあとから、女性社員にも風あたりきつくされちゃったし」

二股容疑をかけられた女子社員らは、むろん疑惑を否定したそうだ。だが、亮祐は博巳が語らなかったことを、すぐに把握《はあく》した。

「あのさ、確認。もしかして博巳さん、そのふたりのこと、ふったりした?」

「うーん、ふった、ってほどじゃないけど、何回か食事に誘われたりして、忙しいからって断ったことはあった」

はなはだあいまいな返答だったが、この博巳に遠巻きにコナをかけてもまったく通じなかったに違いない。おそらくそのふたりが博巳に秋波《しゅうは》を送っていたのは周知の事実で、おそらくそれを知っていた犯人に、利用されたのだろうと亮祐は判断した。

「あと、同僚のひととかにも、もてるからいい気になるな、みたいに言われた?」

また沈黙。亮祐は思わずため息をついてしまった。

(相当言われたな、こりゃ)

なまじ、博巳の顔が整っているのが根も葉もないそれを広げる原因にもなったのだろう。

亮祐のいる世界とは違い、一般社会で男で顔がきれいなのは、いろいろと妬《ねた》みそねみを買いやすいと聞いたことがある。

――だいたい、男にきれいって、あんまり誉めたことになんないし。

いつぞや、博巳が苦々しくそうつぶやいたとき、亮祐は、反射的に妙だと感じた。自分の顔のことに無頓着で自意識の薄い博巳が、『きれい』という誉め言葉に否定的な反応をするのは、どう考えてもおかしい。本人にその自覚がないからだ。

（たぶん、嫌味言われたりしたんだろうなあ）

状況から推察するに、メールの主は彼に思いを寄せて報われなかった者か、もしくは博巳がふった相手に懸想している人間ではないだろうか。

「非モテの逆恨みかよ。むかつくな」

いずれにせよ、やり口が陰湿すぎる。亮祐が低い声でつぶやくと、博巳は少しあわてたように言った。

「あの、でも、それはいいんだ。もうだいぶまえのことで、嫌味って言ってもたいしたことない。俺が気にしなければ仕事に支障出ないし……」

「それは、ってことは、まだなんかあるんだろ」

さきが読めすぎると、渋面のまま問いかけた亮祐に、疲れたような笑みを浮かべた博巳は、震える声で答えた。

「今日会社行ったら、俺の使ってるパソコンのデスクトップ、きれいに消えちゃってた」

「え？　デスクトップが消えるって、パソコンが起動しないってこと？」

一瞬意味がわからず、亮祐は混乱したように眉間にしわを寄せ、博巳は補足した。

「ショートカットとランチャの設定が消されてたんだよ。ごていねいに、ぜんぶ。ごみ箱まで」

「はあ⁉　それ、データ消されたってこと⁉」

ぎょっと声を荒らげた亮祐に、あわてたように博巳がかぶりを振る。

「いや、元データはネット管理だから、仕事が止まるとかはないんだ。ショートカット作り直せばいいだけの話だったんだけど」

「だけって、だけじゃないじゃんそれ！　つうか、そんなことってできるの？　よく知らないけど、ふつうパスワードとかかかってるんだろ？　そういうの」

それは不正アクセスじゃないのかと問えば、博巳はうなずいた。

「うん、まあ。でも、ある意味プロの人間だからさ、全員。やろうと思えば簡単だよ」

中傷メールにせよ、ショートカットの削除にせよ、子どもじみて地味ないやがらせだ。実質の業務に影響するほどではない、けれど面倒くさい妨害。無断でいじられた当人にとって、気持ち悪さだけが残る。粘着質な悪意のほどがうかがえ、社会人とは思えない質《たち》の悪いいやがらせに、亮祐はもはや呆然《ぼうぜん》としてしまう。

「犯人探したりできないの？」

「亀山さんが、そんなことしてる余裕あるなら、仕事しろって」

おまえが悪いとばかりに切って捨てられたと聞き、憤りが亮祐の腹を焦がした。その亀山とやらも、上司であるならもっと、問題を解決すべきではないのだろうか。

「余裕ってなんだよ。簡単に他人のパソの中身いじったりって、個人情報ナントカとかになんないの？　それに、仕事上の守秘義務とかさ、そういう問題でもあるだろ」

「う、ん。それは、市原《いちはら》さん……俺の先輩のひとも言ってたんだけど」

どうやら市原という先輩社員は博巳を庇い、亮祐が言ったように『パスワードが破られたのは問題だ』と言ってくれたらしい。

少なくとも社内で完全につまはじきにされているわけではない博巳の現状にはほっとしたのだが、亀山は市原の訴えもまた、一蹴したのだそうだ。

「実害なかったんだし、騒ぎ立てるほうがどうかしてる、って」

「なんっだそれ。それおかしくねえ？　なんで中傷メールのときは問題にして、実害被ったら放置なんだよ」

亮祐が追及すると、博巳はぼそぼそと「自分の責任になるからじゃないかな」と言った。

「中傷メールについては、俺の問題だけど、パソいじられると管理問題になるから」

要するに責任をとりたくないということか。そんな話があるかと亮祐は憤りを覚える。

「うわー、そいつ最低！　犯人も陰険！　腹立つ……っ」

ろくな言葉も出ず、怒るしかできなくなった亮祐を見て、博巳は嬉しそうに微笑んだ。

「やっぱり、やさしいね」

「あー!? なにが! いやなんかもう、腹立っちゃって気の利いたこと言えないけどさあ!」

亮祐は、いらいらと髪を掻きむしる。ううん、と博巳は首を振った。

「訊かないんだな。ほんとに二股やってないのか、とか」

「だって博巳さんがそんなこと、やるわけねえだろ」

言いきると「ほら」と博巳はまた笑った。

「そういうとこ、篠原くんはやさしいよ」

「そんなこと、ないよ」

「あるよ。休みの日とかも、連れだしてくれたおかげで、すっごく助かった。ひとりでいると、鬱々しちゃうし」

迷惑だったどころか、誘いがありがたかった、とまで言う。その小さな声に、亮祐は胸を締めつけられるような気分になる。

「……博巳さんは信用できるよ。ぜったい。そのうち会社のひとだって、わかってくれる」

「そうかな?」

「だって、酔っぱらって汚したエプロン洗って返して、菓子折まで持ってきてさ。そんな律儀なひとめずらしいよ」

コンビニにはいろんな客がくる。むろん、ほとんどはただ買いものだけして通りすぎるだけだけれど、迷惑な人間だって多い。店内を散らかして帰っていくひと、トイレを借りて汚していくひと、ひどいときには万引きしようとする客も。『迷惑をかけたから』とあんなにきっちり詫びとお礼を言いにくる人間は、とても希有な存在なのだ。

「あれは、嬉しかったから」

「なにが?」

「いやがらせも気持ち悪くてやだったけど。それより、俺って信用ないのかなって思わされたほうが、こたえたから。それでくさくさしてたら、篠原くん、すごい親切で。いいひと、いるんだなあって、嬉しかったんだよ」

ぽつぽつと語る内容から、あの泥酔してしまった日、それが中傷メールの出まわったときなのだと察せられる。

(ぜんぜん、知らなかった)

もうあれからずいぶん経つのに、そんな鬱屈はなにひとつ、博巳は見せることはなかった。おっとりとしているけれど、芯は相当に強いのだろう。

彼の清潔でやさしい雰囲気から考えても、あまり悪感情をぶつけられることには慣れていないのだろう。そのぶんショックも大きいだろうに、いまも愚痴をこぼした自分が恥ずかしいと言うように、照れた笑いを浮かべている。

「ごめん、なんか気がゆるむんだ、篠原くんといると」

そして、もう立ち直ったかのような笑みを浮かべて、「かっこ悪いね」と言った。

「俺、いまの仕事好きなんだ。だから、それにまで水さされてちょっとがっくりきちゃったんだ。亀山さんにも、くどくど言われて」

どうも直属の上司である男は、博巳にきつくあたっているらしい。その名前のせいか、亮祐はB級SF映画などに出てくる敵役の、爬虫類系下っ端モンスターの顔を想像してしまった。

(カメオトコが美青年いびってる図って、うつくしくねえなあ)

むっつりと黙りこんでいると、博巳は眉をさげて亮祐に謝ってきた。

「……ごめん、なんか、愚痴って」

「謝ることなんか、ないです」

亮祐の手は、その笑みに震えた心を表して小刻みに揺れていた。こらえきれず伸べた腕、触れた薄い肩は、酒に火照って熱い。

「あのね。ファインダー越しに見るとね。けっこういろんなもの見えるんだ」

その体温に気をとられそうになりながらも、できるかぎりのやさしい声を、亮祐は出した。

「それこそ本職のモデルも撮ったことあるけど、どんなに顔やポーズ作っても、機嫌のよしあしとか性格って、すっげえ出る」

学生でしかない、人生経験も浅く、ただちゃらちゃら遊んできただけの自分が、まじめでけなげなこのひとになにを伝えられるだろう。そう思いながら、懸命に言葉を探した。

「俺、まだ博巳さんと知りあって少しだけど、でもすっごい、見てきたから」

博巳ばかりを撮った画《え》はもう三桁を越えた。いろんな表情を撮ったと思う。もちろん、少し疲れたような顔や、機嫌の悪そうな顔もあった。

「だから俺は、博巳さんが誰かに恨み買ったりとか、そういうことするひとじゃないって、知ってるから」

写真は残酷なほどリアルを写しとってしまう。そして亮祐は、期間こそ短いけれど、カメラの向こうで少しずつ少しずつほどけていく小井博巳を、濃密な視線で追ってきた。

そこに見つけた博巳は、一方的に眺めるばかりだったころ、『いいな』と感じた部分をひとつも損なわない、けれど気さくでやさしい青年だった。

(なに見てたんだかな)

博巳の抱えた痛みさえも見抜けなかったくせに。自分の目に傲《おご》りを感じながら、それでも、「あなたはそれでいい」と言ってあげたかった。

「俺といて楽なら、気ぃ抜いて、いいから。あんま、我慢しすぎないで」

ささやくような声に、無様な欲が滲んではいないだろうか。そう思っても、かき口説くような声は止められなかった。

そして博巳は、また潤んでしまった目を細めて、ふわふわした声で言う。

「……ありがと」

「お礼言われることじゃないよ。思ったまんま、言っただけ」

まっすぐに見つめあったまま、両肩を抱くようにしているこの体勢の密着度に、博巳はなんの疑念も抱《いだ》かないようだった。そのまま引き寄せると、さすがに苦笑した。

「女の子じゃないよ」

「うん、まあ、ノリで」

亮祐が笑って背中をぽんぽんと叩いてみせると、抱擁《ほうよう》は拒まずに、長い前髪を揺らしてうつむく。ほっそりした首筋が亮祐の目のまえにさらされて、目の毒だなと感じた。

博巳を知れば知るほど、比例して高まっていく恋心をなだめるのが、近ごろではかなり苦しい。あいまいに笑ってやさしくするしかできない、自分が歯がゆくてたまらない。

それでもいま、純粋に慰めだけ必要な博巳につけこむような真似だけはできない。なまなましい欲情など、いまは無視しておけと自分に言い聞かせた。

「モデル、役に立ってんのかわかんないのに……なんか、頼るばっかだなあ」

「そんなことないよ」

ささやくような声が吐息を混ぜて、亮祐の首筋に触れる。かすかなくすぐったさに震えそうになり、気にするなと伝える声がうわずらないようにと、そればかりを願った。

自分の心音が、ひどく大きく感じる。聞かれはしないかと思いながらも、さらさらの髪から漂うさわやかな香料の混じった彼のにおいが、亮祐の呼吸を苦しくさせる。

（やばい……酒入ってるくせに、なんでこんないいにおいするんだか）

チュー

腕に、少し身勝手な力がこもる。頬に髪をすり寄せてみても、博巳はあらがわない。いくらなんでもこれはまずいかと思いながら、そっと、つややかな髪に唇を寄せた。

同じような体格だと思っていたけれど、腕の長さや肩幅は亮祐のほうが勝っていたようで、包みこんだ身体は抱擁のなかにきれいにおさまる。

いっそ、酒で前後不覚の間に、好きだとささやいてしまおうか。相手の反応次第では、もう少しさりげなく触れるくらいはいいだろうか——。

「博巳さん……」

声に、万感の思いをこめた。それでもなんのリアクションがない。さすがに不審に思い、亮祐はうつむいたままの顔を覗きこんだ。

「博巳、さん?」

そこには亮祐の危惧したような拒絶も、嫌悪の色もなく——あるのはただ、ひどく安らかな、寝顔だった。一気に脱力し、「こうくるか」と落胆混じりの苦笑が漏れた。

「まあ、そうだよな。じゃなきゃ、おとなしく抱っこなんかされねえか」

酔っていることを知っていながらつけこんで、抱きしめるまでできたのだから僥倖《ぎょうこう》というところだろう。

(なんもできねえ相手に、ここまでしてやるって……俺ってけなげだなあ)

布団を敷き、すっかり眠りこけた身体を横たえながらそんなことを皮肉に考えた。いままで、たとえ気のある相手にでも、こうまで尽くしたことはないかもしれない。

(しょうがねえよ。このひと、まったくわかってねえし)

おまけに落ちこんでいるし、哀しそうだし。慰めてあげたくて、しかたなかった。だから、眠る博巳の表情が穏やかに見えることには、ほっとしている。

だが、そうそう都合よくばかりしてもいられるほど、亮祐は枯れていない。

幸い、むなしいような脱力感が身体の直接的な興奮をさらっていってはくれたが、気分的にはおさまりがつかなかった。

「こんくらいは、まあ、いいよな」

慰《なぐさ》め役のお駄賃《だちん》もらいますよ。

そっと、薄く開かれた唇を無許可で奪って、おやすみなさいとささやいた。

＊　＊　＊

ロープに挟んだ洗濯バサミから、乾いた順に印画紙を抜き取り、まとめていく。

現像液などの消耗備品を自分で持ちこめば、個人使用の認められているこの暗室はいま、博巳のポートレイトで埋めつくされていた。

亮祐は拡大鏡のついたライトボックスでフィルムを確認したあと、レンズを覗き長いこと曲げていたせいで重苦しく痛む腰を伸ばし、息をつく。

こんなに長時間、自分の写真と睨みあったのははじめてかもしれない。腰をさすっていると、背後でノックの音がした。すでに現像作業自体は終わっていたので、「どうぞ」と返すと、ひょいと日奈子が顔を覗かせた。

「お疲れ、コーヒーどお?」

「おう、さんきゅー」

缶コーヒーを片手にした日奈子に対し、顔もあげずに答えると、くすりと笑われた。

「なんだよ」

「いんや。やっと本気出したのかと思ってさ」

日奈子は茶化すでもなく言って、ほら、と缶コーヒーを差しだしてくる。受けとりながら、亮祐は唇を尖らせた。

「いままで手抜きしてたみたいじゃん、それじゃ」

顔をあげれば、にやにやと笑った顔がある。日奈子は小柄で、長身の亮祐と並べば首を九十度曲げないと、まともに顔を見ることすらむずかしい。なのに視線がまっすぐ嚙みあうのは、彼女の目が強いからだなとふと気づいた。

灯りをつけても、この部屋のなかはひんやりと薄暗い。日奈子の猫のような目だけが、きらきらと輝いている。

「手抜きとまでは言わなくても、けっこう要領よくやってたよねぇ」

「うっせ。ほっとけ」

痛いところを突かれ、亮祐はまとめた印画紙をやや乱暴に紙袋に突っこんだ。日奈子はその何枚かを強引に奪いとる。

「あ、こら。勝手に見んな」

「いいじゃん、なんで隠すのさ。……ふーん。ほほう」

写真を眺める日奈子は、意味ありげににやつきながら丸椅子に腰かけ、缶茶をひとくち飲んだ。そして、二枚の写真をつまんで亮祐に向け、まるい爪先で左のほうをさした。

「こっちが最初のでしょ。んでこれは……昨日くらいかな?」

屋外で自然露光で撮った、条件としてはほぼ同じふたつの写真。日奈子はその撮影した時期をずばりと言いあて、亮祐は目をまるくした。

「わかる?」

「ぜんぜん違うもん。博巳さんの表情も、あんたの視線もすごく近い。どきっとするね、ちょっと」

日奈子は笑って、ていねいな所作でそれを返してくる。彼女が右手に持っていた写真を、亮祐はあらためて眺めた。

「亮祐、このひと大好きなんだね」

からかう声ではなかったので、素直にうなずいた。

モノクロームのそれには、疲れていることを隠さない無防備な空気が漂っていた。撮られることに慣れたせいだろうと言いかけて、亮祐は口をつぐむ。日奈子相手に、おためごかしは意味がない。

「他人に見られたくない顔だよね、これ」

「……うん、かも」

写真のなかの、どこかぼんやりと遠くを眺める博巳の表情――日奈子が「近い」と言ったそれは、おそらくこの無防備さのことだろう。

なまなましい体臭が漂ってくるようなそれは、単純にうつくしいとは言いがたい画《え》だ。ゆるみきった、プライベートなにおいの濃い表情。とくに不機嫌そうでもないのに、博巳のなかに沈殿した鬱屈をフレームのなかに縫い止めていた。対してもう一枚は、どうあっても拭えない緊張や、亮祐に対してのぎこちなさが写りこんでいる。

そして暴かれているのは博巳だけではない。見つめる側の亮祐自身の心象も、たしかに写しとられている。

困惑と歯がゆさや、ありあまる愛おしさや、そんなものがごちゃごちゃと混じりあう、博巳へ向けた情。それがそのまま切り取られた情景は、どこか痛い。

ともにすごしたのは短い期間ながら、どれだけ自分が彼に許されたのかを、そして亮祐が博巳へと思い入れていったのかを、二枚の写真は物語ってしまっていた。

「亮祐、そういうの撮っちゃうの、やだったんでしょ」

日奈子の指摘に、亮祐はあいまいな顔をしてみせた。ごまかすように缶コーヒーのプルを開け、ごくりとひとくち飲みくだす。日奈子はおかまいなしに、言葉を続けた。

「あんたの面食いってそのせいかな。外面きれいにしてる人間だと、楽だよね」

「そうかもね」

リテイクに次ぐリテイクの理由を、本気で考えようと思ったのは、この二枚のせいだ。

拡大鏡の向こうで笑う表情のなかに、痛みの片鱗《へんりん》さえ見つけることもできなかった自分の不《ふ》甲斐《がい》なさを思い知ったからだ。

――ファインダー越しに見るとね。けっこういろんなもの見えるんだ。

博巳にはえらそうに言ったけれど、じっさいには、レンズを通して『見えすぎてしまう』ものに対して、覚悟などついていなかったのだ。

技術の問題ではない。暴きたてる対象をまっすぐに見据えることすらできない亮祐のあまさが、ピントのずれたその視点が、焼きあがった印画紙にも表れていたのだろう。

(もういちど、ぜんぶ撮り直しだ)

苦く唇を噛んで、まだ摑めないものに向かう決意を固める。そんな亮祐の内心を見透かすように微笑んだ日奈子は、話題を変えるように口を開いた。

「ねえ、相変わらず博巳さん、しんどそう？　まだ、いやがらせとかあるの？」

博巳がいやがらせをされているらしいことは、日奈子に話してある。自分には手出しのできない、不愉快な事柄に対しての憤りを思いだし、亮祐の顔が強ばった。

「だと思う。その話、あんまりしないけど」

先日の酒に理性をゆるめた夜を除いて、日常に触れる博巳は相変わらず穏やかだった。亮祐から水を向ければ、相変わらずの面倒な状態だとこぼしはするけれど、自分から愚痴を言うことはしない。表情にも態度にも、痛みをおくびにも出さないことを告げると、日奈子は感心したようにうなずいてみせた。

「ふうん。我慢強いんだね」

だが、その言葉に亮祐は皮肉な笑みを浮かべた。自制心の強い博巳を知るたび、彼が思うよりも大人なのだと思い知らされるようで、なにとはつかない焦燥感に駆られている。

「きっと頼りねえのよ、俺じゃ」

気弱な顔で笑うと、日奈子はものも言わず、小さな足で亮祐のすねを蹴った。

「痛っ！　なにすんだよ！」

「ばかかっつの。なに拗ねてんの、みっともない」

飛んで逃げると、日奈子がさきほどの写真を目のまえに突きつけてくる。なぜか、彼女はひどく怒った顔をしていた。

「あんたが見逃してるだけでしょ。このひと、こんなあまえた顔しててんじゃん」

「あまえた、って……」

「こんな気の抜けた顔、よっぽど許してなきゃしないわよ。信じらんない、鈍《にぶ》い。なんでレンズ通さないと見えないのよ、ばか」

一刀両断されて、顔をしかめた。とたん、「拗ねるな」とまた容赦なく脚を蹴られ、亮祐は悲鳴をあげた。

「なんでそう乱暴なんだよっ」

「頼りねえとかぼやく暇があったら、頼れる男になる努力しなさいっつの！」

「無理だよ、俺、おまえみたいに男らしくないもん」

言ったとたん眉をつりあげた日奈子から、三度の蹴りがくるまえに飛んで逃げ、亮祐は降参を示して両手をあげ、ため息をついた。

「それに会社のなかのことじゃ、俺、なにもしてやれないよ」

弱い声に亮祐の歯がゆさを感じとったのか、日奈子はいったん凶器となる脚を引っこめ、心配そうな声を出した。

「社内ってのがやな感じだよね。犯人、顔見知りってことでしょ？」

「ていうか、それ以外あり得ない。一応、市原って先輩も協力して、ふたりで調べてみたらしいけど、ハッキングされてべつのマシンからいじられた、ってより、直接博巳さんのパソコン触った形跡はあったらしいから」

一応、亀山を通さずに上層部に報告はしたらしいのだが、『もろもろの社内的事情により、保留にしておく』としか言われなかったのだそうだ。

「社内事情ってなによ」

「博巳さんの直接の上司、亀山ってんだけど、コネ入社なんだってさ。取引先の大きいとこの社長だか部長の親戚で、へたなこと言うと面倒くさいんだって。大人の事情で」

「うわっ、出た、大人の事情！　くっだらねえ！」

乱暴に吐き捨てた日奈子は、内心のあきれも隠さず、『く』と『だ』の間にたっぷりと間をとっていた。

「たまにバイトさきとかでも聞く話だけど、わけわからん贔屓とか、べんちゃらうまいヤツだけ出世するとかさ」

「ああいうの、昔はマンガとかドラマのなかの話だと思ってたよ。そこまで人間ばかじゃねえだろって。でも、あるんだよな」

ときどき、大人という人種は学生にはよくわからない理論で動いたりする。横並びにはみ出ることを許さず、声を大きくしたものが正義。イエスマンしかそばに置かない権力者に負け、ことなかれでものごとを流していくうちに、理不尽がまかりとおってしまう。

亮祐が社会に出ることについて、ほんの少し億劫さを感じるのは、そうした『濁り』のなかに自分が混じることに拒絶を感じるせいかもしれない。

「俺、どうもその、上司ってやつがガンだって気はするんだよな」

なにが気がかりなのかわからないけれど、考えこんだ日奈子のまえで亮祐はぼやく。

「書類とかなくなったり、パソコンの中身いじられたたっつったじゃん？　博巳さんは、なにも気づいてないっぽいんだけどさ。どうもね、亀山の名前、毎回出てくんのがひっかかる」

中傷メール、パソコンのショートカット消失、書類の紛失。ことあるごとに博巳を叱りとばし、問題を大きくしているのは亀山のような気がしてならない。

「博巳さんが、そいつのこと疑ってるわけ？」

「いや、そうじゃない。直属上司だから、関わってるだけだって笑われた」

博巳に「そいつなんじゃないの」と問うたけれど、心あたりがないと彼は言った。

——たしかに可能性だけで言えば高いけど、理由がないよ。

亀山とはプライベートなつきあいなどなく、完全に仕事上のやりとりしかないのだそうで、恨みを買う要素が思いあたらないというのだ。

「むしろ博巳さんは、俺の考えすぎだって言うんだ。けど、俺はどうも気になる」

ものごとというのは案外、第三者が『話だけ』を聞いているほうが整理がつく場合が多い。語っている本人自体が無意識のまま、鍵となる人物や事象をクローズアップさせていることが多いからだ。

繰り返される偶然は必然であると、亮祐は思う。監督する立場上、叱責《しっせき》する機会が多いというのも、もっともではあるけれど、なにかそれだけではないような気がするのだ。

「ぜんぶの話で可能性がいちばん高いのそいつなんだよ。書類だって、自分のとこで止めりゃいい。中傷メールについても、やりようはあるだろうし。パスワードも、管理者権限あるなら簡単にいじれるだろ?」

たしかに疑わしい、と日奈子はうなずいた。

「理由っていうなら、逆恨みの線が濃いよね。中傷メールだってそもそも、理由らしい理由なんかありそうもないし。博巳さんもてそうだから、亀山が惚れてる相手が博巳さんのこと理由にふった、とかさ……」

ない話ではない、とつぶやきながら、日奈子は自分の思考に沈むように目を閉じていた。そして、「ん?」と小首をかしげる。

「ちょい待ち。もっぺん、上司の名前言って」

「え? 亀山」

「——んん!?」

相づちを打ちながら聞いていた日奈子は、細い指をあげてストップ、という仕種をした。

「亀山……カメ……」

ぶつぶつとつぶやきながら考えこむ日奈子に、亮祐は目をしばたたかせた。そして突然、がばりと顔をあげた彼女は、さきほどの博巳の写真をひったくった。

「あ、なんだよ、乱暴に扱うなって――」

「博巳さんの勤め先ってどこ」

写真を睨んだまま、日奈子はうなる。その低い声は、逆らうことを許さない迫力に満ちていた。亮祐は面くらったまま、財布にしまっておいた名刺を取りだした。

「Kシステムズって言ってたけど……神田《かんだ》の」

見せてやると、食い入るようにそれを眺めたあと、日奈子はようやく亮祐の顔を見る。

「亮祐」

「なによ」

「亀山、カメリーマンかもしれない」

「は？　カメリーマン？」

面くらう亮祐に、日奈子はいささか興奮気味に言った。

「まえに言ったじゃん、耀次くんのお尻撫でた、スケベ野郎。あいつの名前、亀山なの」

思いもよらない言葉に、亮祐は目を瞠る。こくり、と日奈子はうなずき、ふたりは大急ぎでその場を片づけると、薄暗い暗室から駆けだした。

＊　＊　＊

開店まえの『ROOT』の店内には、壮一と耀次のふたり、そして日奈子と亮祐しかいない。アーリーアメリカン調の内装がほどこされた店内には、古びたダーツやジュークボックスが似合う。

「ああ、間違いないね。Kシステムズなら、亀山さんの会社だよ」

亮祐が渡した名刺を眺め、耀次は年齢不詳の美貌を歪めた。隣の壮一も、苦い顔でうなずいてみせる。

「日奈子の読みはアタリだな。亮祐の友達にいやがらせしてるのも、たぶんこいつだろ。なんかあったらまずいんで、保険のために名刺、取りあげてある」

ほら、と差しだされた紙片は、たしかに同じ会社のものだった。二枚のそれらを見比べながら、亮祐は問いかける。

「保険？　なんかあったんですか」

日奈子がぶつくさ言っていたときには、酔客に絡まれることなどめずらしくもない耀次のことだから、あまり真剣に聞いていなかった。だがどうも亀山は相当タチの悪い客らしい。

顔をしかめた亮祐に、耀次は困ったような顔で答えた。

「閉店して帰るところを待ち伏せされただけだよ。ちょっとまえの話で、気にしなくても――」

「待ち伏せって、なんかされたの？」

青ざめながら日奈子が問いかけると、耀次は安心させるように微笑んでみせた。

「ううん。壮一もいっしょだったし、その場ではなにもなかったけど」

「なんもねえことねえだろうが。いきなり抱きつかれて」

むすっとしたまま、壮一が煙草に火をつける。すぱすぱとせわしなく煙をふかした彼は、憤懣やるかたない顔でうめいた。

「泥酔状態だったし、こっちも客商売だ。コトを荒立てたくはなかったんで、見逃したけどな。少しも懲りてねえし」

くわえ煙草のまま、けっと吐き捨てた壮一を「怒らないの」と耀次がたしなめる。

「怒るっつうの。だいたいあんときだって、おまえが止めなかったら――」

「止めなかったら、壮一、殴るか蹴るかしてただろ。だめだよ暴力は。手を出したほうが負けなんだから」

め、といろっぽく恋人を睨んだ耀次は笑っていたけれど、すぐに憂い顔を見せた。

「でも、正直なところ、懲らしめちゃったほうがよかったのかもね。亮祐のお友達くんのこと考えると。状況的にエスカレートしたの、俺にあしらわれたせいかもしれないし」

「どういうこと？　耀次くん」

　日奈子が身を乗りだし、耀次はちらりと壮一を目顔でうかがう。うなずいた彼に『話してよし』の合図をもらったらしく、「じつは」と口を開いた。

「ひどい酔っぱらいだったけど、たいがいしつこく絡まれてたんで、これ以上なにかすると、迷惑行為で訴えるって言ったんだよ。昨今じゃ、同性相手のセクハラも認められてきてるから、場合によると刑事事件になりますよって。で、念のために名刺よこせって壮一が強く言ったんだけどね」

　おっとりしているようで、釘を刺すことは忘れない耀次に感心しつつ亮祐はうなずいたが、次のひとことで顔色を変えた。

「そのとき、ぶつぶつ文句言った亀山さんが『あいつと同じだ、お高くとまって』って言ってたんだよね。たしか、イサだか、イセだか……」

「イサ……？」

　ぎくりと亮祐は身を強ばらせる。

「うん。ろれつまわってなかったし、半分くらいは聞きとれなかったんだけど。もしかして、イサじゃなくて、イサライ、だったんじゃないかな」

　だいぶ以前の話だから記憶もあいまいだが、と前置きして、博巳が受けているいやがらせについても、ほのめかすようなことをわめいていた気がすると耀次は言った。

「あんなやつ、ぜったいに潰してやる……とか。ごちゃごちゃ言ってた。あれで懲りなかったら、どこぞの出会い系掲示板にでも書きこんでやる、とか。かなり不穏な感じだったけど」

「それ、いつの話ですか」

日付を確認すると、博巳へのいやがらせがエスカレートしていった時期とほぼ重なった。

「どうも、耀次に袖にされた悔しさを、博巳さんとやらで晴らそうって感じだな」

「んなばかな。なんの関係があるんすかっ」

亮祐が声を荒らげると「関係もくそもねえだろ」と壮一が皮肉に嗤う。

「ああいうタイプってのは、基本的に他人に対して卑屈だし恨みがましい気持ちばっか持ってんだよ。いびる対象が自分にぜったい逆らえないって保証がねえ限り、手も足も出ない」

だから、客としてていねいに対応しようとする耀次や、部下という立場上、逆らえない博巳に矛先を向けるのだろうと壮一は言った。

「あとはまあ、根がサドなんじゃないか？　美形の男にねちねち絡んで、いやな顔されるのが好きなんだろ。じっさい、耀次にあれこれ言いながら、勃起してたみてえだしな。あ、いや、きらわれて喜ぶんだから真性マゾか？」

「ちょっと壮一、日奈子ちゃんのまえだよ。品のない発言やめなって」

肘で小突かれ、「おっと」と壮一が口を閉じる。日奈子はうんざりした顔でかぶりを振り、亮祐は頬をひきつらせていた。

「ただ、いまの話ってぜんぶ、状況からの推察だし、思いこみがないとは言えないよ。確定的な証拠はなにもない」

「決定打はねえし、黒に近いグレーってとこだな」

疑わしきは罰せず。大人ふたりの冷静な意見はもっともだが、どうも納得いかないと日奈子が声をあげる。

「でも、じゃあ、博巳さんこのままほっとくしかないの？」

「ぶっちゃけりゃ、その博巳さんも大人なんだ。仕事上の軋轢なんざ、自分でどうにかするしかねえだろ」

突き放すような壮一の言葉に、日奈子も亮祐もうなるしかない。眉間に深くしわを刻んだまま黙りこんでいると、壮一がにやりと笑った。

「とはいえ、俺は耀次のケツ撫でられたことについて、腹が立ってないわけじゃない。陰険ないやがらせも好かねえ。美人が泣かされてるってのはそそられるけど、てめえが泣かすんじゃなきゃ意味ねえしな」

「……だから壮一、下品なこと言わない」

また耀次が小突いたけれど、壮一は意志の強そうな目で亮祐をじっと見据えた。

「おまえはどうしたいんだよ」

「え？」

「惚れた相手のために、泥かぶる気あるか？　亮祐」

返答次第では力を貸さないでもない。そう言われているのがわかり、亮祐は目を輝かせた。

「なんでもする」

「よし。いい返事だ」

ぱしんと亮祐の肩を叩いた壮一のしたり顔に、いやな予感がすると耀次は声をあげる。

「ちょっと壮一、なにする気だよ」

「なにってこたねえよ。あのセクハラ野郎については、俺も腹に据えかねてんだ。ああいうタイプはそのうちエスカレートする。ほんとにストーカーにでもなられちゃ、たまらんだろ」

「そりゃ……そうだけど」

口ごもる耀次も、いささか亀山の粘着さに辟易していたのだろう。たしなめる言葉が弱くなり、壮一はにやりと笑う。

「とりあえず、裏とってからだな。社内のいやがらせについて、黒か白か——白だったにせよ、耀次に対してこれ以上近づくなって牽制はできるし」

「黒なら黒で、遠慮いらないってことっすか？」

そういうこと、とうなずいた壮一は、にんまりと笑ってみせる。そして耀次のあきれ顔をよそに、計画を話しはじめた。

＊　＊　＊

日奈子とともに『ROOT』におもむいた日から十日ほど経ったある日。亮祐はKシステムズの社屋まえで博巳と待ちあわせていた。

「ごめん、待った?」

「いえ、ぜんぜん」

時刻は夜の八時を少しまわったころ、道路脇の植えこみに腰かけていた亮祐へ、博巳が微笑みながら近づいてくる。

「ごめん、ぎりぎりまで仕事してたら、けっきょくこんな時間になっちゃって」

「かまわないっすよ。メールで言われてたんで、さっき来たとこだし。こっちこそ、突然呼び出してすんません」

「それはかまわないけど。八時以降は残業を禁止されてるから、追いだされてきたとこだし」

博巳の言葉どおり、見る間にビルの電気が消えていき、わらわらと玄関口からひとがさばけてきた。横目に眺めていた亮祐の視線の鋭さには気づかないまま、博巳が「そうだ」と鞄を探る。

「これ、返しておくね。データ、ありがとう」

にっこり微笑んだ博巳から返されたのは、USBフラッシュメモリだ。

「いえいえ。つか、俺、メールとかでうまく送れなくて、ごめんね」

「とんでもない。きれいな写真ばっかりだったよ。会社のパソだけど、壁紙にさせてもらった。いいよね？」

「もちろん。好きに使ってくださいよ」

以前、酔っぱらった際に約束した、亮祐の写真。データでまとめたけれど、画素数が大きくてメールで送れないからと、フラッシュメモリに入れたそれを渡したのは、つい先日の日曜日のことだった。

——嬉しいな。会社のパソにも入れていい？　きれいな写真見て癒されたいし。

仕事が仕事なのに、自宅ではあまりネットをしたりしないという博巳　のひとことに、亮祐は内心「やった」という思いと、申し訳なさとを同時に感じていた。

(ほんと、ごめんなさい、博巳さん)

このプレゼントは、ただの親切ばかりというわけでもないのだ。純粋に厚意に感謝してくれている博巳の笑顔が、亮祐のなけなしの罪悪感を直撃する。

「どうしたの？」

「え、いや、なんでも。メシどうしましょうか？」

黙りこんだ亮祐を、不思議そうに博巳が覗きこんでくる。近くなった距離にあわてて、話題を変えた。

「博巳さん、今日はお持ち帰り仕事は？」

「あるけど、食事の時間くらいとれるよ。でも飲めないけど、ごめんね」

「それはかまわないっすよ。どこにしようか？」

立ち話の合間、通りすぎる女性たちがちらちらとこちらを眺めているのに気づいた。

タイプは違えど見場のいい、若い長身の男ふたりが連れだって、楽しげにしているさまは目を惹くらしい。もともと亮祐は自分が目立つタイプなのは自覚していたが、博巳とつるむようになってから、この手の視線は倍増している。

しかし博巳は相変わらずの鈍さで、ほんのりした秋波をあっさりと無視していた。

（ほんっとに、目立ってること気づかないよなあ）

苦笑いの亮祐は、ふと粘着質な気配を感じた。博巳の肩越し、できるだけ自然な感じで視線を流すと、小柄で貧相な男がじっとりとした目でこちらを見ている。

――カメムシみたいな顔して、亀山だもんね、一発でわかるわよ、見れば。

あいつか、と内心苦々しくつぶやき、亮祐は日奈子の言葉を思いだした。亀山は四十まえと聞いたがひどく老けこんで見える。残酷かつ的確な日奈子の評に、思わず感心してしまった。

「えーと、じゃあ肉じゃがおいしいとこあるよ。あと、イカの煮たのとかもお勧め――」

亮祐の内心など知らず、夕食をどこで採るか考えこんでいた博巳をよそに、亮祐はおもむろにカメラを取りだした。

「博巳さーん」

「え？」

博巳のすっきりした顔が振り向いたとたん、ふざけたふりでシャッターを切る。びっくりしたように目をしばたたかせた博巳は、「もう」とやわらかく苦笑した。

「またいきなり。驚くからやめろってば」

いきなりの撮影にもすっかり慣れた博巳は、軽く亮祐の肩を小突いたけれど、それ以上咎《とが》めることはなかった。亮祐も「ごめん」と拝んで、カメラをしまう。

「じゃあ行きましょうか」

「うん。ええと、あっち。駅と反対のほうに行くんだけど、少し歩いても――わっ」

「危ねっ」

言いかけた博巳の身体が、誰かに押されてよろめいた。たたらを踏んだ身体をとっさに腕を出して支えると、背後にいた人物と目があう。

「通行の邪魔だ。迷惑なんだよ」

「な……」

耳障りな声で言ってのけた亀山は、陰気な目で亮祐と博巳を睨んでくる。思わず気色ばみそうになった亮祐を制したのは、博巳の穏やかな声だった。

「申し訳ありませんでした、失礼します」

亀山にそっと会釈する博巳の表情は穏やかで、その態度に、亮祐は感心する。

(大人だなあ、博巳さん)

針のむしろのような状況に置かれて、きっと自分なら、挨拶を向けるのもいやだと思う。いまも、わざと突き飛ばされたのはわかっていただろうに、少しも不快感を滲ませない。

対して亀山はといえば、挨拶を返すこともせず、ふん、と肩をそびやかし、すぐ近くにある、地下鉄の階段をおりていった。さりげなく路線をチェックし、『ROOT』の最寄り駅へつながっていることを確認する。ますます濃くなる疑惑に胸がむかつき、亮祐は必死にこらえようとしたが、耐えるにも限界があった。

「なんだあのオッサン。感じ悪い」

ぼそりと口に出した亮祐をなだめるように、苦笑した博巳はその白い手で肩に触れてくる。

「まあまあ。あのひと、いつもああなんだ。ごめんね?」

体育会系部にいたせいだろうか、案外博巳はスキンシップが多い。苦しいような嬉しいような気分で、じゃれるように亮祐も肩で肩を小突くように応えた。

「博巳さんが謝ることじゃないっしょ」

「うん、でも、俺といっしょじゃなきゃ、絡まれなかったと思うからさ。とにかく行こう。俺のお薦めなんだ、そこの居酒屋」

歩きだしても、肩が触れあうほどの距離は変わらない。ほんのり、体温が伝わってきそうな近さに浮かれそうになりながら、亮祐は雑ぜ返した。

「酒なしって言ったじゃん」

「だから、俺は飲まないって。おかずにすんの」

笑う彼の、あまいにおいのする髪が、視界の端でさらさら揺れる。本当は指に絡めて触れたいと思う心を押し隠し、亮祐は「楽しみだ」と笑ってみせた。

＊　＊　＊

博巳お勧めの店は清潔でアットホームな雰囲気で、ふっくらしたおかみさんの作るほっこりした肉じゃがは、博巳の推薦どおり美味だった。

「ここのって糸こんにゃくじゃないんだ」

「え？　肉じゃがはふつうのこんにゃくだろ？」

「いや違うでしょ、糸こんにゃくが王道でしょー」

どうでもいいことを言いあいながらうまい料理を平らげる。博巳も亮祐につられ、けっきょく冷酒を「ちょっとだけ」と口にした。

そして尽きない話の途切れた隙を見計らい、亮祐は封筒を差しだした。

「これ。今日の本題。見てもらいたかったんで」

「あ、写真？」

「うん。それと同じの、提出した」

いままで、博巳には、彼自身を撮影した写真を見せたことがなかった。自信がなかったせいと、被写体によけいなプレッシャーをかけるかもしれないと思っていたからだ。

無言で眺める博巳が手にしたそれは、先日、日奈子に見られたものだった。その写真に、彼は困ったような表情を浮かべ、ぽつりと言った。

「……まいったなあ」

四つ切のモノクローム印画紙には、博巳の隠しきれない疲弊と鬱屈が浮き彫りにされていた。

日奈子に言ったように、酔っていやがらせに悩んでいることを打ち明けたのち、博巳はその件についてとくに口にはしなかった。だが、事態がうやむやにされたままでいることや、微妙に居心地の悪い職場に悩まないわけがない。

亮祐が切り取った一瞬は、博巳が自分に対してすらごまかしていた感情を、印画紙のうえにまざまざと突きつけていた。

「気、悪くした？」

問いかけに、博巳はあいまいに首を振り、ほんの少し怯えたように肩で息をした。

「いや。きみには、こんなふうに見えてるんだな、と思っただけ。……お見とおしって感じで、ちょっと怖いけどね」

内面を見透かされ、けっして愉快な心地はしないだろうに、博巳はそれだけしか口にしなかった。しばしそんな彼を見つめたあと、手酌で冷や酒を口に運んだ亮祐は重い口を開く。

「じつは、もいっこある」

差しだしたもうひとつの封筒の中身。さきほどとは違い、妙に慎重な手つきで取りだしたそれを見つめる博巳の表情は、おそるおそるといったものから徐々に驚愕《きょうがく》に変わる。

それは生き生きとして、思わず見るものの微笑みを誘う、まばゆいようなやさしい光景だった。

偶然に出会った子犬と戯《たわむ》れながら、満面の笑みを浮かべている博巳の、秋の光を受けた髪も、上気した頰も、きらきらと輝いている。

はじけるような笑みを浮かべた自分の表情が信じがたいように、博巳は幾度か瞬きをした。

「こっち、カラーなんだ？」

小さなため息をこぼした彼がぽつりとつぶやいた言葉は、見たままの事実しか告げていない。けれど声音に含まれた驚きと賞賛、それからほんの少しの面はゆさは充分に伝わった。

「そっちの写真は、誰にも見せてない」

さきに見せた一枚が彼のせつなげな『陰』を写しとったものならば、こちらは博巳の陽性の気質や、やわらかな明るい部分をおさめられたと亮祐は思っていた。

「なんか、別人みたいだ」

「どっちも博巳さんだよ」

ぶっきらぼうに言ったのは、恥ずかしかったせいもある。

いずれの写真も、彼の翳《かげ》りのある憂い顔を、あまい笑みや表情を、亮祐自身が『魅力』と感じたからこそ、撮れたものだ。

あまさず、そのすべてを知りたいと追いかける亮祐自身の視線の強さを、焦《こ》がれるように見つめている自身の気持ちを、ろこつなくらいに語ってしまっている。

たぶん、見るひとが見れば、亮祐の恋心などばればれになるはずのもので——けれど相変わらず鈍い博巳は、写真と同じ、誰もが愛さずにいられないような、天真爛漫《てんしんらんまん》な笑みを浮かべるだけだった。

「俺……すごいひとに写真撮ってもらってたんだ」

博巳の唇から転がり出た言葉は、感嘆と讃辞のそれしか含まれておらず、亮祐は淡い期待を砕かれたことを知った。

(まあね。博巳さんだから)

亀山のあの不躾な視線すら気づけないひとに、これだけでわかれというのは無理な話だと、亮祐は苦い笑みを口の端に留めた。

「自分でもね、やっと、納得いくのが撮れたと思った。いまのところ教授はなにも言ってこな

いけど、見るなり突っ返しはしなかったから、たぶんＯＫだと思う」

「そっか」

ほっとしたように、そして少し寂しそうに微笑む博巳が、なにを考えているのかすぐにわかった。たぶんこれで、お役ごめんだと思っているのだろう。

「でも、まだ満足できない」

え、と顔をあげたひとを、まっすぐな視線で見つめてみる。

（まだまだ、ぜんぶ知るまで……知ってもたぶん、満足なんかできない）

やさしくて鈍くて、きれいな博巳は、無自覚だからこそ残酷だとも思う。けれど、そんな彼だからこそ、亮祐もあからさまな目で見つめることが許されたのだ。

「まだ、撮りたい。だから、俺が満足するまで、……つきあってくれる？」

「でもさ、人物は克服できたわけだろ？　だったらほかの被写体でも、いいんじゃ」

「俺は、博巳さんがいいんだ。ほかは興味持てない。博巳さんがいい」

どこまでも鈍い彼の発言を制し、『写真』だの『被写体』だのの単語を取りはらってしまえばまるっきり告白でしかない言葉を、亮祐は告げた。

「俺で、ほんとにいいの？」

「博巳さんがいい」

遠慮がちに問いかけてくる彼を食い入るように見つめ、力強く繰り返すと、困ったように、それでいてほっとしたようにうなずく。

「きみがそれでいいなら、かまわないよ。いい写真撮ってもらったし、お礼に協力する」

今後もよろしく、と照れたように小首をかしげる博巳に対し、亮祐は「こちらこそよろしく」とにっこり笑ってみせた。

どこまでこのあいまいな関係で自分が満足できるのかと考えたせいで、ほんの少しひきつった表情は、辛口の日本酒で胃の奥へと流しこんでやった。

＊　＊　＊

翌日、『ROOT』におもむいた亮祐は、日奈子と壮一、そして耀次に、博巳の肩越しに撮った亀山の写真を見せるた。

「こいつだよ」

「昨日もきたよ。なんか知らんけど、不機嫌で大変だった。また耀次くんに絡むし」

日奈子は不快そうに吐き捨てたあと、じろりと壮一を睨みつける。

「いいかげん店に来るなって壮ちゃんも言えばいいのに」

「言ってんだよ、もうなんべんも。出待ちされたときからずっと」

だが追い払われても亀山は一向に懲りず、最近ではむしろヤクザまがいに因縁《いんねん》をつけてくるのだという。

「来店拒否なんて、どんなお高い店だとかわめき散らすし、いちどなんか、店のドアのまえに小便しようとしやがった」

「警察呼べば？　軽犯罪法違反でしょ、それ」

「逃げ足だきゃあ、早いんだよ。おまけに存在感が地味なもんだから、いつの間にかつるっと入ってきてたりするしな」

　うんざりと壮一はかぶりを振る。壮一を慕いこの店を愛する常連で、血の気の多い連中からは「いっそしめるか」という話も出はじめているそうだ。しかし、犯罪はまずいと耀次が止めているのだという。

「あいつがいると空気悪くなっちゃってサイアクなんだよね。みんないやがってるのに、なんで平然と出入りできんのかわかんないっ。もーほんと、どうすんのこれっ」

　日奈子はもう我慢できないと足を踏みならした。亮祐が、煙草をふかした壮一に目をやると、彼は愛飲の煙草のボックスを差しだしてくる。

　男前の店長からもらい煙草をした亮祐は、店のロゴが入ったマッチをすった。燐と硫黄がこすれあい、独特のにおいが立ちのぼる。

「首尾は？」

「上々すぎて胸が痛いっす」

二本の煙が混じりあい、ふたりは同時ににやりと笑った。耀次は苦々しげにかぶりを振り、日奈子は目を輝かせる。

「じゃ、うまくいったの？」

日奈子の問いかけに、壮一は満足げにうなずいてみせた。

「穴は空いたっつってたから、今夜中にもなんか摑んでくるだろ」

「仕事はやっ」

じつのところ、昨日博巳に渡したフラッシュメモリには、壮一の知りあいが仕込んだ、社内のシステムにもぐりこむための自作のスパイウェアが仕込まれていた。むろん、博巳の会社や博巳自身に迷惑をかけるものではなく、亀山に関して探りを入れるためだ。

中傷メールが社内の同報メールとしてまわったことを考えると、おそらく会社にあるマシンから送られたものだろう、というのが壮一の知人の見立てだったらしい。

どこかに証拠となるデータが残っているはずだから、それを探ってみれば早いだろうという話に、亮祐は最初、さすがに不安を覚えた。

「でも、これって犯罪っすよねえ」

はじめにこの計画を打ち明けられたときと同じ言葉を口にすると、壮一は「もう決めたことだろうが」とにべもない。

「だから泥かぶる気あるか、つったんだよ。安心しろ、情報収集が趣味なだけの、害のないハッカーだから」

「害がないっつったって、ハッキングする時点でだめだろ、まったく」

びしりと突っこんだのは穏健派の耀次だったが、壮一はどこ吹く風だ。

「しかし、ほんとに、ばれないもんですね」

「言ったろ。問題ねえって」

いみじくも、専門職の人間がそんな手にひっかかるものだろうか。セキュリティの問題はどうなのだろう、と亮祐は疑問に思っていたが、それを鼻で笑い飛ばしたのも壮一だ。

たとえSE職についていても、プログラムを書けない、どころかさしてパソコンに詳しくもない人間はざらにいるらしい。いわゆる専門ばか状態で、自分の業務に関連する分野以外は、それこそエクセルなどのメジャーなソフトの使いかたすら知らない場合もあるのだそうだ。

「驚いた。博巳さん、まったく気づいてなかったし、ワクチンソフトにもひっかからなかったみたいだし」

「ワクチンベンダー既成のソフトだろ。どこぞで騒ぎにでもならなきゃ、対応もしねえよ。それにいくらセキュリティ固めてても、直接ぶちこんじまや、どうにもならんだろ」

壮一はからからと笑って物騒なことを言ってくれた。

「ほんとにやばいことになんないでしょうね?」

「安心しろ。仕込んだのはスパイウェアと、ちょっとしたトラップだけだ」

「……ちょっとした、ってなんなんすか」

「なんぞ問題になったら、かぶるのは俺だけでいい」

にやにやした壮一は、亮祐の問いには答えなかった。不満げに亮祐は口を尖らせる。

「壮一さん、なに、ひとりでかっこつけてんすかぁ」

「ばーか、俺はかっこいいんだよ。……っと、待て」

しゃあしゃあと言ってのけたあと、壮一はポケットから携帯を取りだす。着信したメールの文面を確認し、ひとの悪い笑みを浮かべた。

「アタリだったぜ。亀山のマシンのなかほじくったら、例の中傷メール、ごっそり出てきたってよ」

「はあ？　削除してなかったの？」

あきれた、と声を裏返したのは耀次だ。日奈子も同意らしく、目をまるくしている。

「あの手の陰険なタイプはオナニー大好きだから、自分のやったいやがらせの『記念品』なんかは、大事に保管してためつすがめつ見るはずだ、ってこいつが言ってたんだよ。見つけたウイルス、片っ端から大事に飼ってるやつの言うことだから、間違いねえだろ」

こいつ、と携帯を振ってみせる壮一の人脈は、つくづく謎だ。そして亀山の陰湿すぎる思考回路も謎だ。げんなりした顔で、あやふやにうなずいた亮祐に向け、壮一は顎をしゃくった。

「それよか、あとはおまえの出番だろ」

「ですね。まあ少なくとも、この界隈うろつけなくなるように、しないと」

「どうやって？」

日奈子がわくわくしたように問いかけ、亮祐は壮一を真似るように、にやりとくわえ煙草で笑う。

「コレで。耀次くんにもちょっと協力してもらうかな」

うやうやしく抱えあげたデジタル一眼レフの使いこまれたボディは、亮祐の手のなかで、鈍い光を放っていた。

＊　＊　＊

金曜の夜、『ROOT』が急遽催《きゅうきょもよお》した、IDフリーのパーティー会場は、センスのいい音楽や集う人間の顔ぶれと裏腹、微妙な空気が漂っていた。

「……なあ、この店、いつからハッテン場になったの？」

カウンターのなか、顔を隠すようにキャップを深くかぶった亮祐がぼそぼそと問いかけると、壮一も苦々しく返す。

「なってねえよ。あのばかが勘違いもはなはだしいんだよ。じっさいのハッテン場に行ったところで、誰にも相手にされねえだろうが」

「まあ、たしかにね」

話に聞いてはいたが、飲んでいるときの亀山の醜悪《しゅうあく》さというのは耐えがたいものだった。酔ってくだを巻くだけならともかく、ひとのよさそうな青年を見つけてはべたべたとしなだれかかり、相手がいやがれば罵る。

音楽がかなり大音量でかかっているため、少し離れた位置にいる亮祐に言葉までは聞こえてこないが、相当に下卑た言葉であろうことは察しがつく。

カウンターにもたれてジンを舐めた亮祐は、くっきりした眉を嫌悪に歪めた。店内はぴりぴりした空気が張りつめ、気に入りの酒もちっとも美味くない。

「場所間違えてるよなあ」

「つうか、あいつがふさわしい場所ってのは、どこにあんのかね」

「……そういう言いかたすると、なんかかわいそうなヒトじゃない？」

ぽつりと漏らした壮一の言葉を雑ぜ返すと、思いがけずまじめな声が返ってきた。

「かわいそうだろ、じっさい」

「え？」

「まともに他人と交流する方法も知らねえで、誰からも彼からもきらわれてな。悲惨《ひさん》だと思うぜ。哀れだね」

ため息をつく壮一の整った顔を、亮祐はまじまじと見つめる。視線に気づいた壮一は、ふっと冷たい笑みを浮かべた。

「だからっつって、同情はしねえよ。ぜんぶ自業自得だ。むしろお灸据えてやるのは親切ってもんだけどな」

「壮一さん的に、……これって親切のつもりなわけ?」

「いや、嘘だ。ただの腹いせだ。俺は個人的にあいつがきらいなんだ」

きっぱり言いきった壮一に、どこまでが本気なのだと亮祐は脱力した。だがたしかに亀山は、哀れむべき部分もあるのだろう。

少なくとも、他人への好意を迷惑な形でしか発露できず、ことごとくきらわれるようにしか行動できない。それは不器用ではすまされない、相手への思いやりのなさと、想像力の欠如ゆえなのだ。

「ぼちぼちころあいだな。……おい、耀次!」

呼びつけられた彼は、じろりと壮一を睨んで腕組みをした。

「言っておくけど、俺は最後まで反対したからね?」

「でも、やってくれんだろ?」

壮一は目を細め、つるりとなめらかな頬を手の甲で撫でる。くすぐったそうに首をすくめた耀次の耳元で、彼にしか聞こえないなにかをささやきかけると、細いうなじが赤くなる。そして、「ばか」となじるようにつぶやいた声のあまさにあてられ、亮祐は目を逸らした。

(えろいなあ)

大人ふたりは平然といちゃついた。彼らの夜の生活が想像できる濃い気配には、だいぶ慣れているとはいえ、片思いに悶々とするしかない亮祐にはつらい。

「見せつけないでくださいよー。ひとりもんには目の毒ですよー」

「勝手に片思いしてるくせに、ひとのセックスライフに口出すな」

「誰もセックスの話とかしてないでしょ……」

うんざりと亮祐がぼやき、「壮一っ」と耀次が目をつりあげる。いずれにもとりあわず、壮一は「行ってこい」と耀次の小さな尻を叩いた。

「あとで覚えてろ」

捨てぜりふを残した耀次は、意を決したように亀山へと近づいていく。

相変わらず声は聞こえなかったが、耀次が亀山のセクハラをやんわりとたしなめているのは見てとれた。とたん、亀山はいきり立ったような顔をしていままで貼りついていた青年の腕を振り払った。

もともと繊細な美貌の主がお目あてだったらしく、亀山は耀次の馴れ馴れしく腕を掴む。困ったような笑みで耀次が腕を取り返そうとしても、執拗な力で握りしめているのか、少しも離れていかない。

「あれれ。印象と違って、ずいぶん強気」

意外だ、と亮祐が目をまるくすると、「いつもあんなもんだ」と壮一はぼやく。

「名は体を表すって感じだな。スッポン並にしつっけえ」

「精力のほうもありあまってたりすんのかな？」

「発散する相手がいるかどうか、知れたもんじゃねえけどな」

いささか悪意の強いシモネタで笑いあいながらも、亮祐と壮一は耀次と亀山から目を離さなかった。

今日この場に集まっている客はサクラばかりだ。日奈子に言い含められた常連客らは、亮祐から亀山の位置がけっして死角にならないように、じょうずに店内を移動してくれている。

べたべたと触ってくる亀山に対し、耀次が嫌悪をこらえて笑みを浮かべるほどに、背後にいる壮一の気配が剣呑なものを帯びていく。

「毎回あの調子だから、一触即発なんだよ。ふだんは、耀次がどうにかまるめこんで帰らせてるけどな」

「……耀次くんって偉大だなあ」

壮一は、亮祐が暗に『壮一までまるめこんで』と含ませたことには気づかなかったらしく、同意だ、とうなずいた。

「あいつがいるから、この店もどうにかなってるようなもんだな」

「だから、いまはノロケいらないってば」

小声で会話をするうちにも亀山の短い腕は耀次の高い位置にある尻やすんなりした脚に伸びはじめた。

「ぼちぼちだな。もうちょい我慢しとけ、耀次」

「準備OKっすよ。いつでもどうぞ」

ふだんならセクハラ男のいやらしい手など、さりげなくかつ容赦なく振り払っている耀次は、まるで亮祐たちの声が聞こえたかのように、亀山が触れてくるままにおとなしくしている。

そして、一瞬だけカウンターのほうを睨みつけてきた。

カメラをかまえ、ズームレンズを覗きこんでいた亮祐は、おとなしそうな美貌のなかにひそむ激しい気性を目のあたりにして、ぐびりと息を呑んだ。

――ア・ト・デ・オ・ボ・エ・テ・ロ。

一瞬だけ右の口角を持ちあげた耀次のきれいな唇が、さきほどと同じ台詞を、声なく紡ぐ。

むろん、自分に向けての言葉ではないと知れたけれど、かなり背筋が寒い。

「……いま、ごっつい睨んできたよ、耀次くん」

「毎度だろ?」

肝を冷やす亮祐とは裏腹、壮一は平然としたものだ。この男相手につきあいきるには、あれくらい強くないと無理かもしれない。妙に納得しながら、シャッターチャンスを待った。

「――撮れ!」

壮一がこめかみに青筋を立てながら、小さく叫ぶ。みっともなく突きだした唇で、その端麗な顔だちにキスを強要した瞬間を、亮祐はオートシャッターで続けざまにカメラにおさめる。デジタルカメラのシャッター音は消してあったけれど、それが聞こえたかのように耀次がちらりとこちらを見た。

亮祐が親指を立て、OKのサインを出した瞬間、耀次は貧相な身体を突き除け、壮一は店内の音楽をオフにした。

「なっ、なんだ、なんだ？」

うわずった亀山の声が、音楽の止まったフロアに間抜けに響いた。耀次はいっさいとりあわず、我慢の限界とばかりに、大股にカウンターへと向かって歩きだす。

「お疲れさまでした」

「あとはよろしくっ」

カウンターの前面にまわった亮祐と目をつりあげた耀次は、互いの右手を打ち鳴らした。

背後で、「さっさと止めろ、ばか！」という叫びと、なにかをひっぱたくような音が聞こえた気がしたけれど、亮祐は振り返らなかった。

みっともなく床にひっくり返った亀山は、驚きに少し酔いが醒めたのか、おどおどとあたりを見まわした。カメラを手にした亮祐が自分の視線の延長線上にいることに、ようやく気づいたようだった。呆然とした顔に向け、フラッシュを焚いてやると、小さな目をしょぼつかせる。

「なんっ……なんだよ!?」

「どうもー、パパラッチでえーす」

「なんだおまえはっ。なんのつもりだ！」

泡を飛ばさんばかりの勢いで食ってかかる亀山に、亮祐はキャップをとり、不遜な表情で笑ってみせた。煙草をくわえると、壮一が火をくれる。ゆったりと吸いつけたあと、哀れな男に向かって言い放った。

「ばっちり撮ったよ、セクハラシーン。Ｋシステムズの亀山課長代理さん？」

カメラを片手に掲げると、酒と怒りに赤らんでいた顔は青ざめ、まだらな紫色になる。

「お……おまえ、誰だ」

（あれ、気づいてない？）

せっかく顔出ししてやったのに、動揺のあまり亀山は亮祐に気づけないらしい。いまこの状況にも、周囲をぐるりと取り囲んだ客たちが、床にへたりこんだ自分を苦々しげに見やることにも、まるでついていけないらしい。

（なんかなあ、これじゃいじめてるみたいだ）

哀れだ、と言った壮一の言葉が頭をよぎり、亮祐はひと好きのする笑みを浮かべ、顎でドアを示した。

「外で話そっか」

「な、なんでおまえなんかと――」

「いや、この場に残ってたいなら、それでもいいけどさ？」

ね、とふたたび微笑んだ亮祐の言葉にはっとして、亀山は周囲を見まわす。誰ひとりとして自分を助ける人間がいないことは、さすがにわかったのだろう。

あわてて立ちあがり、まるで這うようにしてさきに店を出た亮祐のあとを追った亀山はぎりぎりと歯ぎしりをする音を響かせて嚙みついてくる。

「おいっ。どこに行くつもりだ！」

「ここでいいよ」

すたすたと歩いていた亮祐は、店の裏手で足を止める。言葉こそ威勢はいいけれど、正面から対峙してみると、小柄な亀山は、亮祐の見下すような視線と冷笑に怯えているようだった。

「なんなんだ、きさまはっ！　いったい、誰なんだ！」

「だから言ったじゃん、パパラッチ」

声のトーンをさげ、笑みをほどいた亮祐は、くわえていた煙草を指のさきでもみ消したあと、手にしたカメラを思わせぶりに掲げてみせる。

「ねえ、この写真、会社のまえにばらまいたりしたら、困るよね？」

「なっ……や、やめろ！　それをよこせっ」

脂汗を流した亀山が飛びついてくる。貧弱な身体をひょいと躱した亮祐は、彼にはけっして届かないだろう高みへとカメラを掲げあげ、やや薄くなった頭部に手のひらを載せる。ぐっと頭を押さえつけると、亀山は闇雲に手を振りまわしてきた。

「ばかやろう！　放せ、この、くそっ……」

「小井博巳」

ぼそりと低い声で言うと、亀山の腕が止まった。

「知ってるよねぇ？　あんたがくっだらねえいやがらせしてる張本人だもんな」

亮祐の言葉に、一瞬ぎくりとしたものの、亀山はすぐに嚙みついてきた。

「な、なんのことだ。そ、それより写真を無断で撮ったな！　肖像権の侵害だぞっ」

「それ、あんたが言えた義理？」

他人に対しての傍若無人さや迷惑はかえりみないくせに、自分の権利だけは守ろうというのか。あきれかえった亮祐は、ほんのかすかな同情心さえも潰れていくのを知った。

「悪いけど、ネタあがってるよ？　あんたが博巳さんに対して送りつけた中傷メールのことも、パスワード持ってるのをいいことにあのひとのマシン、いじって、地味ーにいやがらせしたことも、俺は知ってる。証拠だってあるしね」

亀山が行ったことについて、どういう『証拠』があるのかは、いまはまだ口にするなと壮一に言われていた。むろん、正攻法で得た証拠ではないことも含めての注意だ。

――どうせそこまで頭まわるやつじゃない。馬脚は勝手に表すだろうから、軽く脅しかけてゲロらせろ。

おまえがやらないなら、俺がやってもいい。そう言って笑っていた壮一のひとの悪い顔を思いだし、にやりと笑ってみせる。

「……なにが目的なんだっ」

「取引しようと思ってさ」

「ふ、ふざけるな、金なんか出さないぞ！」

「いらねえよ、そんなもん」

頭に載せた手に力をこめ、ぐっと圧力をかける。うえから睨めつけた亮祐は、ひとことずつ染みこませるように告げた。

「今後いっさい、小井博巳によけいな真似、すんな。次になにか起きたら、この写真、容赦なく会社と、あんたの実家に送りつける。ネットにも、住所氏名つきでアップしてやる」

「こ、こ、個人情報暴露は……犯罪に……」

「他人の誹謗中傷だって、立派な犯罪だろうが」

なおも顔を近づけて恫喝すると、亀山はびくりと震えた。そして怯えたように亮祐の顔を見あげ――ややあって、はっと息を呑む。

「おまえ……！」

亀山はそのしょぼつく小さな目を見開いた。先日、亮祐の姿を会社のまえで見かけたことを、やっと思いだしたらしい。とたん、怯えは意地の悪い下卑た笑みにすり替わり、亮祐は不快感に顔を歪めた。

「なんだ、あいつ、やっぱりホモか。おかしいと思ったんだ！」

「はあ？　なにそれ、どういう理屈」

笑みの醜悪さに、亮祐の表情が剣呑なものになる。だが亀山はそれに気づかなかったらしく、にたにたと笑うまま、とんでもないことを口にした。

「ゲイバーに通ってる男が、小井のために俺を脅してるんだ。ほかにどういう理由がある？」

言いきった亀山に、亮祐はあっけにとられるしかなかった。

短絡思考、三段論法どころか、間のプロセスをすっ飛ばして宇宙に結論が飛んでいった。ものすごい論理展開の亀山に対し、どう反応していいのかわからない。

「あの、意味わかんないんだけど。それに『ROOT』は、べつに、ゲイバーじゃないんだけど……」

それよりなにより、亀山はゲイバーという空間そのものに対して、なにかとんでもない勘違いをしている気がする。いやな予感がして眉をひそめた亮祐が、言い訳をしているとでも思ったのだろう。亀山は勝ち誇ったように、にたりと笑んだ。

「あんたほんとに、理系の仕事してるひとか……？」

「なに、わけのわからないこと言ってる。ホモの連中が集まって、セックスの相手を探す盛り場を、ほかになんて言うんだ」

「や、それは、ハッテン場っつうか、かなり特殊な店とかじゃ……しかも、盛り場って……」

死語の世界だ、と亮祐は遠い目でつぶやいた。

胸を張る亀山の発言を聞いたなら、壮一は頭から湯気を噴くだろう。本人の性的指向は隠してもいないが、あくまで、たまたま集ってくる人間にゲイかバイがいるというだけの話で、たいていの客はヘテロだ。

(ど、どうしよう。こいつ電波だったのかな)

呆然と立ちつくしつつも、亀山からカメラを死守していた亮祐は、次の言葉に、自分の血が煮える音を聞いた。

「そうか、すかした顔して、小井はおまえに掘られてたわけか。おかしいと思ったんだ。おまえみたいな男にあんな、媚びた顔しやがって」

「……あ?」

「会社のまえで、恥知らずが。あれからどっかにしけこみでも——っ、うわ!」

「ふっざけんな!」

醜い言葉を吐いた亀山の短い足を蹴って転がし、亮祐はすさまじい形相で睨みつけた。

「てめえなんかと博巳さんいっしょくたにしてんじゃねえよ! あのひとはこれっぽっちもその気なんざねえっつうの!」

這いつくばりながらも亀山は、弱みを摑んだとばかりに唇を歪めて笑った。

「ひ、でも、てめえがホモなのは本当だな、ひひっ！　あの天然に惚れても無駄だぞ、ひとの気持ちなんかこれっぽっちも気づきやしないからな！」

自身のセクシャリティを棚にあげた嘲りに、亀山の歪んだ鬱屈を知る。ゲイでありながら同じ性癖の人間を嫌悪するものは少なくない。マイノリティゆえの卑屈が滲むその言葉は哀れだが、亀山の行動には同情の余地はない。

「あんた、ほんとにかわいそうだな」

憤りより脱力を感じて、亮祐はため息をついた。こんな男、殴る価値もない。

「もういいよ、早くどっか消えろ。ただし、今度この店で見かけたり、博巳さんにばかなことしたら、この写真、本当にばらまくからな」

嫌悪もあらわに亮祐は吐き捨てる。さすがにここまで言えば充分だろう——そう思った亮祐は、妙な疲労感を覚えながらきびすを返そうとした。

だが、亀山は、亮祐の予測するより、遥かに汚い根性と、斜めうえを飛んでいく思考回路の持ち主だった。

「そっ、そんなこと言っていいのか？　あぁ!?　俺はヤクザにもつてがあるんだぞ！」

「……はあ？」

亀山が口にした、ものすごくくだらない虚勢を、苦いものを嚙んだような気分で亮祐は聞いていた。

「えーっと、ちなみにどこの組？　つうかそれ、ほんと？」

もはや、どこから突っこめばいいのかわからない。吐き気のしそうな表情でにたにたと笑っていた亀山は、亮祐の冷めた問いかけに、目をしばたたかせた。

「ど、どこって、鳥飼《とりがい》組だよ。知ってるだろうが！」

「うーん、まあね……」

ぽりぽりと亮祐は頰を搔いた。たしかに知らない人間はいないと思う。知らぬ者のないほど有名な指定暴力団の総本山の組織だからだ。ニュースでもよく『鳥飼組系暴力団の〇〇組が暴力事件を起こし……』などと耳にする。

「あのさ、それであんたは、鳥飼組系のどの組で、誰と知りあいなの？」

「え、えっ？」

「だからさ、鳥飼組つってもでっかいじゃん。ふつう鳥飼組系ナニナニ組って、二次団体があるでしょ。んで、それって工藤興業？　それとも有閥会《ゆうばつ》？　あそこって若頭の工藤さん仕切りだよね、たしか」

「……な、なに？」

けろりと、傘下組織の名を口にする亮祐を、亀山は不気味そうに眺めた。なぜ二十歳そこそこの若造が、そんなに暴力団に詳しいのかと問いたげだった。

「俺、AV監督とちょっと友達でさ。あの辺のひとたちって、そういう話詳しいんだ」

ちなみにその人物を亮祐に紹介したのは壮一だ。やっぱり大人にお話をまかせるべきだったろうかと、遠い意識で亮祐は考えた。

「だから教えてよ。そしたら、大人のお話、してもらうからさ」

「う、う、うるさい。おまえみたいな下っ端に、おいそれと教えられるかっ」

怯んだ様子も見せない亮祐に、焦ったのだろう。言い訳も思いつかないのか、亀山は口から泡を飛ばしてそんなことを言った。

(ブラフにしたって、お粗末すぎんだろ)

その余裕のない態度を、亮祐は哀れだと感じた。こんな状況でも見え見えの虚勢を張らなければいけない大人には、なりたくないと心底思った。

(もう、ほんとにこのひと、かわいそうだ……いろんな意味で)

黙りこんだ亮祐がしみじみと哀れんでいるとも気づかず、冷や汗を流した亀山は、はったりが効いたと思いこんだのか、勢いこんで早口の言葉を続けた。

「ど、どうしても教えろって言うなら、言ってやる。工藤だ。工藤のやつだ」

目を泳がせた亀山は、たったいま亮祐の口にした『工藤』の名を繰り返した。あさはかすぎる言い逃れに、もはや突っこむ気力もなくなり、亮祐は薄笑いを浮かべた。

「おまえなんかにはわからないだろうがな、俺は工藤と懇意なんだよ。ちょっと言えば、こんな店くらい、すぐに潰してやるんだからな！」

　またわけのわからない、脅し文句だ。

（だからそういうの、脅迫だし。だいたい、グループ店でもなければ、暴力団、そこまで一般の店に影響力ないし。壮一さんとこみたいな優良店、潰そうとしたら、警察のヒトが取り締まっちゃうし）

　もはや、あきれるやら情けないやらで、ひとことも発せなくなった亮祐の代わりのように、深く低い、ドスの利いた声が背後から聞こえてきた。

「──困りますね、でまかせは」

「ひっ……？」

　亀山の顔に影がさす。亮祐が声のしたほうを振り返ると、二メートルはありそうな、スキンヘッドにひげ面の、スーツ姿の巨漢が睨みを利かせてたたずんでいる。その隣には、これまたプロレスラーかとおぼしき体軀の男が、スカジャンを纏ってガムを嚙んでいた。

「オヤジの名前出されちゃ、黙ってられないねえ」

　太い喉から発せられる嗄れた声の重さに、さしもの亮祐もぞっと背中がそそけ立つのを感じる。立ちすくむ長身の横をすり抜けたスカジャン姿の男は、がたがたと震えだした亀山の頰をぺたぺたと手の甲で叩いた。

「もっかい言えって、オラ」

「ひ……ひー」

「ひーじゃねえよ！　どこの誰がテメエに恩があるってんだ、あ!?　工藤のアニキと、どういうつながりだ？　杯交わしたなんて、シャレになんねえべんちゃらこいてんじゃねえぞ!?」

大音量の恫喝に、亀山は「ひいっ」と泣きだした。

「う、嘘っ、嘘ですぅ……嘘ですぅ……！　すみません、ごめんなさい、ごめんなさいっ」

ごめんなさい、と繰り返す亀山から、妙な臭いがした。見るみるうちに、へたりこんだ彼の足下には、夜目に黒い水たまりができあがっていく。

失禁したか、と哀れになりつつ、亮祐は心を鬼にした。

「お兄さん、ちょっとどいてもらって、いいすか？」

あっさりとうなずいて身体を避けたスーツの男に会釈し、亮祐は自分もたいがいだと思いながら、小便のなかに座りこんだ亀山に向けてフラッシュを焚いた。

「ついでに、いただきまーす」

にっこり微笑んで告げても、亀山はただぶるぶる震えるだけだった。

「くせえな、このオヤジ……。おい、もう、行け」

「ひ……」

黒スーツが低く渋く言い放つのを待っていたかのように、這いずるようにして亀山は逃げていく。その背中に向けて、亮祐は鋭い声を投げつけた。

「忘れんな！　小井博巳、もう手出しすんなよ！」

亮祐をびくりと振り返り、掲げたカメラを見るや、亀山は意味不明の泣き声をあげて駆けていった。ものすごい逃げ足の速さには、ちょっとだけ感心した。

そして、あとに残されたのは強面のお兄さんふたりと、悪臭を放つ濡れたアスファルト、そして亮祐だ。

「あのう……」

俺も殴られたりすんのかなあ。どうやって逃げればいいのだろう。かなり不安になりながら、おずおずと口を開いた亮祐をよそに、強面ふたりはふうっと息をつき、つぶやいた。

「やれやれ、終わった。……日奈子ちゃん、これでいいの？」

「ばっちり！　お疲れさまでした！」

そのやたらにでかい身体の背後から、ひょこんと元気よく顔を出したのは日奈子だった。

「男らしかったじゃん。がんばったねえ、亮祐」

にやっと笑った彼女は、亮祐の腹部に拳をくれる。まだ事態を呑みこめない亮祐はまともに食らってしまい、みぞおちを押さえてうめいた。ご機嫌の日奈子は、自分の与えたダメージなどまるで頓着せず、興奮の体で腕を振りまわしていた。

「あいつ小心だから、これでとどめよ！　写真だけじゃあまいかもと思ったのよね！　ありがとう、佐野《さの》くんっ」

「そう、よかった」

さきほど亀山を脅したときの声とはまるで違う、明朗な美声で答えてひげの男は微笑む。

亮祐はぽかんと口を開いたまま、じわじわと事態を呑みこんで、声を裏返した。

「――はあ⁉　ナニ⁉　どゆこと⁉」

混乱しきりの亮祐にかまわず、日奈子はにこにこと微笑んで、大柄な男ふたりをねぎらう。

「佐野くんも竹下《たけした》くんも、ありがとうね」

「いえいえ、お安いご用だよ」

「日奈子ちゃんの頼みじゃ、断れないしね」

「日奈子、あの、このひとたちは？」

まだ状況が脳に馴染んでおらず、瞬きを繰り返す亮祐に、日奈子はにまっと笑った。

「紹介するね。芸大演劇科の佐野くん、あたしのラブ。悪役商会で役者見習いしてるの」

「佐野です、はじめまして」

「俺は後輩の竹下です。日奈子さんにはいつもお世話になってます」

にこにこと相好《そうごう》を崩し、知性をたたえたふたりの穏やかな目には、さきほどのおそろしいような眼光はない。

「な……なん……あ、そお」

足下が亀山の残していったもので濡れていなければ、亮祐は脱力感にしゃがみこんでしまいそうだった。

「ホンモノさんだと思った？」

「日奈子さん。なんなの、この仕込み」

得意げに微笑む日奈子に、亮祐は眉をさげる。日奈子は不服そうに口を尖らせた。

「だって、最初に亀山って目星つけたのあたしなのにさ。壮ちゃんと亮祐、ふたりで勝手に話進めちゃうしさ！　あたしだって、ちょっとはおいしいとこ欲しいじゃない！」

理屈にならない理屈で、ない胸を張る日奈子に、亮祐は力なく問いかけた。

「えっと要するに、混ざりたかったの？」

「そうよっ」

こっくん、と音がしそうなくらいに首を振った日奈子に脱力し、亮祐は情けなく笑って、

「よかったね」と言った。

「インテリの武闘派、捕まえたんだ？」

「うん！　がんばった！」

佐野の太い腕に縋《すが》った日奈子が浮かべる満面の笑みに、やっぱりこいつには一生勝てないと、亮祐は声をあげて笑った。

＊　＊　＊

耳にあてた受話器から、四回目のコール音が奏でられている。

「……やっぱ、やめない？」

「やめない」

いますぐ切ってしまいたい亮祐の肘を摑んでいるのは日奈子だ。その背後に控える佐野は、まるで孫を見守るように微笑んでいるばかりだ。

「がんばれ、亮祐」

くすくすと笑った耀次を恨みがましく見つめて、亮祐は数十分まえまでの大騒ぎに思いを馳せる。

亀山撃退後、『ROOT』では祝勝会が繰り広げられた。いちばん浮かれている日奈子は早々にできあがり、しきりに亮祐に絡んできた。

「だあから、早く言っちゃいなさいってばあ！　いとしの博巳さんに愛してるぞーってぇ！」

「なんでそんなことおまえに言われなきゃなんないのよ」

「男らしく、ないっつーのー！」

いますぐ電話しろ、さっさとしろ、言え、と再三けしかけられ、誰か助けてと見まわしても、まわりは知らんふりだ。

「言っちまえ、亮祐。すぱーっと言ってすぱーっとふられろ！」

壮一はただおもしろがるばかりで、日奈子の尻馬に乗って煽っている。あの男に助けを求めたのがばかだったと、亮祐は比較的良識派と思われる佐野に、目で縋った。

「止めてくださいよ、佐野さん」

だが、「それができるものなら」と強面に似合わず穏やかな彼は苦笑するだけだ。

「彼女の勢いに逆らえるかどうかは、亮祐くんのほうがご存じでしょう？」

それを言われてしまえば、なにも言えない。がっくりとうなだれた亮祐に、やわらかな声で言ったのは耀次だ。

「告白はともかく、せめて報告してやんなよ、もういやがらせはないよって。それだけでもきっと、彼、楽になれるよ」

博巳と同じく、亀山のおかげでいやな思いをした耀次の穏やかな声には逆らえない。無言になった亮祐のまえに、壮一は店の電話を差しだした。

「……なに。自分の携帯でいいよ」

「そう言って、空電話でごまかされたらつまらんだろ。ここでしゃべれ」

わざわざコードつきの受話器を差しだし、壮一はにんまりと笑う。しゃべったふりで逃げようかと思っていた亮祐は、お見とおしの男に歯がみした。

「かければいいんだろ、かければっ」

けっきょく受話器を受けとると、店内からは冷やかしの声と口笛があがる。いまさら強固に拒むのも場を白けさせるしと、ほとほと困り果てながら、亮祐は全員を睨みつけた。

「報告するだけ！　ほ・う・こ・く！」

強く言ったとたん、誰からともなく「へたれー！」とかけ声がかかり、どっと場が沸く。

「みんなできあがってんなあ……」

ぼやいた亮祐の尻ポケットから、携帯が奪いとられる。あっと声をあげる暇もなく、窃盗犯は履歴で博巳の電話番号を確認し、すばやく本体のプッシュボタンを押した。

「ほれ、これで準備万端」

日奈子の満面の笑みに、受話器を持つ手から力が抜けそうになる。だが、通話回線が開く、プップツという音のあと、コール音が聞こえはじめては、もう腹をくくるしかなかった。

「……知らねーからな、もう！」

やけくそで叫び、受話器を耳にあてると、「いえーい！」という歓声があがった。酔っぱらいめ、と呪詛《じゅそ》の言葉を口のなかで吐き捨てつつ、ひとのことは亮祐も言えない。

正直、したたか酔っている自分の理性はかなり危うい。ふだんなら、どれだけ唆《そそのか》されてものらりくらりと躱すことは得手なほうであるのに、うかうかと乗せられて電話を握りしめているのがいい証拠だ。

亀山に対して覚えた凶暴な気分はいまだ奇妙な興奮として身体に残っていて、比較的冷静なほうであると自負する亮祐を包みこんでいる。

要するに、浮ついた気分に呑まれているのは否めないのだ。

このまま勢いまかせで、なにもかも言ってしまいたいような、告白欲に駆られている。

しかし博巳の反応を想像すると、やはり、胃の奥が冷えるような不安もある。

(どうしろっつんだよ。俺は、どうしたいの)

つらつらと考える間にも、コール音は途切れない。体感としてはかなり長く感じられる待機状態に、亮祐はほっとする自分を知った。

本音はやはり、怖じ気《おけ》づいている。平和な日常が壊れるのは怖い。同時に、機会を逸してがっかりするような気分になったことについては、目をつぶった。

(いいんだ、黙ったままでいるって決めたんだ)

このまま博巳に気づかれず、留守番電話にでも切り替わってくれればいい。そうすれば明日には、このばかな高揚ともおさらばして、いままでどおり博巳と、友達でいられるだろう。

ただの、友達で。内心繰り返すと、ずきりと左胸の奥が痛んだけれども、亮祐は無理に明るい笑みを作った。

「あのさ、遅いしもう寝てるみたい――」

固唾《かたず》を呑む面々に言いかけた瞬間、かちり、と耳元で切り替わる音がする。ぎょっとなって目を瞠った亮祐の耳に、少し低い、寝起きを思わせるかすれた声が聞こえた。

『……もしもし？』

「あ、も、もしもし」

背中が冷たくなり、そのあと一気に身体中が熱くなった。あわてて答えた亮祐に、口笛の音とどよめきが襲ってくる。

「うるさい、静かにしろよ！」

コードつきの電話なため、外には逃げられない。冷やかす顔ぶれを振り払うため、大声をあげる亮祐の耳元には、ゆったりとあまい声が聞こえた。

『なに？　飲んでるの？』

「あ、うんそう。えと、ごめんね夜中に」

『いいけど……』

苦い笑いを含んで訊ねてくる博巳に謝ると、日奈子が小声で揶揄してくる。

「ごめんねー、だって」

亮祐はひゅうひゅうと冷やかす周囲を睨みつけ、コードの伸びる限界まで端に逃げた。背後では温厚な耀次が、興味津々の面子《メンツ》をたしなめている。

『なんだか、にぎやかそうだね。どうしたの？　なにか急用？』

穏やかではあるが、声が低い。寝起きというだけでなく、微妙に博巳の声が不機嫌だ。それも当然だ、深夜に唐突に、酔っぱらいからかかってくる電話ほど不愉快なものはない。

(ど、どうしよう。博巳さん怒っちゃったかな。えっと、な、なにから言えば……そうだ、亀山。亀山のことだっ)

亮祐は冷や汗をかきながら、とにかくこの件を話さなければ、と思った。

「んと、あー、その、さ」

どう切りだそうかなと考えるけれど、アルコールのまわった頭では、いい考えも浮かばない。ひとしきり、「ああ、うう」とうなったあと、けっきょくストレートに亮祐は言った。

「あの、もう――いやがらせ、ないと思うから」

『え？　どういうこと』

「詳しく言えないけど、とにかく、大丈夫になったから」

『大丈夫って、それじゃわかんない。いったいなんでいきなり、そんな話をきみがするんだ？　説明してくれよ』

怪訝《けげん》そうな声を出す博巳は、亮祐の言葉には納得していないようだった。それも当然だけれど、亮祐は困り果てる。

亀山がゲイであること、『ROOT』でセクハラを繰り返していたこと、こっそり、フラッシュメモリに仕込んだスパイウェア。どれをとっても口にしづらい内容のうえに、いまはアルコールと興奮状態で、頭がまともに回転していない。いつものように空とぼけて、自分自身のセクシャリティに関してまったく触れずに説明できる自信はなかった。

「言ってもしょうがないし」

『しょうがないって、だって、自分から電話かけてきたんじゃないか。おかしくないか？　俺は、事情を説明してくれって言ってるだけだろ』

困惑する博巳の声に、突然いらだちを覚えたのは、身勝手にも傷ついたからだ。

博巳はきっと、亮祐がどれだけ悩んで、彼を護りたいと思ったのか知らない。なぜ、護ろうなんて思ったのかも、知らない。

とたん、なんだか自分がこっけいに思えて、亮祐は突き放すような声を出していた。

「博巳さんにはわからないことだから」

『な、なんだよ、それ。だって、俺のことだろ？』

ますます混乱したような博巳の声を聞いているうちに、亮祐は寂しいような気分になった。

――惚れた相手のために、泥かぶる気あるか？

壮一に問われ、「なんでもする」と即答した胸の奥に、彼に対しての恋が眠っていることなど――想像すらつかないに違いない。

そして、いま自分が感じているのは、寂しさではなく、哀しさなのだと気づくと、ますます心が冷えていく。

「そうだよ。でもぜんぜんわかってないもん」

『だから説明しろって言ってるだろっ』

めずらしく——というより立腹した博巳の声をはじめて聞いて、亮祐の声も険を帯びる。

「あんたぜんぜん、なんにもわかってないんだもん。言ってもしょうがないっしょ」

『どういう意味だよ、それ』

夜中にいきなりけんかを売ってこられて、混乱したことだろう。不愉快さを隠せず、博巳の声が少しうわずった。

『篠原くん、なに言ってんだかぜんぜんわかんないよ!?』

「だから……っ」

それなのに、そんな尖った声さえもやっぱり亮祐の耳にはきれいに響いて、ますますせつなくなってくる。

内心では、まずいとわかっていた。けれどさきほどまでの暴力的な気分の高揚や、伝えられない気持ちに焦れていた亮祐はなかばヤケになって言い放つ。

「博巳さん、自分が男からももてるっての、知ったほうがいいよ、いいかげん!」

好きで、こんなに好きで、なんの見返りもなくたって好きで、ひとを脅すようなことをしてまで微笑んでいてほしいと思うひとを、怒鳴りつけた自分が信じられない。

そして博巳はそれ以上に、亮祐の言葉を信じがたかったらしい。

『なに、それ。意味わかんないし』

呆然とつぶやく博巳が、まったく想定外のことを言われたのだと知らされる。同性にそういう意味で好かれるなどと、いままで博巳は考えたこともなかったのだろう。

不安そうな声は、気持ちの悪いことを言うなと告げているようだ。

(俺のことも、気持ち悪いと思うのかなあ)

亮祐は勝手に想像して、ますます勝手に傷ついた亮祐は、怒鳴るような声を発していた。

「そういうのちゃんと気づいてれば、変なのに逆恨みされることもないんだよ。あんたの鈍さって、けっこう他人には迷惑なんだからな」

『め……いわく、って、なんだよ、鈍いってだから、なんの話だよ』

はじめて聞かせる荒れた声。電話口の向こうでは博巳が絶句していた。彼のために動いたはずだったのに、けっきょく彼から言葉を奪ったのは亮祐だ。自分が情けなくて、けれど腹立たしくて、興奮のせいかアルコールの血中濃度も高くなる。

クールダウンの時間すらもらえないまま、博巳はまた亮祐の神経を逆撫でした。

『篠原くん、ちょっと、本当に頼む。俺にわかるようにしゃべってくれ。酔っぱらってるなら、また日をあらためるから』

くらくらと、目のまえがかすみ、視界が歪んだ。本当に、自分が口にするすべては博巳の常識からすると、想定外の話なのだ。つまりは、そういうことなのだ。

(もう、いいや)

　どうせ受け入れてもらえないなら、なにを言ってもかまうまい。亮祐は勢いまかせ、子どもっぽいにもほどがある、意趣返しを口にした。

「だから亀山、ホモだったの。あんたに惚れてたの！　そんでもってあんたが鈍いから、小学生みたいに意地悪してたんだよっ」

　受話器の向こうからは、なんの返事も戻ってこない。まったくの無反応は、博巳の気持ちをますます読めなくする。そしてこういうデリケートな話をする際に、沈黙はなによりもまずい想像を引きずり出してしまう。

　亮祐は皮肉に嗤った。壁にもたれ、疲れた声を出す。

「……俺といっしょだよ」

『いっしょ？』

　かすかに、震えた声がそれだけを言う。もしかすると、これが最後に聞く博巳の声かなあと思った。けれど、それでももういい。

「俺といっしょだっつったの。あいつも俺も、博巳さんが好きで、だから、いやがらせして気ぃ引こうとしたり、写真とか口実くっつけてつきまとってたんだよ」

　酔いの手伝った妙な文脈で、やつあたりみたいに言ってしまった直後、受話器越しに、息を呑んだ音が聞こえた。眩暈のするような後悔がすぐに押し寄せた。

　不快感をこらえてひきつっているのだろうと想像して、胸が痛い。

『え……ちょっ……ちょっと、待って。意味が、わかんない。亀山さんの話じゃないのか？ていうか、きみが俺のこと、好きって、どういう』

「わかんない？　わかんないか。男に惚れられるなんて、想定外だもんな」

言いすぎだと思い、なのにもう、亮祐の言葉は止まらなかった。

「ぜんぜん気づかなかったんだろ？　俺がどういう気持ちで博巳さん見てたかなんて、ぜんぜん知らなかっただろ？」

言いつのりながら、最悪だなあ、と亮祐は泣きたいような気分になる。

希望のない片思いだとは思っていた。けれど、少しだけはやはり期待していたのだ。受け入れてもらえないにしても、いつか博巳に気持ちだけでも伝えてみたい、そしてふられるときにも、博巳らしくやさしくふってくれたらいいという、淡く儚《はかな》い期待だった。

(けど、こんなけんか腰で言うはずじゃなかった)

もっとやさしく、穏やかな気持ちで、きれいなものをそっと差しだすように、思いを伝えたかった。けれど、自分でそれを台無しにしてしまったのだ。

しくしくと、胸の奥が湿った痛みを訴えてくる。酩酊《めいてい》も高揚もすでに去って、あるのは苦い悔悟の念だけだ。大事に大切にしてきたものを、なんでこんなふうに、勢いだけで壊してしまったのだろう。

「……好きなんだ」

長い沈黙のあと震える吐息をして、力ない声で亮祐は念を押すかのように、いらえのない受話器にささやいた。

「好きだったんだ。最初からずっと、ただ見てたときから」

目頭が熱く、鼻の奥はつんとした痛みを訴えている。そのくせ、なぜだか口角はひきつりながらあがっていく。喉奥で低く笑いながら、亮祐は「好きだったんだ」と繰り返した。

「会って話すだけでも舞いあがってたんだ、俺。……そんくらい好きだった。ただの、好意の好き、じゃないよ。愛してるって意味だよ？」

相変わらず、電話の向こうでは沈黙が続いていた。ただ何度も、深く呼吸するような音が聞こえて、博巳の動揺を教える。

（追いつめるつもりなんか、なかったのに）

さきに立たない後悔を噛みしめ、こちらも深呼吸した亮祐は、どうにかいつもの明るい声を出すことに成功した。

「安心して。恩きせたりとか、そんなつもりないから」

『……篠原くん』

名を呼ぶ博巳の声は、吐息混じりに震えている。亮祐は、身勝手な気持ちを押しつけたことに対して、「ごめんね」と詫《わ》びた。

「いやならもう会わないから。俺もさ、しつこくするの、好きじゃないし」

『会わな……っ、なん、ちょっと？　ちょっと待って！』

焦ったように呼びかけてくる博巳に、これ以上は勘弁してくれと思う。

手が震えているし、息も苦しい。なんだか目元が滲んでいるし、鼻づまりもはじまった。

泣くなんて、もう十年くらいしていない気がするから、こらえかたがわからない。

「ごめん、忘れて。酔ってるから——酔ってるけど、でも本気だから、嘘とか冗談にできない、から、だから、ごめん。博巳さんが忘れて」

『そんな、無茶なこと言われても』

無茶か。それもそうだ。どうにか顔をあげ、洟をすする。乾いた笑いを漏らした亮祐は、「もう切るよ」と言った。

『な……切るなよ、待てってばっ！』

博巳の声が急いたものになるけれど、もうこれ以上は聞いていられなかった。

「モデルももう、断ってくれていいよ。じゃあね」

『待て、待てってば、ちょ——』

受話器からはまだなにごとかを叫ぶ声が聞こえたが、耳から遠ざけた亮祐には聞きとれなかった。そして、ふと周囲を見まわすと、冷やかしの声もなく見守っていた連中と目があった。

皆がいたことを途中から忘れていたなと照れくさくなる。

仲間たちから遠ざかっていたつもりが、本当は壁の端で自分の姿を隠していただけだといまさら気づいた。きっと、内容はすべて聞かれていただろう。

ぎこちなく笑って、電話の本体に近づく。博巳がまだ叫んでいる気がしたけれど、フックをおろせばおしまいだ。

「終わらせちゃった」

ふう、と肩で息をつく。さんざん煽っていたくせに、真摯《しんし》な声でつぶやいた告白を、笑う者は誰もなかった。亮祐は困ったように眉をさげる。

「なんか言ってよ。俺、困るじゃん」

「言えるか、あほ」

壮一の大きな手のひらに頭を叩かれ、新しいジンをおごりだと差しだされた。

「失恋祝い？」

「勇気を出したご褒美《ほうび》」

ぐしゃりと髪をかき混ぜられ、ひと息にそれを飲みほす。グラスをテーブルに叩きつけ、ため息をついた亮祐に、日奈子は少し潤んだ目で言った。

「ばか。ええかっこしい」

「男らしかったろ？」

笑いながら訊ねると、素直に「うん」とうなずいた。

「佐野さんのとこに行けよ」

なにを言えばいいのかわからなくなったらしい親友の肩を押したあと、やけくそになって亮祐は吠えた。

「ふられたっ。おしまい！　ちくしょう、飲むぞーっ！」

空元気に、歓声で応えてくれる友人たちがやさしくて、滲んだ目をしばたたかせた。

ばかな自分を許してくれるこの空間が、いままでのなかでいちばん好きだと心から思った。

＊　＊　＊

浴びるほど飲んだのに、ちっとも酔えなかった。

きりあげどきもわからなくなっていたけれど、壮一が「帰れ」と言いだし、亮祐は『ROOT』を追いだされた。

――高い酒をふるまってやっても無駄になる。ガキはさっさと帰って寝ちまえ。

――大丈夫、失恋って、日が経てば意外と立ち直れるもんだよ。

厳しい壮一のフォローをするように、耀次はやさしく慰めてくれたけれど、まだ立ち直れない身にとっては、立ち直るまでの時間は永遠にも感じられた。

店を出たころ、終電はとうになく、いちばん近くの駅にどうにかたどり着いた亮祐は、酔い冷ましのつもりで長い道のりをとぼとぼと歩いていた。

胸にさすのは後悔ばかり。ぐじぐじと感傷的になることには我ながらあきれたけれど、失恋したばっかりなんだからいいじゃないかと、情けない陶酔を自分に許した。

好きだと言った瞬間の、博巳の驚いた気配が胸に痛い。考えもつかなかったのだろうと思えば悔しいような、よけいな気遣いをさせまいとしてきた努力を自分で水の泡にしたことに腹が立つような、なんとも複雑な気分だった。それでも、酔っぱらいの戯《ざ》れ言《ごと》と撤回することだけはしたくなかった。

(いいんだよ。言いたかったんだし。やりたいことやったんだから、後悔はしない)

たぶんいままでこんなにも情を傾けた相手はいなかったし、それを嘘にしてしまったら、このさき自分の気持ちをずっとごまかしていかなければいけない気がしたからだ。

「それにしたって、言いようはあったよな」

酔いがさめはじめ、肌寒さを感じながら、もうすぐ冬かと、白く凝《こご》る息に思う。

「せめて、顔見て言えばよかったなあ……」

そうしたらきっと拒絶の瞬間をなまなましく知る羽目になっただろう。けれど、最後の表情をこの目に焼きつけることはできた。

どんな表情であれ、博巳のことは見逃したくなかった。たとえ亮祐への嫌悪が浮かんでいるものであっても、見ていたかった。

(じっさい見たら、へこみまくるくせにな)

自嘲しつつ、ふらふらと小一時間歩き続けて、ようやく見慣れた街並みにたどり着いた。

アルバイトさきのコンビニを覗けば、気づいた中村が手を振って近づいてくる。傷心ないま、なつっこい中村の表情がひどくあたたかく感じられた。

「うっす、お疲れさん」

来客を知らせる電子チャイムの音とともに店内に入ると、中村が顔をしかめて鼻をつまんだ。

「うっわ、篠原さん酒くせえ。こんな時間に買いものすか？」

「はっはー。終電逃していま帰ってきたとこー」

わざと陽気に亮祐が笑うと、「え？」と中村は怪訝な顔をした。

「終電って、篠原さん、家にいたんじゃないんですか？」

「はあ？　なんで？」

「だって、あのひと、亮祐さんいないかって来ましたよ」

「あのひと？」

「えっとなんだっけ、いさ……いさらいさん？」

「え」

中村の言葉に、亮祐の背筋がすうっと冷える。顔が笑みを作ろうとしたまま、中途半端に固まった。中村は気づかないのか、記憶を掘り起こすように目線を天井に据えたまま、思案顔でなおも言う。

「それ、何時くらいの話？」

「二時間くらいまえ、かな。携帯つながらないんで、来てないかって」

亮祐が焦りながら携帯を取りだすと、無精がたたってバッテリー切れを起こしていた。

「そ、それで小井さん、どうした？　帰った？」

「いえ。篠原さん家に行ってみるって言ってたけど、そのあとはこっちには見えてないです。だから俺、てっきり会えたんだと──あ、ちょっと！」

中村が言い終えるまえに、亮祐は店を飛びだした。動揺とも期待ともつかないもので頭も心も混乱したままだが、おそろしい勢いで早鐘《はやがね》を打つ心臓はごまかせない。

(なんだそれ、なんだそれ。二時間って、なんだよ！)

二時間まえということは、博巳に電話をしたすぐあとということになる。

もういないかも。帰ったかも。こんなふうに飛びだすんじゃなくて、コンビニの公衆電話からでも、電話してみればよかったのかも。

酒にもたつく脚のおかげで、なんどか転びかけた。そのたび、悪態をつきながら体勢を立て直して、夜道に叫びながら、亮祐は走った。

「あーもー、ちっくしょ……めっちゃ寒いじゃねーかよー！」

きっともう、博巳は帰ってしまっただろう。晩秋の夜、寒空のなか待っているような人間はいない。落胆するのがわかっているのにこんなに汗だくになって走る自分は、きっとばかだ。

「俺、体育会系じゃ、ないのにっ……もぉ、ばっかじゃねえのっ」

それでも、万が一、百万分が一の可能性として、自分を待っているかもしれない博巳のために、走る速度は落とせなかった。

過度に摂取したアルコールが、胃のなかでシェイクされる。吐きそうになりながら全力疾走、まろぶようにたどり着いたアパートの二階を見あげたとたん、亮祐の身体はどっと疲労と酔いがのしかかってきた。

ドアの並ぶ通路には、誰の影も見られない。酔いと疲労に濁った目をこらして確認したのち、亮祐はむなしすぎる笑いに口を歪めた。

「は、はは……や、……やっぱ、いねぇ……じゃん」

肩をあえがせながら、「ひははは」と奇妙な笑い声がこぼれる。落胆と安堵《あんど》を同時に味わいながら、破裂しそうな左胸を押さえた。

(くそ、痛ぇ)

胸が痛いのは、冷たい空気が肺を痛めているせいだ。ひさびさに酷使した心臓が、苦情を訴えているからだ。

アパートの階段に腰かけて咳きこむ。こめかみから響くドラムのような心音、次第にえずくようになった呼気に耳をふさがれ、なにも聞こえなくなる。

(ここで眠りこんだら、ぜったい身体壊すな)

どこか他人事のように考えるのは、すべての気力が萎えたからだ。咳《せ》きこみながら、したたり落ちる汗を手のひらで拭う亮祐の背中に、そろりとなにかが触れた。

「――っ!?」

「大丈夫？」

感触にびくりとして、そのあと、聞き覚えのあるやわらかな声音に身体をすくませる。

（う、そ）

おそるおそる振り返れば、困惑した表情の博巳がたしかにそこにいた。亮祐がへたりこんだ階段の、わずかふたつうえの段差から、じっとこちらを見つめていた。

こんな場所で待っていたなら、見えなくて当然だ。唐突に現れた彼に混乱しながら、妙に冷静に考える自分もいた。

「な、なん、なん――」

なんで、という問いかけは言葉にならず、ぱくぱくと口を開閉させていると、博巳の穏やかな声に、逆に問われる。

「走ってきたのか？」

「あ……コンビニで、中村くんに来てるって聞いて、だから」

「すごい汗だね」

訊ねておきながらも、博巳は亮祐の答えなど、どうでもいいような声を発した。まるで無視されたみたいで戸惑っていると、博巳の手のひらが頬に流れる汗を拭う。

（あ、きもちいい）

凍えきった博巳の手が心配なのに、その感触は、破裂しそうに火照った頬に心地よく、亮祐はうっとりと息をついた。

「暑いの？」

「あー、うん……酒、まわった」

ぐらぐらと視界は揺れる。頭痛も吐き気もひどい。なのに、それ以上の惑乱《わくらん》に飲まれて、身体の不快さも吹き飛んでしまう。

表情を失った亮祐に、こちらも思惑《おもわく》の読みとれない顔のまま、博巳はぽつりとつぶやいた。

「俺、寒いんだけど」

恨みがましく言うでもなく、博巳は部屋に入れてよと言った。亮祐には、その真剣な顔を閉め出す術《すべ》も、そんな体力も根性も、もはや残ってはいなかった。

＊　＊　＊

ドアを閉めるなり、博巳は外気温との差に小さく震えた。

「ヒーターつけようか」

間が持たずに訊ねると、博巳からは「いらない」との返事があった。

「ここでいい。訊きたいことあるだけだから」

靴も脱がず、玄関から動こうともしないまま、博巳は決然と顔をあげて告げた。亮祐はふたたびあの混乱にひきずりこまれそうになり、どうしていいのかわからなくなった。なにより、もともと白い顔が寒さに青ざめているのが気がかりだった。

「ね、あがって。そこじゃ寒いだろ」

薄手のコートを纏った博巳は、強情にかぶりを振って動こうとしない。ドアのまえから動かない彼を見つめて、亮祐は考えた。

(部屋に入るの、いやなのかな)

寒いから入れろとは言ったものの、自分に気のある男とふたりきりの空間になるのがいやなのだろうか。それも道理だし、むしろさっきのいままで、彼がここにいること自体、奇跡に近い。

「じゃあ、あの、お茶だけ持ってくるから、飲んでくれない？」

苦く笑って告げると、博巳はきゅっと形のいい唇を嚙みしめ、睨みつけてくる。怒っているとありありとわかる表情に、その提案もはねつけられ、亮祐は困り果てる。

亮祐はけっきょくなんどか逡巡するように口を開いては閉じたあと、つぶやいた。

「寒いだろ。いやじゃなければ服、貸すし。少しあったまって、それから帰るといいよ」

亮祐の、弱気な拒絶を感じたのか、博巳は低い声でひと息に言った。

「自分だけ言いたいこと言って、勝手に電話切って、俺には話もさせないの」

「え、いや、そんなつもりは」

見たこともない剣幕にたじろぐと、言い訳を許さないように「さっきの、本当?」とたたみかけられた。

「好きだって言ったね。本当?」

博巳は容赦なく、まっすぐに見つめながらストレートに問いかけてくる。亮祐は、まだおさまらない汗を拭うこともできず、立ちつくすしかない。

「……本当、です」

じっと見つめられ、答えを待たれているのだと理解した。たっぷり五分は黙りこんだあと、ごくりと喉を鳴らして亮祐はうなずいてみせる。だが、博巳が眉をぴくりと動かしたので、あわてたようにつけくわえた。

「怒ってるなら、謝るけど」

気持ち悪い思いをさせて、文句のひとつも言いたいのかと思った。だがそんな亮祐に対し、博巳は激しい声で怒鳴った。

「なんで怒ってんのかもわかってないくせにそういうこと言うのってずるくない⁉」

「ちょっ……夜中っ！」

焦って手を振りまわし、声が大きいとジェスチャーするが、博巳は止まらなかった。

「その夜中に勢いまかせで告白して、ひとを混乱させたのきみだろう！」

ふだんの理性的な彼からは想像もつかない激しさに、ぎょっとした。迫力負けした亮祐が押し黙ると、肩で息をした博巳は意を決したように亮祐を睨みあげ——そのあと、ぶつかるように抱きついてきた。

「な、なに!?」

二、三歩まろびつつも、冷えきった身体をどうにか受け止める。ものすごい力でしがみついてくる博巳に、亮祐は目をまるくする以外なにもできない。

「——なにが、ぜんぜんわかってないんだよっ！」

触れる肩も髪も、痛いほどに冷たいのに、視界の端にある首筋と耳たぶはほのかに赤い。そんなことに、亮祐はようやく気がついた。

気づいたとたん、凍えきっていた自分の指先が、じわっと痺れを覚えた。

「きみは、俺のこと、どんな鈍いヤツだと思ってんだ」

「博巳さん」

さきほど走ったときよりも、激しくなる動悸を感じながら亮祐は内心つぶやいた。

（嘘、なんだこれ）

ちょっとかなり、期待を煽る展開だ。というか、いくらなんでもこの状況で、好きなひとが自分から腕のなかに飛びこんできて、『なんでもありません』はないだろう。

（いや、でも、博巳さんだし。このひと、ちょっとよくわかんないとこあるし）

期待と戒めのアップダウンでぐるぐるになっている亮祐に、博巳はうめくような声を押しつけてくる。

「まえにこうやって慰めてくれただろ」

「ま、まえ?」

「俺が、きみんちで酔っぱらったときだよ。俺のこと、ちゃんと見てたって言って、慰めてくれただろ。忘れてないだろ?」

「え、まあ、そりゃ……」

忘れようがない、と言いかけた亮祐は、続く博巳の言葉に、声をなくした。

「ひとの寝てる隙に、キスしといて忘れたとか言ったら、本気で怒るよ」

「……キ?」

あまりのショックで、顔面の筋肉が固まった。目は見開いたまま、まばたきもできない。博巳は、やけくそのように叫んだ。

「だから! 俺が寝てると思って、しただろ! キス!」

亮祐は声もなく、その場にずるずると崩れ落ちる。抱きついたままの博巳もいっしょにしゃがみこみ、怒っている赤い顔のまま、呆然としている亮祐の襟首を摑み、顔を覗きこんできた。

「とぼけても無駄だからな。俺、酒が入るとタガはずれたみたいになるし、泣き上戸で絡み酒だけど、記憶だけはなくさないんだから」

一応自分の酒癖に自覚はあったのか。亮祐は妙に冷静にそんなことを考えた。

「あのとき、寝てたんじゃ」

「ないよ。……俺、酒はいると、だるくはなるけど、眠れないんだ。目も閉じちゃうけど、完全に閉じてるんじゃない。瞼が疲れて休めてるだけで、起きてるし、意識はある。記憶も、ぜんぶあるんだよ」

だから亮祐の家に連れ帰られた日、はじめて泊まった部屋から無事に帰れたのだ。数ヶ月まえの出会いの日の打ち明け話をされ、亮祐は驚いた。

「タクシーでも使ったのかと……」

「おんぶされてて、たまに、目開けて道順覚えた」

少し自慢げに言われて、脱力した。

「起きてたなら、歩いてよ……重かったよ、けっこう」

「身体動かないんだから、しかたないだろ」

ため息をついてぼやくと、むっとしたように「不可抗力だ」と反論される。はずみで目があってしまい、お互い真っ赤になってまた、目を逸らした。

ぎこちない沈黙が、耐えがたい。重たいというより、面はゆい。というか、恥ずかしいくらいにそわそわしていて、なんだこれは、と亮祐は思った。

なんだこれは。予想していたのとまったく違う、違いすぎる。こんなふうに赤くなって、腕のなかでもじもじしながら、目を泳がせたりしないはずだった。

博巳は真っ青になって、自分を拒絶するはずだった。こんなふうに赤くなって、腕のなかでもじもじしながら、目を泳がせたりしないはずだった。

「……いくらなんだって、本当にいやだったらあんなの、許すわけないだろ」

かすれた声で言う博巳に、自分のそれと同じ熱情を感じるのは、都合のいい誤解だろうか？　眩暈がする。どきどきする。そっと手を伸ばして髪に触れても、振り払われない。

「いやじゃ、なかった？　ほんとに？」

亮祐としては、そこでかわいくこっくり、うなずいてくれれば充分だった。なのに博巳はやっぱり博巳で、的のはずれた発言で、亮祐の気持ちを空回りさせてしまうのだ。

「さっき、男にもてるっての、知ったほうがいいとか言ってたよな？」

「え、あ、うん？」

さらさらの髪をいじっていた手が、ぴたりと止まる。さきほどのかわいらしい気配はどこへやら、博巳は憤慨したように、亮祐を睨みつけてきた。

「鈍いとかなんとかね、言ってくれたけど。それくらいのこと、俺だって知ってるよ」

「え？　だ、だって、きれいとか、好きとか言われたこと、ないんだろ？」

話が違うと亮祐が焦れば、博巳は不愉快そうに吐き捨てる。

「だから、そういうまともな告白されたことはなくても、『やらせろ』って男に言われたことはあったよ。俺、男子校だったんだから」

「は……だって、え？　え？　な、なにそれ、俺、聞いてないよ！」

あわてて声をうわずらせると、博巳は「言うわけないだろ」と怒ったように言った。

「よく、姉貴紹介しろって言われた、っつっただろ」

それは聞いた。亮祐はうなずきながらも、顔中に『？』を貼りつけていた。

「当時、姉貴には彼氏いたから、そう言って断るだろ。そうすっと、姉貴がだめなら俺でいいとか言われて迫られたわけ」

博巳はそう言って、かつての怒りを思いだしたように目をつりあげたけれど、亮祐は「ああ……」とあいまいにうなずくしかできなかった。

「えーっと、つきあおうとか言われたんじゃないの？」

「つきあうもなにも、ひとを女の代用品にしようなんて、ばかにしてるじゃないか。そんなのいちいち相手にしてられないし、ぜんぶ断った」

心底不愉快そうな声に、亮祐はかつて、不器用なアプローチで彼に恋を打ち明けた高校生らに、ちょっとだけ同情した。

（なんだよ。やっぱり、俺の解釈で、ニュアンスあってたんじゃん……）

博巳は言葉どおり、姉の代わりなんてごめんだと怒っただけだろう。

（遠まわしに言ったって、このひとにはわかんねえっての）

博巳が亮祐の讃辞と告白をまっすぐ素直に受け止めたのは、誤解が生じようもないほどストレートな言葉を使ったからだ。そしてそれは、写真という『美術』を専攻している亮祐が、課題の提出やプレゼンのために必要な、美的なことや感覚を表現するための語彙を持ち、発することに慣れていてためらいがない、それだけの話だ。

だが続いた言葉に、鈍い鈍いと思っていた博巳の意外なアンテナに驚き、亮祐は床にひっくり返りそうな気分を味わう羽目になった。

「だから、ホモっていうかゲイっていうか……そういう人間は、わりとすぐわかるようになった。変な気配するから」

「へ、変な気配って？」

言わずもがなのことを問いかけたのは、亮祐がまだ混乱していたせいだ。博巳はもごもごと口ごもったあと「変は、変だよ。わかるだろ！」とややキレ気味に言った。

「とにかく、そういう目で見られてれば、すぐわかるんだよ」

「んじゃ、亀山のことも、知ってたの？」

ぼんやりと問うと、顔をあげないまま小さくうなずく。

「まあ、薄々。いやがらせとは、結びつけてなかったけど、なんていうか……あのひとは、ちょっと、ねばっとしてたっていうか」

要するに卑猥な気配を感じて、気持ち悪かったらしい。知っていたとしても、たしかにそれは言いにくかろう。

（俺、なんに気をまわしてたわけ……？）

いままでの気苦労がまったくの徒労だったのかと思えば、虚脱感に指一本動かせなくなった。そしてなにより、怖くなった。

「そういう目で見られてれば、すぐわかるって言ったよね。じゃあ……俺も？」

もしかしたら、本心では気持ち悪いとか、不愉快だと思っていたのだろうか。おずおずと髪を撫でるけれど、しがみついた博巳は離れず、ただ、何度も浅い呼気を吐いた。

「それは、わかんなかった」

博巳は、ふたたびの沈黙のあと、ためらいを含んだ声でぽつりと言った。うまく言葉にならない心のなかを探すように、伏せたままの瞼のしたで、眼球が動いているのがわかる。

「篠原くん、たまにすごい目で見るな、とは思ってた。けど、それが俺個人に対してなのか、被写体に対しての真剣さなのか……ぜんぜん、わかんなかったから」

「博巳さん」

訥々《とつとつ》と語られる言葉に胸が熱くなる。膨れあがる気持ちをこらえきれず軽く髪を引いて、顔をあげさせる。大きな目が、まるで、酔ったときのように潤んで蕩《とろ》け亮祐を映していた。

「そういうの意識してるの、俺だけかなと思った。でも、篠原くん、いつも変わらないし、べつに変なことするような気配もないし」

いやじっさいはいろいろムラムラしていました、とは口に出さなかった。『偽善さわやか』と日奈子に罵られた自分の外面と、内心の読めなさに深く亮祐は感謝する。

「変なこと考えるのが、変なのかって思って、自意識過剰かも、とかいろいろ疑心暗鬼になるし、わかんなかった。だから、怖かった」

「怖い思い、させた?」

「だって、きみが撮った俺の写真。ぜんぶ見透かされてるんだって、そう思った。なのに俺はきみのことがぜんぜん、わからないんだ。でも」

かすかに震える唇に指を触れさせると、少し身を固くして、それでも拒まない。

「……でも?」

促すと、博巳はこくんと息を呑み、言葉を続けた。

「怖いし、わかんないけど、篠原くんならいいかなあ、と思った」

こうして抱きしめてみると、やはり博巳は腕のなかにしっくり来るサイズだ。背が高く、手足が長すぎる亮祐は、小柄な子や女の子を抱きしめるとどうも子どもを抱き潰しているような不安定感を覚えることがある。

博巳は、なんというのか、ちょうどいい。そして、ちょうどいい博巳は、亮祐が触れることをなにも拒まず、頬を撫でると小さく震えて、すり寄ってくる。

「俺、聞いただろ。……なんでそんなにやさしいのって」

熱っぽい感情を孕《はら》んだ声を発する唇に、自分のそれで触れてみる。博巳はぴくりと震えたけれど、いやがりはしなかった。

「好きだから、やさしくしてました」

「……うん」

「シタゴコロ、ありまくりで、ほだされてくんねーかなと、思ってました」

もういちど、さきほどより少し長く、唇を押しつける。ふるりと吐息がこぼれ、アルコールに鈍った唇にも、やわらかい弾力はあまく痺れるような心地よさが伝わってくる。

言葉の合間、拍子抜けするほど拒まない唇をなんどか吸って、名残惜しく離す。

「あのとき、答えてくれれば、よかったのに」

あまえた恨み言が聞こえて、ごめんともういちどキスをした。今度のそれは、もう、軽いとは言えないものになる。

表皮をこすりあわせ、弾力のある肉がめくれて、粘膜の部分が覗く。ぴったりとあわせるようにして吸いつき、嚙むように唇を動かすと、なめらかにぬめって最高に気持ちよかった。

「んん……っ」

声を漏らしたのは亮祐のほうで、博巳がぴくりと顎を震わせる。きれいなラインの肩が、息苦しさを逃がすように上下して、かすかに唇が離れた瞬間にはあまい吐息が肌をかすめた。

「あ、やべ。舌入れたい」

「え？」

「かわいい前歯、舐めたい。そんで、その歯で俺の舌、はむはむってあま噛みされたい……」

頭で考えたつもりが、口に出していたと気づいたのは、真っ赤に茹だった博巳が絶句しているのを見てからだった。

「あー、いまなんか、俺、言ったよね？」

「……ものすごいこと言ったよ。ちょっと変態っぽいよ、篠原くん」

「ご、ごめんなさい」

引いてないかなと怯えつつ、自分のうえに乗った腰を抱いてみる。引き締まって細くていい感じだ。そして博巳は逃げない。耳たぶを真っ赤にして、恥ずかしさに耐えている。

ほっとして、もう少し強く抱きしめてみた。

「俺、かなり酔っちゃってんだよね」

「見ればわかるよ。っていうか、見なくてもわかる」

酒くさいんだよ、と頰をつねられて、亮祐は笑った。博巳が自分の膝のうえで真っ赤になったまま、ほっぺたをつねっている。痛いおかげで、夢ではないとわかるのだ。

「おまけに若いしさ、あんまりこらえ性ないんだけど、わかるよね？」

「だから、あんまりばかにするな」

センシュアルなニュアンスの濃い声でささやき、抱き寄せながら背中を撫でると、博巳は今度こそ目をつりあげた。

「こういう状況で男の家にくるんだぞ。覚悟してないほど子どもだとでも思ってんのか？」

いいかげん、ひとを鈍感扱いするのはよせと博巳は言って、怒っているのに奇妙に扇情的な表情に、まいりましたと苦笑する。

「大人の博巳さん。そんじゃ、さっき言ったこと、していいですか」

「え……す、すれば」

「じゃあ、いい？　口んなかに舌突っこんで、博巳さんの舌、しゃぶりまくっていい？」

「ちょっと待て、なんか、さっきよりすごくなってないかっ」

覚悟をつけたと言ったくせに、ちょっとエッチな言葉でいじめただけで、博巳はやっぱり真っ赤になった。

そして亮祐は、かわいい大人で、どうやら恋人になってくれるらしいひとの照れた顔に、しまりのない笑いを浮かべたのち、ふと大事なことを訊き忘れたと気づいた。

「で、その、博巳さんは俺を好きですか？」

じっと目を覗きこんで問いかけると、博巳はうろうろと視線を泳がせて「言わなきゃだめなのか」と唇を噛んだ。こくんとうなずくと、博巳はますます唇を強く噛み、そしてつるんと白い前歯を覗かせて、言った。

「……歯、舐められても、いい程度には」

亮祐はその照れくさそうな言葉に、非常に満足して、にまあ、と笑う。

「俺の舌、はむはむしてくれる?」

「よけいなこと言わなければ!」

言質はとったと歓喜した亮祐は、さきほどよりなお赤くなった博巳を無言でぎゅうっと抱きしめる。

そして、ずっと触れたかった少し大きめの白い歯を、そっと淫らに、舐めた。

＊　＊　＊

さすがに自分の酒くささに辟易《へきえき》した亮祐がシャワーを使って出てくると、所在なさげな顔をした博巳の揺れる目がそれを迎えた。

「逃げなかったんだ」

少しの揶揄を含んだ声に、博巳は咎めるように胸を叩く、あまい仕種で応えてくれる。

「――ン」

さっきのキスより少し性急に、互いの唇をすりあわせた。ほんの小さく出した舌先を舐めあううちに、もっと、と言うように踏むこむ角度が深くなる。男の舌を吸うのははじめてだろうに、博巳のなまめかしい唇は懸命に応えようと動く。

「本当にいいの？」

口づけの合間に訊ねれば、「くどいよ」と睨まれた。けれど、心配なものは心配だ。

「なにされるか本当にわかってる？」

「そこまで無知じゃない」

される、という言葉にかなり含みを持たせたのに、背中にまわった博巳の腕は力を弱めることもない。

「じゃあ、抱いちゃっていいの？　入れてもいい？」

重ねて訊ねれば、きれいな眉が寄せられた。

「あんまり、念押さないでくれよ。ほんとに逃げたくなるから」

それともしたくないのか。わずかに不安を滲ませた声でささやくように訊ねられ、めっそうもないと首を振る。

「すっげ、したいです」

「じゃあもう、黙って、やってくれ」

ため息をついた博巳は、言葉ほど冷静ではないらしい。抱きしめなおすと、かすかに震えているのがわかった。

(怖いかな。怖いよな)

それでも、許してくれたんだと思うと、感激に似たもので胸がいっぱいになる。

鼻先を埋めた首筋からは、ほのかに石鹸のにおいがした。淡い体臭と混じるそれは博巳の言う覚悟を知らしめ、貪欲《どんよく》な熱を高まらせて、抱きしめた身体もそのままに、敷きっぱなしの布団へくずおれた。

「ふっ……う」

絡んだ足のさき、裸足の爪先が自分のそれに触れながら、小さな強ばりを伝えてくる。緊張を伝えてくるそれが、どうしてこんなにそそるのだろうか。乾上がりそうな喉に、唾液を無理やり嚥下させ、亮祐はあたたかい肌に手のひらを滑らせた。

「俺……俺、知識はあるけど、こういうの、されたことないんだけど」

博巳の、薄赤く染まった頬や耳たぶに触れながらシャツを開けば、困った顔をした彼に「どうしていればいいのか」と訊ねられた。

「篠原くん、男としたこと、あるのか」

「……こういうとき、昔の話はいいんじゃない？」

はぐらかすような、笑み含んだ声に肯定を感じたのか、博巳は複雑そうな表情を浮かべたあと、沈黙した。

（まずい。このひと、考えこむと斜めうえに飛ぶからな）

よけいなことをこれ以上考えさせまいと、ボタンダウンシャツのなかに着こんだTシャツをたくしあげ、やや性急に、やわらかく小さい胸の隆起を探る。びくり、と博巳が強ばったのは感じたというより驚きのほうが大きかったのだろう。

「あ……そういうとこも、触る、んだ？」

こんな場面なのに、妙な感心の声をあげられ、どうしたもんかと亮祐は苦笑する。

「好きなとこ触ればいいんじゃないの？　決まりとか、ないでしょ」

言いながら、指での刺激をまだ快感だと認識できないそこを指の腹でこすりあわせる。

「していいって博巳さん言ったんだから、俺は好きなとこ触りますよ」

「い……けど」

戸惑いの滲む唇を吸いあげながら、一枚ずつ衣服を剝がした。横たえたシーツのうえで、博巳のなめらかな胸元が呼気に膨れ、また静かに沈んでいく。

野球で鍛えたせいか、なだらかなラインを描く肩にも胸にも無駄のないきれいな筋肉が張りつめて、引き絞るような細い腰へ続いている。服のうえからも想像はついていたが、そのバランスの完璧さに、欲情とは違う感嘆がこみあげ、しばらく亮祐はそれを眺めていた。

「――こら」

居心地悪そうに視線を逃がしていた博巳は、亮祐の目つきに気づくなり、不機嫌な声を出して、揃えた指で額をぺちりと叩いた。

「たっ！」

「ヌード写真なんか、いやだからな」

「え、なんでわかるの」

撮りたい、と思ってしまったことがばれて驚くと、彼は顔をしかめた。

「カメラ持つときの顔してたよ。でも、こういうときに、そういうことしたら別れるよ？」

まじめに言われた「別れる」という言葉に怯えつつも、恋人に昇格してもらえた嬉しさは隠せない。へへ、と思わず笑み崩れると、今度は鼻の頭を弾かれた。

「なんで別れるって言われて、嬉しそうな顔になるわけだよ」

前提条件がつきあってないと、別れもないからだ。亮祐は、自分でもあまりにお手軽な喜びかたをしていると気づいたから、さすがに口には出さず、代わりになめらかな肌を愛でるように撫でた。

「だって、博巳さん、きれいなんだもん。もったいないから残しときたくなるんだよ」

「きれいって……」

相変わらずその讃辞は受けとりがたいらしい。ため息であきれを語った博巳は、そっと唇を寄せながらささやいてくる。

「べつに、何回でも見ればいいだろ」

「何回でも、見ていいんだ」

「それとも、そっちはこれっきりのつもりか？」

頬を染めた博巳に恨みがましい目線を向けられて、亮祐はまさかと口づけで応える。

「見るよ。見ちゃう。見まくる」

「それは、ちょっとやだ」

くだらない言葉を交わし、合間で舌を絡ませながら、博巳のゆるいジーンズを剝ぎ取り、下着も脱がせた。

「……やっぱり、手慣れてるね」

「やっぱりって、なんすか」

「いや、想像どおりっていうか……」

あきれたような感心したような声で博巳は言って、けれどその声が微妙に震えていることにはとっくに気づいていた。

どうもお互い、ベッドでの言語に関しては嚙みあわない部分が多いらしい。ならば唇は、こういう時間にふさわしい使いかたをするのがいちばんだろう。

「ん、ん……っ」

深く嚙みつくようなキスをして、さきほど「したい」と告げた欲望をすべて果たす。お気に入りの歯をねぶり、狭くて熱い口のなかに舌を挿し入れて、音が立つほど舐めまくる。もちろん、「して」とねだったあま嚙みも存分にしてもらい、唇での交わりを亮祐は堪能した。

「なんか、ちょ……っ」

「んん？」

「篠原くん、キス、やらし……」

「そ？」

キスにいろんなやりかたがあることを、博巳はあまり知らないらしかった。そして、それだけに敏感だった。濡れた粘膜をめくりあげるように、ぬるぬるとこすりあわせる方法を教えると、夢中になって動きをあわせ、ついでに身体も火照らせる。

「あっ」

手ぬるい愛撫には戸惑いの滲むもの慣れない身体に、手っ取り早く熱を与えようと脚の間を探ると、びくりと身体を強ばらせる。自分が声をあげたことに驚いたみたいに、キスで腫れた唇を手のひらでふさぐから、初々しい仕種に亮祐は笑ってしまった。

「声、出していいよ」

「出さないよ」

「んじゃ、出させるように、がんばる」

握りしめた性器は、これもなんだか亮祐の手のなかにしっくりきた。ぜんぶ、ちょうどいい。嬉しくなりながらやさしくこすりあげ、先端を親指でくりくりといじると、博巳の腰が跳ねあがるのが楽しい。

「よ、なかなんじゃ、ないの……？」

「怒鳴り声は夜中に聞かせちゃだめだけど、あえぎ声は夜中に聞くもんでしょ」

「なんだそれ、どういうルール……っ」

「んー、亮祐くん憲法」

日奈子の真似をしてにやっと笑うと「ばかじゃないのか」と博巳が笑った。

けれど、官能を探る指の巧みさに少し臆しているのか、なかば溺れながらも、意地っ張りに声を噛む。

（抵抗されると、燃えるんだよなあ）

意地でもあえがせてやる。ぬちぬちと音を立てはじめた先端をつまみ、まるみに添ってわざと滑らせて指先を閉じあわせる。小刻みに何度も、つまんでは閉じる、という動きを繰り返していると、博巳は目を見開き、潤ませながら腰を揺らしはじめた。

（もうちょい？）

ぷちゅん、ぷちゅんと音を立てる卑猥な愛撫を仕掛けながら、さきほどまではくすぐったいと逃げるばかりだった胸の隆起を軽く噛むと、ついに激しく背中を反らせてうめいた。

「敏感」

「う、うるさっ……あ、やだ！」

冷えていた身体はもう、湯あがりの亮祐の肌よりも熱いほどだ。体温は高いほうらしい。火照った肌が鮮やかな色に染まっていき、灯りを落とせと言う博巳の声には無視を決めこんだ。

「いいじゃんもう、いまさら」

「だって、は、ずかしい、から」

「まだこれからだって」

顔を隠そうと両腕をあげるのを押さえこみ、わななく声を強気に却下して、じりじりと悶えている長い両脚を膝を立てて開かせる。

「うそ、や、ちょ、やだってっ」

上半身を跳ねあげた博巳の抗議の声は無視して、濡れたそれに口づける。驚いたような呼気が細い喉に絡まったあと、蕩けるようなあまったるい声が長く尾を引いた。

「ひ……あっ、や……!」

くぷ、と音を立てて、口のなかに飲みこんだ。ぬるつく先端に、指でいじめたときと同じリズムで舌を這わせ、ぬめりを吐きだす切れ目を押し割るように力をこめると、ぐんっと背中がきれいに反った。

(うわ、反応いい)

ぞくぞくしながらしつこく舐める。頬の内側でぬるぬると扱き、強く吸いあげると今度は腰が浮きあがる。

「いっ、いやだ、いや、やめやめやめ……っやめ!」

「いたた、いたいって」

泣きの入った声で、やめろと髪をひっぱられてはさすがに続けられない。数本抜けた、と頭

皮を押さえながら亮祐が顔をあげると、博巳は目の縁を真っ赤にして、ショックを受けたように震えていた。

「な、なんっ、なにするんだっ」

「なにって、舐めてるんでしょうが。おとなしくしててよ、危ないし」

「だからなんで舐めるんだ！　やめなさいっ」

もういちど屈みこもうとしたら、暴れる脚に頭をぶつけた。あまりに過敏な反応に驚き、どうも危険すぎると苦笑して、亮祐はいったん愛撫を中断する。

「こういうのされたことないの？」

「な、ないよっ。あるわけないだろ」

ふうん、と亮祐はほくそ笑んだ。

「じゃ、博巳さん、女の子舐めてあげたこともないの？」

「こんなの、エッチなビデオのなかだけのことだろ、ふつうしないだろ！」

訊ねると、ある意味健全な答えが返ってきて、さらに亮祐はにんまりした。さすがに博巳も童貞ではなかろうけれど、大変彼らしくお行儀のいいセックスしかしたことがないらしい。

（やっべ。ぞくぞくした）

清潔な博巳に、いろいろ教えこみたい。いやらしい格好もいやらしい愛撫もぜんぶして、いやらしい顔をさせたい。もちろん、どれだけ恥ずかしがろうとやめるつもりはない。

「じゃ、俺が初フェラかあ。嬉しいな」

からかうように猥褻《わいせつ》な言葉を口にすると、おもしろいくらいに顔が赤くなった。

「フェ、……！　ちょ、そういうこと、言うのやめろって……あ！」

少し強引に押さえこむと、嫌悪でなく羞恥《しゅうち》を含んだ表情に教えられてほっとする。いやがっているのはたぶん、博巳の捨てきれない理性とモラルの部分で、身体はとっくに亮祐の愛撫を受け入れているのだろう。その証拠に、言い争う間にも博巳の性器は萎えていなかった。

「噛んじゃうから、おとなしくして」

脅すように、敏感な部分に歯を立てる。本能的に怯えておとなしくなった博巳の性器を、濃厚に唾液を絡ませた舌であやしてやると、震えながら喜ぶ。

「う、わ……っんあ、あっ、あ！　ダメ……！」

細い腰は必死にこらえた反動のように跳ねあがり、足先はシーツを掻いては蹴りあげる。博巳が身悶えるそのたび、捕らえた先端からは、じわりと体液が滲んでくる。

(うし、堕ちた)

ついでにうしろも慣らしたい。入れるまでとはいかなくても、この指を覚えさせて馴染ませようと、開ききった奥の粘膜に指を押しつける。幸い、博巳と亮祐の口から溢れた体液で、ひめやかな狭間はしっとりしている。

「あっ!?　あ、もう、そっち、も……」

「まだ入れないから、安心して」

敏感なそこをやさしく揉み撫でながら、徐々に強ばりがほどけるのを待つ。身体の緊張がとれたところで、性器をきつく吸いあげながら先端を舌でくすぐると、博巳の声は次第に舌足らずなあえぎのみになった。

「あっ、あっ、あふっ、あっ」

身体をふたつに折るようにしてさらに脚を開かせ、長い腕を伸ばした亮祐が胸をまさぐり、顔を上下させながら乳首をこねまわすと、悲鳴じみた声で懇願《こんがん》してきた。

「も……い、いきそ、だから、放し、はなして」

「んん?」

「だめ、でる、でるから、いやだ」

このまま出させてもかまわなかったけれど、半泣きの声に負けてそれから口を離す。ぜいぜいと肩であえいだ博巳は無意識に腰をかくんかくんと上下させている。中途半端な状態がつらいだろうに、それより精神的なダメージのほうが怖かったのか、ほっとしたような顔をした。

「よくなかった?」

「ばか! オヤジみたいなこと言うな!」

にやにやしながら問うと、かなり本気の力で胸を殴られた。痛いと笑いつつ抱きこんだ博巳は、抵抗に身じろぎながら、ぶつぶつとこぼす。

「若いくせに、なんで、あ、あんな……っ」

声が途切れたのは、すっかり敏感になった胸を濡れた指でつまんだせいだった。赤らんできつく睨みつけていた目をびくりと閉じる博巳は、初々《ういうい》しいのに艶《つや》っぽい。

「いままでよく無事だったなあ」

しみじみつぶやく亮祐に対し、むっとした顔で博巳は言った。

「女の子じゃないんだから。いやなやつ、はね除けるくらい、できてあたりまえだろ」

じゃあ、いやじゃないんだ。――なんて言ったらまた怒られそうだから、黙って嬉しさを噛みしめた。だが、ちょっとだけ聞き捨てならない言葉もあった。

「……はね除けるようなことは、あったんだ？」

無言の肯定にちょっとばかり胸を焼く。けれど、自分は拒まれていないわけだから、それでとりあえずよしとしよう。

「ま、いいや。続き、続き」

わざと軽く言うと、博巳がぷっと噴きだす。

「なんか、きみは、気が抜ける」

「んー、その、『きみ』ってやめない？　なんか堅苦しい気がする」

「そうか？　じゃあ……亮祐？」

ときどき、ど直球の博巳にしてやられるのはこんなときだ。さらっと名前を呼ばれて、どれだけ自分が舞いあがってるのかなど、彼にはまったくわからないのだろう。

「あー、うー、我慢できなくなってきた」

「あははは」

けっこう本気でうめいたのに、冗談だと思ったのか博巳は笑った。余裕じゃないかと悔しくなりつつ、緊張されたり怖がられたりするよりずっといいか、と思い直す。

シーツに縋っていたしなやかな腕が背中に絡んで、薄く開いた目で表情をたしかめながら内腿を撫でると、案外素直に開いてくれた。

当然のように出てきたスキンとローションに、博巳はさすがに複雑な顔をした。けれど、いいかと問いかけた目線には、小さな口づけで返事をくれる。

「う……っ」

「痛かったらすぐ言って」

濡らした指で奥を探ると、さっきとはまるで裏腹に、頬を歪めて眉間を狭める。力むとよけい痛いと告げても、そうそうにはリラックスできないようだった。

「ちょっと入れてみるね」

「うん、いい、い、……ッ」

おそらく、触れられるのも今日がはじめてだろう場所が痛いのはあたりまえだ。不快感をこらえているだけでもたいしたものだと思う。口づければ縋るように首に巻きついてくる腕以外、ほとんど苦痛を訴えたりもしない。

「ね」

やっぱり強いなと内心苦笑しつつ、亮祐はそっと噛みしめている唇を舐めた。

「俺のこと、好きなんだよ、ね?」

語尾に少し、気弱さの混じる問いかけ。指のさきを含ませただけで涙の滲んだ目がそっと開かれた。こんな状況で訊くのかと訴える目の端にも口づけ、亮祐は重ねて問う。

「どういうとこが好きなの?」

「ど、ゆ……って、あ……っ、や、さしい、から」

「えー、それだけ?」

笑いながら、苦痛から一瞬気の逸れた隙に指を押しこみ、さらに言葉を紡いだ。「ふあ!」と博巳がかわいい声をあげて、口が開いたところを狙って舌を押しこむ。くちゅくちゅといやらしく口腔をねぶったあと、唇を離さないまま、さらにたたみかけた。

「いつくらいから、好きになってくれたの?　なんで?」

「そ、そんなの、わかんない」

「こんなことさせてもいいくらい好きって思ったのは、どうして?　俺のなにがよかったの?

フェラ、気持ちよかった?」

「ちょ、なに、言ってるのか、わかんな、わかんない」

「乳首すき？　あとでもっと、舐めちゃっていい？　俺、彼氏になったんだから、してもいいよね？」

「あ、あ？　えっ？　まって、まってっ」

少しずつ押しこんで広げながら矢継ぎ早に言葉を浴びせ、真剣な問いと卑猥な言葉責めを混在させる。まじめな博巳が混乱してきたところで萎《な》えかけた性器にも指を絡めた。

ローションのボトルは、もう半分ほど使いきった。博巳の下肢はぬるついてべとべとで、どこもかしこも滑りがいい。

「ひゃ、あ、もうや、やっ、や！」

「答えて、博巳さん」

ささやきながらローションにぬめる指でしごきあげると、声音にあまいものが混ざる。ひくんと下腹部が痙攣《けいれん》し、力が抜けたところで一気に指を滑りこませた。

「んあ……っ、ア！」

「教えて？　俺が好き？　どこが……好き？」

きつい内部で指をうねらせながら胸に口づけ、小刻みな刺激を与えていると、鼻にかかるあまったるい呼気を洩らした博巳は、泣きそうな声でもういちど、わからないと言った。

「どこがとか、そんなの、も……っもう、どうでも、いいだろっ」

がくがくと首を揺らすのはたぶん、内側に入りこんだ指が探りあてた、感じるポイントに戸惑うせいだろう。濡れて熱いそこは相変わらずきつかったけれど、ひくひくと震えながら少しずつほどけていく。

「よくない。知りたい」

亮祐はこくりと喉を鳴らして、きつく張りつめた自分をねじこみたい誘惑に耐えた。そのうえで、だだっ子のように言い張ると「ばかっ」とうめいて、博巳は言った。

「り……亮祐は、やらしいこと、と、きみのことと、どっち、訊きたいんだっ」

「んん、両方」

にま、と笑って告げると髪をひっぱられた。さすがに怒らせるとまずいので、博巳の奥をやさしく探りながら、「うそ、俺のこと」と言い直す。

気を逸らすためにも、途切れ途切れの声を促して、告白を紡がせた。そして半分は、照れてはぐらかされた答えを、ちゃんと聞いてみたかった。

「……っ、ただ、楽しかった、んだ」

会うと、楽しくて、嬉しかったから、好きだとはずっと思っていた。

キスされて、意識して、強すぎる視線に混乱して、でも変わらない態度に、自分もどうしていいのかわからなかった。

今夜いきなり、あんなふうに好きだと言われて、ますますわけがわからなくなって。

「きっと、俺が会いにいかないと、このまま会えなくなるって、おもっ……思って」

「うん、ごめんね、決めさせちゃった」

びく、と震えたのは、たぶん感じるところをやさしく捏ねたからだ。しばらく声も出ない様子であえいでいたけれど、博巳は何度も浅い息を繰り返したあと、涙目になって、言った。

「もういいだろう。いま、ちゃんと、好きなんだからっ」

「うん」

こんなにまでして耐えている彼の気持ちなど、とっくにわかっている。痛みから意識を逸らすための誘導尋問だったけれど、それでも嬉しいと亮祐は笑った。

「ああっも……も、いい、から……！」

「そうみたいだね」

含ませた指はもう三つに増えていて、痛みよりその未知の刺激に震えている身体をそっと、亮祐はうつぶせた。驚いた顔の博巳に、「はじめてのときはこっちのが楽なんだ」と言うと、不安そうな顔でそれでもうなずいた。

「息、つめないでね」

抱えあげた腰に、滾ったそれを押しあてる。さすがに怯えてすくむ背中を、口づけと手のひらでなだめ、痛くないからと繰り返した。

「俺のこと、入れたい、って思って。口閉じないで……ね？」

顎を掴んで振り返らせ、縮こまった舌を舐めてやりながら前触れなく、ひと息に挿入する。

「……ッ！」

　衝撃と驚きに、並びのいい歯は亮祐の舌をきつく嚙んだ。広がる血の味に自分で驚いたように目を見開いたあと、泣きそうな顔で謝る博巳に、かまわないと口づける。

「俺がさっき、嚙んで、って言ったんだから。博巳さんは、気にしなくていい」

「でも、ち、血が、……ん、んう……っ」

　動揺する唇をキスでふさぎ、呼吸がおさまるのを待って「痛くない？」とやさしく問う。

「ん、ない。ちょっと、痺れてる感じ、するけど」

　幼い仕種でうなずいた博巳がかわいくて、つながった場所の熱がさらにあがった気がした。抉るように腰を使うのではなく、身体の反応をうかがいながらゆらゆらと揺らしてやっていると、腰にまわした手のひらの近くで彼の性器が力を得ていることに気づく。手を伸ばすと、博巳がびくっと震えた。

「あ、だ……っさ、触んない……でっ」

「ど、して？」

　きつく締めつけ震える肉に食まれて、亮祐も息を切らしながら、背中にのしかかるようにしながら少し深く抉ってやる。

「やっ……！」

「痛いより、いいでしょ？」

言いながら空いた手で胸を探り、高ぶったものを握って扱くと、悲鳴じみた声があがった。次第に早くなる律動を押さえきれなくなっても、博巳はもう痛いとは言わなかった。

濡れた肉の混じりあう音が、卑猥であまくて、たまらない。博巳のなかは、最初の強ばりが嘘のようにやわらかくなって、亮祐が腰を揺するたびに、とろ、とろ、と蕩けていく。

「すっげ、いい……」

思わず背中を反らしてつぶやくと、亮祐の声に反応したように、博巳のそこが締まった。たまらずにまた抱きしめて、胸も脚の間もぐちゃぐちゃになるまでいじると、揺さぶられるせいで舌足らずになるあまい声で、感じていることを伝えてくる。

「こわ……怖い。こんな、の、知らな……っ」

「……こんなこと教えて、ごめんね」

快感に怯えた裸の肩に口づけながら、亮祐は言った。本当にとんでもないことを、このきれいなひとに教えてしまったと、罪悪感はやはり覚えてしまうけれど。

「でも、もっと、もっとするから。もっと、いろんなこと、しようね。大丈夫、博巳さんきっと、これ、好きになる。その顔ぜんぶ、俺に見せてね」

すすり泣くような声、涙の滲んだ目がいろっぽい。慣れたら、真っ正面から抱きあって、自分の目を見つめさせながら奥まで入れて、うんといかせてあげたい。そう告げると、怯えるように博巳はかぶりを振った。

「や、……い、い……っ」

「なんで？　さっきは、何度でも見ていいって言ったでしょ？」

揚げ足をとれば、抗議のために振り返ったきれいな目が一瞬睨んできて、それでも身体をかき混ぜられるあまい惑乱に負けてすぐ、それは閉じられてしまう。

「ん、ふ……っ」

誘われた気がして口づければ、その思いこみは間違いではなかったようだ。がくがくと震える長い脚が亮祐のそれに絡みつき、さきほど傷つけた舌を、博巳のそれがとろとろ舐める。

つながりが深く、浅く、また深く。絡んで、ほどけて、締めつけて、混ざる。腰からしたが蕩けて、博巳のなかにどこまでも堕ちそうになる。

「あ、いっちゃいそ……博巳さん、いってもい？」

「ん、んん、んっ」

ねだる声で耳たぶを噛むと、博巳はもうわけがわからない、とかぶりを振った。

「いっしょにいってね？　こっち、するから……ね？　いこ？」

「ひっ、ひ……いや、あ、あ、だめ、だめだめ、あ……っ」

「ん、だいじょぶ。ほら、出るよ、……いっしょに、出そう？」

いやらしくあまく促すと、博巳は一瞬全身を強ばらせ、しなやかな腰を反り返らせる。

昼でも下肢でもつながった身体でお互いを溶かしながら、駆けあがったさきの痺れるような瞬間を目指す。荒ぐ吐息をしなやかな首筋にこぼし、亮祐は色づいた薄い耳たぶを齧って、好きだよと、これ以上なくあまったるくささやいたのだった。

＊　＊　＊

翌朝、亮祐が目を覚ますと、窓際で外の景色をぼんやりと眺めている博巳の姿があった。シャツとジーンズを身につけているものの、はだけた胸はそのあまやかな象牙色をすっかり覗かせてしまっている。

亮祐が目覚めたことにも気づいていないらしく、指に挟んだ煙草を静かにくゆらせている彼に気取《けど》られぬようそっとカメラを引き寄せ、いきなりシャッターを切った。

「あ!?」

「おっはよー」

びくりと振り返った博巳は、やられた、という顔をした。怒鳴ろうとした矢先、「灰が落ちそうだけど?」と亮祐が指摘してやると、あわてて灰皿を引き寄せる。

怒るタイミングをはずされ、むっとしたままの博巳に睨まれても、亮祐は一向に気にしなかった。博巳の怒った顔は、かなり好きだ。整った顔がシャープになって、さらにいい。機嫌よくにこにこと見つめていると、彼はあきれたように眉のしわをほどいた。

「煙草、吸うんだ」

「ふだんはほとんど吸わない。ていうかこんなときに撮る？　ふつう」

じろりと睨んでくる顔にもレンズを向けると、手のひらで顔を隠された。ちぇ、と笑って起きあがった亮祐が身支度をしながら、ふと気づいて問いかける。

「あれ、博巳さん、今日って会社はいいの？　あ、でも土曜日休みだっけ」

自己完結しようとした亮祐に、博巳はだるそうにかぶりを振った。

「ほんとは今日、クライアントの都合で、出勤の予定だったんだけどな」

「え、うそ、ごめん！」

言われて時計を見れば、十時をまわっていた。大丈夫なのかと青くなりかけた亮祐に「もう休むって電話した」と博巳は力なく笑う。

「どっちにしろ、いまから行ったって仕事にならないし。体調悪いから休むって言ったら、市原さん、どうせ打ちあわせだけだから、かまわないって言ってくれた。……課長代理も来てないらしい。こっちは連絡なしの無断欠勤」

「あ、そう」

昨晩の亀山の怯えっぷりでは無理もないことだが、無断欠勤までするとは、相当なショックを受けたのであろう。

亮祐は起きあがるとジーンズだけを身につけ、顔を洗いに立った。そのうしろをついてきた博巳は、少し険しい顔で問いかけてきた。

「いったいなにしたんだ？」

「ひゃにが」

「亀山さんに。危ないこととか、やばいことしてないだろうね？」

「……ひてなひよ」

歯ブラシをくわえたまま目を逸らすのは、やましいからにほかならない。

（うん、たぶん平気だと思うんだ。……仕込んじゃったスパイウェア以外は）

壮一が言った『トラップ』は、この年のクリスマスイブに作動することになっている。

スパイウェアで亀山の情報を引っこ抜いたハッカー氏は、彼のマシン内部に、とあるウイルスを埋めこんだ。それは亀山が隠し持っていたメールや、すでに削除したものまでを洗いざらい複製し、送信者が確実に特定できるようにして社内中にまき散らす、というものだ。

当然、博巳を中傷したメールもそのなかに含まれていて――その後の亀山については、言わずもがなだろうけれど、それも自業自得というものだ。

「へーきらってば」

「ほんとに？」

歯を磨く亮祐の裸の肩に、ことんと額を預けてくる彼が、心配してくれているのがわかる。

（うお、かわいー）

Canan

昨晩まではけっしてなかった、距離の近さ。思わずときめいた亮祐は、ものすごい勢いで歯ブラシを動かした。さっさとゆすいで、キスがしたい。

がしがしと歯を磨き、口を濯いだあとに、亮祐は笑ってそのきれいな髪を撫でた。

「大丈夫。ちょっと写真撮っただけ」

「写真って？　どんな」

「それは秘密です」

答えながら、さきほどの博巳の姿をおさめたカメラのデータフォルダには、亀山の失禁写真も入っていると気づいた。

（あとで速攻、データ分けよう）

妙な決意を固める亮祐の内心も知らず、博巳は眉をさげたまま「なあ」と腕を引いてくる。

「本当に、大丈夫なのか？」

真剣に覗きこんでくる目は変わらず澄んでいた。昨晩の経験が博巳にもたらしたものは、濃密な愛情の確認だけだったと教えられ、少なからずほっとする。

「信用してよ、ちょっとはさ」

わざと拗ねたように告げて口づけを贈れば、まだ疑わしそうに尖った唇が嚙みついてくる。

むろん、亮祐の言葉に信憑性がないのは、お互いにわかってもいた。

（頼むからハッカーさん、博巳さんの会社に迷惑だけはかけないでね）

けっして言えない言葉をごまかすため、亮祐は熱心に舌を使って博巳の理性をとろかそうと、最大限に努力した。

ちなみに、これは後日の話。

この朝の博巳の写真は、うっかりと日奈子に見つけられ、そこを経由して、あの熱心な教授の手にわたる事態となり、ある雑誌の公募へと、亮祐が預かり知らぬ間に送られてしまう。

そして、これまたうっかりと賞までとってしまったことで、温厚な博巳と別れる別れないの大喧嘩になるわけだが——。

できあがったばかりの恋人たちは、そんな近い未来のことなどつゆ知らず。

狭い洗面所で、ミントの味がなくなるほどの口づけを交わすのに、夢中になっていた。

END

熱愛モーションブラー

年下彼氏、という言葉がめっきりまかりとおるようになった昨今。

わざわざ『年下』とつけるからには、やはりそれがオプション的というか、イレギュラーな話だからだろう、と小井博巳《いさらいひろみ》は考える。

ただ自分たちの場合において言ってしまうと、博巳自身は年上彼氏にもなってしまうので、そのあたりはなんとも複雑だ。

年下彼氏。メリット・デメリットでいえば、だいたい年上側にデメリットが多いらしいというのは、ネットでうっかり検索してみてわかったことだ。

なにしろその語句で検索しただけで、ずらり並んだウェブサイトの見だしたるや、

——年下彼氏の気持ちがわからない。

——年下彼氏に利用され、貢いで面倒みてばかりで……。

——年下彼氏が浮気しました。

といった、相当面倒くさそうなものばかりだった。

かいつまんでいくつか見てみたが、ごく一般的な恋愛の悩みから、女性として『やはり彼の若さに気が引ける』というものまでさまざまだったが、薄ぼんやり見えてきたのは、年上彼女

のプライドと人生経験のおかげで、年下彼氏はずいぶん楽な気分を味わっているなあ、というものだった。

『こっちは社会人、相手は学生。遊びたい盛りだし、私は忙しいし、噛みあわないこともたくさん。デートのときはこっちが費用を持つから楽みたい。セックスも最初はすごくて、正直つきあいきれる体力ないと思ってたけど、しばらく応じなかったら、適当によそで解消してるみたい。でも切られないのって、けっきょく、財布目あてってことなのかな』

自嘲気味に語っていたブログの持ち主に、同じ経験をした女性たちが『わかる、わかる』とコメントしていた。

むろん、ほかのブログなどでは、胸焼けするほど幸せそうなふたりもいたし、あくまでウェブに出てくるものなど、ごく一例だということくらい、博巳にだってわかっている。もしかすると、その記事自体が嘘や創作の可能性だってあるだろう。

けれど、何万とひっかかったデータたちが、ある一定傾向をさしているなら、やっぱりそれはひとつの真実じゃないんだろうかと、博巳は思った。

思わざるを得ない事実が、いくつか重なってしまった、ともいえる。

自室のノートマシンのブラウザを閉じる。机の左には、小さく震えてメールの着信を知らせる携帯電話。作業時にだけかける眼鏡のブリッジを中指で押しあげ、フラップを開く。

サブジェクトは無題、差出人名は『XXX』。

メールを開封して、スクロールすると、毎度の添付ファイルがついていた。しばしじっと眺めたのち、作成済みのフォルダに収納、フラップを閉じ、携帯を放りだす。

なんだか疲れて、椅子の背もたれに身体を預けると、ぎしりとそれが軋《きし》んだ。

「……限界、かな?」

結論として、博巳はこう考えた。

わざわざイレギュラーであると認識させられる語句が成立しているものというのは、やっぱりイレギュラーなことであり――そうそう、うまくはいかないものなのだ、と。

＊　＊　＊

それはよく晴れた日曜日の、午後のことだった。

「悪いな、とは思ってたんですけど」

自室のアパートのまんなかで正座をし、ぼそっとつぶやいた彼は、腕組みをしてそっぽを向く博巳に向かって、何度も頭をさげていた。

「すみません。ほんと、悪気はなかったです。すみませんっした!」

大の男に土下座をされるという経験をした人間が、世のなかにはいったい何人いるのだろう。なかば遠い意識で考えつつも、事態を簡単に許せるわけもなく、博巳は無言で目を伏せていた。

博巳が二十代もなかばになり、篠原《しのはら》亮祐《りょうすけ》という五つも年下の青年と、いわゆるそういう関係になったことに、ためらいがなかった、といえば嘘になる。ゲイセクシャルであるという自覚を持ったこともなかったし、いままでつきあってきたのはすべて、女性ばかりだったからだ。

だが、もともとちょっとぼうっとしたところのある博巳の性格のせいか、男子校出身で多少の免疫があったせいか、ひたすらけなげな行動をとり、熱烈に求愛してきた亮祐に、まんまとほだされ、恋に落ちてしまったのは、半年ほどまえの話だ。

当時、ひどく落ちこむことのあった博巳が酔っぱらって大迷惑をかけたのが、知りあったきっかけだった。泥酔し、吐瀉物を引っかけた相手である彼は、親切にも意識を失った博巳を連れ帰り、ひと晩部屋に泊めてくれた。

その後、どうしてもと請われて、写真のモデルを引き受けたことから、個人的な交流がはじまり、博巳をとことん落ちこませたいやがらせの件も、まるで本人あずかり知らぬところで、仲間たちと共謀して犯人を突き止め、二度とそんな気が起きないように徹底的に片づけてくれたことから、関係が深まった。

亮祐はやさしかったし、頼もしかったし、抱きしめられてなんの違和感もなかった。むしろもっとやさしくされたいなどと、年上のくせに思った自分に戸惑ったり、夢を持つ才能のある彼に憧れにも似たものを抱いたり。

なにより、とびきりあまい笑顔で自分を見る亮祐に、熱っぽい目で見られることがいやではなく、どころかもっと見つめてほしいとさえ思って、自分の気持ちを自覚した。

あっさり恋を受け入れたように思われただろうし、亮祐には「ずいぶん潔《いさぎよ》いんだね」と驚かれもしたけれど、これでもわりと、悩んだのだ。

なにしろいままでの恋愛のように、誰かに気楽に相談、というわけにもいかない。

そもそも博巳の部署はシステム開発部、業務上の関係から、関わるのはシステムエンジニアやプログラマーという、理系男の占有率が高い。

パソコンオタクどもの話題の中心といえば、偏りに偏っている。新しいソフトやマシンが出たときがいちばん盛りあがるくらいで、色恋沙汰に関しての話題などほとんどない。人間関係の機微については、正直あんまりじょうずじゃないかもしれない。

むしろ、面倒な感情の部分の話については、途方にくれてしまうから、あたり障りない距離を保つし、もともと似たような人種以外とはつきあわないようにしている。

たぶん、だから、だめなのだろう。

対人スキルがないぶん、いちど怒ると、どこで引っこめればいいのかわからない。

「これ撮ったときには、なにも考えてなくて、ただ手が動いちゃったっていうか。そのあとも、博巳さんのこと見せ物にする気とか、ぜんぜんなかった」

無言のまま腕組みをする博巳に、亮祐は冷や汗をかきながら、懸命に事態を説明しようと努力していた。

「でも、言い訳するわけじゃないですけど、ほんとに、俺がコンペに出したんじゃないんです」

問題のブツは、四つ切りサイズの印画紙に引き伸ばされた写真だ。

朝の光が差しこむ部屋のなか、裸の上半身にシャツを引っかけ、窓辺にもたれて脚を投げだしている男が、だるそうな顔で煙草を吸っている。

煙が目に滲みるのか、片目を眇めているさまは、情事の疲れを滲ませて、見る者をどきりとさせる色気に満ちている。とはいえけっして下品ではなく、前夜の情交が彼にとって、あまく満ち足りたものであったことは誰の目にもあきらかだろう。

ただしそのモデルが、カメラマン本人とセックスをして数時間後の博巳自身でなければ、こんなにも腹立たしくはなかっただろう。むろん、その夜の相手が亮祐だということなど、わかりようはずもないが、博巳にとっては間違いようのない事実なのだ。

「黙ってコンペに出したとかなんとか、そういうところが問題なんじゃないだろう。そもそも撮影を許可した覚え自体がないって言ってるんだけど」

延々繰り返されていた言い訳に、博巳はやっと口を挟んだ。つっけんどんな物言いでも、口をきいてくれただけマシだというように、亮祐はほっと息をつく。

亮祐の目はわりと大きい。白目と黒目がはっきりしているせいか、きょろっと動く様子はアニメやマンガのキャラクターを思わせた。

上目遣いなんかすると、あざといくらい、ものすごくかわいい表情になる。いつもはその表情にほだされてしまう博巳だけれど、今回の件ばかりはちょっと、許しがたいものがあるので、無表情にじっと見るだけだ。

「俺がどうして怒ってるか、わからないのかな。俺、これ処分しろって言った。で、きみはそれ、わかったって言ったよな？　それって嘘ついたことになるんじゃないのか？」

「それは、わかってますけど」

しおしおと言う亮祐に、怒りは少しもおさまらない。表情豊かな目が、逃げ場を探すように泳いだからだ。

「本当にわかってる？　俺がどうして怒ってるか」

「……写真、処分するって言って、しなかったから？」

でも、もったいなかったし……とさらにごにょごにょ言う亮祐に、博巳はこめかみに青筋を立てた。

「きみさ、この写真、いつ撮ったか、覚えてるよな？」

ばんばん、と博巳は手のひらで、テーブルのうえを叩いた。亮祐はますますかしこまり、正座した身体を小さく縮める。

「これいつの朝だか、わかってないわけ、ないよね。俺ときみがはじめて寝た日だろう」

それでもって、モロにそういう空気が写りこんじゃってるじゃないか——という言葉はさすがに引っこめたのに、ちょっとだけ小首をかしげた亮祐は、またいらぬことを言った。

「……でもその博巳さん、カッコイイでしょ？」

本音を言えば、博巳も、いい写真だとは思う。亮祐の腕もかなりなものだと素直に認めよう。賞をとったというのも納得の一枚だとは思う。だが、プライベートを暴かれたような居心地の悪さは無視できない。

なにより、盗み撮りされた事実を無視することは、とうていできなかった。

「かっこよくなんかない。みっともない」

作品としていくら出来がよかろうが、認めるわけにはいかず、博巳はひとことで切って捨てた。亮祐は食いさがってくる。

「じゃ、きれい」

「だらしないだけ、の間違いだろっ」

「すっごいセクシーなのに、なんでだめなの？」

本気でわかっていないらしい亮祐に、博巳は叫びそうになった。

今回の一件に対して、博巳は許しがたい怒りを感じているというのに、この芸術家の卵は少しも理解してくれないのだ。

「自分の写真でそんなこと考えるほど、俺はナルシストじゃないし、恥ずかしいだけだよ！」

まったく嚙みあわない論点のおかげで、一時間ばかり堂々巡りの会話をしている。平行線をたどってばかりの状態にも、いいかげん嫌気がさしてきた。頼むからわかってくれないだろうかと声を荒らげ、博巳はまたテーブルを叩いた。

「なんでそういうプライベートなもの、残るような真似するのか、意味わかんない。しかも他人に見られるなんて！」

「だって、見るのなんかせいぜい、審査員だけですよ。雑誌の選評なんか、こーんなちっちゃい、三センチくらいのサムネイルが載ってるだけで、誰も気づかないし」

「そういう話じゃ……！」

怒鳴りかけて、唐突にむなしさを感じ、口をつぐんだ博巳は深々とため息をついた。

（亮祐以外の誰かに、ひとりでも見られたのが問題だと言ってるのに）

気力が萎えかけている。もともと怒りを持続させるのは苦手で、どころか怒ること自体が苦手なのだ。顔を手で覆い、博巳はもういちどため息をついた。

長い沈黙が流れ、亮祐は緊張の面持ちで黙りこくっている。数分後、肩で息をした博巳は、じっとおうかがいを立てている亮祐の顔を見つめて、重い口を開いた。

「わかった、もういい」

「あ、じゃあ、もう怒ってない？」

ぱっと明るい顔を向ける彼の表情を、ふだんならかわいいと思っただろう。ついほだされて、しかたがない、と苦笑いで許したかもしれない。

けれどもう、博巳は限界だった。限界がくるまで、疲れていた。

「怒ってないよ」

薄笑いを浮かべて告げると、なにかが妙だと思ったのだろう。亮祐が警戒したような表情になった。

「あの……博巳さん、ほんとに許してくれた……？」

おずおずと問いかけてくる彼に、もうこれは思いきるしかないと、博巳は息を吸いこんだ。

「許すも許さないもない。もういいよ。別れよう」

すっぱり言い放った博巳に、亮祐はきょとんとした顔をした。

ばか犬だ、とその顔に思う。いたずらして、なんで叱られたのかわからず、それでもごめんなさいのポーズをとりながら反省はしていない、ばか犬。

「あの、博巳さん、そういう意地悪は」

「悪いけどね、本気」

まだ亮祐は、ぽかんのままだ。目をぱちぱちとしばたたかせ「……えっと」と小さくつぶやく声が、かすかに震える。

「ど、どうして？」

それがわからないのが問題なんだろう、と博巳は奥歯を噛みしめる。そして、ここ数日ずっと考え、用意しておいた台詞を一気に吐きだした。

「どうもきみと俺のモラルって、根本的に噛みあわないのかなと思えてきたから」
思いも寄らなかった言葉に、亮祐が目をまるくした。さっきの、ぽかん、きょとん、とした
それとは違う、呆然とした表情には、いつもの明るさがない。
「これ以上続けるのって、たぶん、もっとお互いに溝ができるんじゃないかな」
冷静に聞こえる声で続け、博巳が立ちあがると、我に返ったように亮祐が声を大きくした。
「ま……待って、ちょっと待って！」
血相を変えて、立ちあがった博巳の脚にすがりついてくる。その様子は、本気で動揺しても
いるようだし、傷ついた顔もしている。
「なんで？　写真一枚のことでそこまでいっちゃうわけ？　俺、謝ってるし、反省もしたし、
二度とこういうことしないから！」
震え、ひきつった亮祐の顔が哀しくて、博巳は目を逸らした。
博巳としても、そんな顔をさせたいとは思っていない。かわいいな、と思ったし、だからい
ろいろ求められても、許してしまった。
恋をしたのだと思った。亮祐はやさしいし、かっこいいし、かわいい。博巳のぼんやりなと
ころや、欠点でもあるドジっぷりも許してくれ、年下ながらの包容力もかなり魅力だ。
でもたぶん、芸術家気質《かたぎ》がゆえに、ほんのちょっとだけモラルが足りない。
「二度とこういうことしない、って、俺、何回聞いたかかな。この間は、終わったあとどころか、

最中までカメラ持ちだしただろう」

　博巳の冷たい指摘に、ぐっと亮祐は息を呑み、気まずそうに目を泳がせた。

　出会いからは約八ヶ月、交際らしきことをはじめて半年がすぎた。その間、けんかというけんかはあんまりしなかったけれど、なんどかこの手の言い争いを——といっても博巳が厳しく注意するだけのそれを——したことは、ある。

　そしてたいていは亮祐の平謝りで、その場はおさまっていたのだが。

「亮祐、……篠原くん。ちょっとまじめに聞いてもらってもいい？」

　名前で呼んでとねだり倒され、親密になって二ヶ月めにあらためた呼び名を、もとのものに変える。博巳の本気度がわかったらしく、亮祐はふたたび居住まいを正した。

　博巳も、その正面に正座して、じっと彼を見つめた。

「もう今後は言わないから、よく聞いてください」

「なん、でしょうか」

　博巳の本気を感じとったらしく、彼の顔色がすっかり青ざめている。かわいそうな気分にもなるけれど、この雰囲気と顔だちのおかげで、ずいぶんあちこちからあまやかされてきたのだろうなあ、というのも想像がついた。

「正直言ってね、俺は学生のうちは、ある程度なら遊んでもかまわないとは思ってる。羽目をはずせる最後のモラトリアムの時間だし。……でもね、それはなにしてもいいってことじゃない。わかる?」

神妙な顔でいるけれど、亮祐は本当にはわかっていないんだろう、とせつなくなった。

傷つけたいわけではないし、亮祐のことはまだ、好きだ。とても好きだ。

けれど、だからこそ、いやな話もしなければならない。年上の大人として、男として、言ってあげなければならないことがある。

「俺はね、カメラを持つきみのことが、とても好きだよ。でもね、ひとには許せないことがあると、ちゃんと覚えてほしい」

真摯に告げた言葉が、どこまで通じるものかはわからない。けれど、これは自分が言うしかあるまいと覚悟を決め、博巳はあえて厳しい言葉を発した。

「きみのやっていることは、ときとして危うい場面を写してしまうこともある」

それによって他人が傷つくこともあるのだと、知ってほしい。噛んで含めるような口調で、博巳は諭した。

「作品を作ったからには管理する責任があるだろう。だから、きみじゃなくて、教授と日奈子《ひなこ》ちゃんが勝手に応募したと言っても、それは通用しない」

亮祐の友人であり、少しおせっかいな水元《みずもと》日奈子。最初に見つけたとき、作品としてすばらしいと感じ、どうしても教授に見せずにはいられなかったと彼女は言っていた。

——ごめん。あたしもちょっと、軽率だった。まさか無断で撮ってるとは思わなかったの。

コンペに通ってしまったあと、まったく知らなかった博巳が烈火のごとく怒ったと聞いて、彼女はわざわざ直接会いに来てまで謝ってくれた。

——自分の恋人だからって、隠しておくことないじゃんって、発破かけちゃったのあたしだから。あいつ、野心とかあんまりないから、そうでもしないと埋もれそうで……。

友人として、きちんとした作品を世に出す意欲が薄い亮祐を心配し、なにかのきっかけになればと思ったのだそうだ。その気持ちはわかるし、日奈子に対しては怒っていない。

だが、亮祐よりさきに彼女のほうが謝ってきたことについては、納得していない。

筋がとおらないし、ちょっと過保護すぎる。そして亮祐も、あまやかされすぎている。

「きみがどういうカメラマンになるかはわからないけど、作品を作るなら、発表する段階まで、ぜんぶ自分の責任だって、ちゃんとわかってるべきじゃないかな」

「……はい」

神妙な顔でうなずく亮祐の顔は、真剣だった。博巳の言葉をきちんと受け止め、理解しようと必死に聞いているのがわかる。

(まじめなんだよね。ちゃんとすれば、ね)

本質はいい子なんだよな、とほころびかけた表情を、博巳は引き締めた。

「あとね、説教じみてごめん。でも、どうしても言わせてほしい」

「なんですか」

「きみみたいに若いと、セックスについてももっと軽く考えてるんだろうけど、やっぱり気をつけたほうがいいと思う」

「えっ……」

いままでの流れからはずいぶん逸れるような『セックス』という単語に、亮祐はぎょっとしたように目を瞠った。動揺した隙を突いて、博巳はたたみかける。

「俺たちみたいな関係についても、オープンすぎるのはやっぱり、いいことじゃない。日奈子ちゃんやまわりのひとに、教えてまわるのは、やめてほしかった」

いまさらのことを指摘すると、亮祐は息を呑んだ。

「ひ、博巳さん、いやだったんだ？」

「ふつうはいやだよ。自分の恋愛関係言いふらされるのなんか。ましてや……男同士なんだし」

説明するにもうんざりしてきて、博巳はため息をついた。

そして彼は、本当になにも気づいてなければ、なにもわかっていないんだなあ、と思った。

(言われなきゃ、わからないんだな。まだ現実に、実感がないんだろう)

二十歳の学生なんて、そんなものだ。法的な成人が認められても、中身は責任能力のない子どもといっしょで、高校生に毛が生えた程度でしかない。

うっかり許した自分が、あのときどれほど気が弱って、判断能力を欠いていたのか、いまさら思い知っても遅い。そしてそれは、博巳の責任でもある。

「あの写真は、雑誌社のコンペ担当のひとしか見ない、さっききみはそう言ったけど、あれがうっかりなにかの雑誌に掲載されでもしたら、そしてそれが知ってる人間の目に触れたら、俺のプライバシーはどうなる？」

はっとしたように、亮祐は青ざめた。

「でも、あれはあくまで選考だけだから」

「結果論を話しているんじゃないんだよ。可能性の話だ。そして世のなかに、ぜったいにあり得ないことってのは、ないんだよ。……以前、俺は中傷メールをまわされた。覚えてるよね？」

忘れるわけがない、と亮祐がうなずいた。博巳は「だったらわかるだろ」と続ける。

「またああいうことをしたがる連中が、俺のあの写真見たら、どう思うかな？　やっぱりセックスに対してだらしない人間だ、そう思われることは、社会人として致命傷になる。わかる？」

子どもに言い聞かせるような口調で告げると、ことの重さを亮祐はようやく飲みこんだようだった。

「ごめん、なさい」

聞いているほうが苦しくなるような声で、亮祐は謝罪した。

苦しそうな表情は、ふだんの亮祐を知るだけに、見ていてつらかった。本当は、もういいよと言ってやりたかった。けれど博巳は、ここからが本題だと、なおも続けた。

「それから、年末のことだけど。十二月二十七日、きみはどこで誰と、なにをしていたのか、俺に言えますか」

「十二月……、って」

絶句した亮祐の顔が、さーっと青ざめていく。その顔に、博巳の胸が痛んだ。

(ああ、やっぱりか)

予想はしていたし、確信もあったが、こういうのはやはりいやなものだと唇を噛む。

ポケットから携帯を取りだし、受信メールの添付写真を表示して、彼に差しだす。

見せたとたん、亮祐は無言で頭を抱えてしまった。博巳は無言でフラップをたたむ。

「……ね。黙って撮られるのはいやなものだろう」

淡々と言う博巳に、亮祐はうつむいたまま顔もあげない。

日付入りのその写真では、赤い顔をした亮祐が、見知らぬ誰かとディープキスをしていた。舌の絡む音さえ聞こえそうな、激しい写真だった。

「これ、飲みすぎちゃったって言ってた日だよな」

年の瀬、クリスマスはすでにすぎていたその日、本当はふたりで会う約束をしていた。二十四日も二十五日も、博巳は出勤が確定していて、しかも夜半をまわるのは確実だった。そのため、はじめてすごすイベントの代わりにと、二十七日に予定を決めてあったのだ。

だが、朝から博巳に急な仕事が入って、デートはキャンセルになってしまった。

――なんで？　断ってよそんな呼びだし。

――無理言うなよ、仕事なんだから。

博巳も悪いとは思ったが、仕事ではどうしようもない。博巳の抱えている仕事はそのころ大詰めで、年の瀬ともなれば忙しさはいや増す。冬休みに入り、時間がたっぷりある亮祐とは根本的に時間の概念が違うのだ。

ある程度は理解してくれていた亮祐だが、さすがに三回連続のドタキャンには思うところがあったらしい。つきあいはじめて間もないとはいえ、焦れていた亮祐にしてみると、これからの『恋人の時間』に対しての期待も大きかったのだろう。だが博巳の態度は相変わらず、仕事はますます忙しいときて、彼はかなりがっかりしたらしかった。

――仕事仕事って、この間も会えなかったじゃん！　なんでそんなに忙しいの!?

おかげでむくれた亮祐はまるっきり子どもになってしまい、申し訳ないと思いつつも、多忙さにいらついていた博巳もまた声を荒らげた。

――子どもみたいなこと言うなよ！

売り言葉に買い言葉の果てに口論になってしまい――ひとりで遊びに出た亮祐は、常連である店『ＲＯＯＴ』で前後不覚になるまで飲んだ、というわけだ。

「ひどい飲みかたしてたって、日奈子ちゃんが話してくれたよ。ずっと、女の子相手にくだ巻いてたって。で、気づいたらふたりともいなかったって」

「ちが、それは、それは、言ったじゃん！」

ぱっと顔をあげ、必死に言いつのる。

「うん、まあ、次の朝、起きたら公園でひっくり返ってたって、それは聞いた。でも、それまでの時間、その女の子といっしょにいたのは事実だよな」

ぐっと亮祐が言葉につまる。追いつめすぎないよう、慎重に言葉を選んで、博巳は続けた。

「その、いっしょにいた彼女と、一線越える……って古めかしい言いかただけど、そこまでしたとは思ってないよ」

「じゃ、じゃあ、信じてくれる？」

亮祐はほっとしたように青ざめた唇をゆるめた。だが、続いた博巳の言葉に彼はまた打ちのめされた顔をする。

「でもね、本当にセックスしたかどうかは、すでに論点じゃないんだ」

「な、な、なんで」

口が達者な亮祐が、どもっている。本当に動揺しているのだな、と、博巳はまるで他人事のように思った。他人事にしてしまいたかったのかもしれない。

どう言いつくろおうと、いま現在のこの時間は、完璧に、修羅場だからだ。

気は進まないけれど、いやな話はさっさとすませてしまおう。言いづらいことだが、これ以上遠まわしにしているのも、まるでちくちくと嫌味を言って亮祐を苦しめているかのようで、ますます気が滅入《めい》る。

大きく息を吸いこんで、博巳は最後のカードを切った。

「ここずっと、俺のところに、この手の写真が定期的に送られてきてるんだ」

「えっ……だ、誰から？　なんでそんなの？　つか、なんで博巳さんのメアド、知ってんの」

「そりゃ、知ってるひとが、情報盗まれたからじゃないのかな」

くす、と博巳は嗤《わら》う。いい意味ではない、乾いたそれに亮祐が顔をしかめたけれど、とりあわずに言葉を続けた。

「あのね、俺、女の子じゃあないから、いちいち言うつもりはない。ちょっといいな、ってふらっとするのは男としてわからない部分もなくはないし、みんなきれいな子ばっかりで」

「……みんな？」

ぞっとしたように、亮祐は身体を震わせた。そして押し殺した声と同時に、手を差しだしてくる。

「ケータイ見せて」

「どうして？」

「いいから見せて！」

差しだしたそれを、ひったくるようにして亮祐は奪いとる。いらだった目でメールを確認していくのを眺めた博巳は、妙に冷めた気分だった。

「……『XX』って名前のフォルダにまとめてるから、そこだけ見ればいいよ」

淡々と告げる博巳のまえで、亮祐は顔を強ばらせ、ひたすら画像を確認していた。

フォルダの中身はすべて、亮祐がキスをしているか、誰かと抱きあっているか、じゃれあっているかという画像ばかりだった。相手は男女問わず、軽いものからディープなものまでさまざまだけれど、とにかく篠原亮祐という人物を知らない人間が見たなら、とんでもない男だと思うような写真の数々だ。

「こんな、いっぱいメール来てんの、なんで黙ってたの」

あえぐようにして言った亮祐に、博巳は軽く肩をすくめてみせた。

「いちいち言うことじゃないかなあ、と思って」

最初は本当に、そう思っていた。

だがそれが、定期的に届くようになりはじめ、五通、十通とたまっていくうちに、だんだん寒々しい気分になってきた。

「これって、いやがらせ、じゃん。なんで言ってくれなかったんだよ」

「言ってどうするの？　また犯人捜しする？　ちなみにこれ、亀山さんじゃないと思うよ。場所、見覚えあるよね」

静かに問いかけると、こくりと亮祐はうなずいた。メールにある写真の背景には、博巳もいちど連れていってもらった『ROOT』の店内が写っていた。

「こんなこと言いたくないけど、きみ、メールの主に心あたりがあるんじゃない？」

ぐうの音も出ない様子で亮祐は唇を震わせていたが、しばらくの間を置いて、「ひとつだけ言い訳させて」と言った。

「このメールの大半は、博巳さんと会う一年まえの年末のパーティーで、カウントダウンのキス祭りやったときので。意味とか、ぜんぜんないよ」

「うん、まあそれは、そうなんだろうね」

キスやハグの写真は、背景を見ればパーティーかなにかの悪ふざけだとわかるものも多かったし、服装もまちまち、髪の長さもばらばら、相手もいろいろ。少なくとも二年くらいの長期にわたって撮影されたものだということはすぐに見当がついた。

あっさりうなずくと、亮祐はプライドが傷ついたのか、複雑な顔をして口を尖らせる。

「そうなんだろうね、って、……妬《や》いてもくんないの？」

「妬かなかったと思う？」

穏やかに告げると、亮祐はじわっと涙目になった。こういう、喜怒哀楽のはっきりしたところも好きだったなあと、内心過去形でつぶやく自分がちょっと哀しい。

「たいていは、酔っぱらった勢いなんだろうって、ひとつひとつを見ればわかるよ。それを、いちいち目くじら立てて怒るなんて、みっともなくてできない」

「じゃあ、どうして別れるとか言うんだよ。そんな、酔ったうえでの悪ふざけで、俺、ふられるの？」

悔しそうに睨む赤い目。傷ついた顔を見ると、やっぱりまだ好きだなあと思う。

けれどもう、いまとなっては、素直にそのあまい感情には浸っていられない。

「お酒はね、まあもう二十歳だから、自己責任だと思うけど。意識が飛んだり気が大きくなる傾向があるって、そろそろわかっておいたほうが身のためだ」

言いながら、ひとのことはあまり言えないな、と博巳は自嘲した。

出会いは博巳が悪酔いして迷惑をかけたせいであるし、亮祐には酔った勢いで告白された。お互い酒癖悪いなあ、などと、思い出話で笑ったこともある。

「そしてね、酔った状態の篠原くんが、どれくらい理性が危ういか、俺は知ってる」

「俺、博巳さん裏切ったりしてない！」

「気持ちはね。でも、朝帰りして公園で起きたって言った日。記憶がないって言ったとき、きみ、目を逸らしてたよね？」

言いながら、いやだなあ、と博巳は思った。責めたくないし、もめたくない。なじりたくなんかない。ついでに言えば、あのことについて、本当は口にもしたくなかったけれど。

「それにね、公園なんかで寝たら、泥汚れだってつくだろう。でもきみはそんなのなかったし、それに……お酒に混じって、香水みたいな、そんなにおい、してたんだよ」

色のない声で発したそれに、亮祐は罪悪感混じりの、傷ついた顔をした。

「そのときは、なにも、言わなかったじゃん」

反論の声は力ない。その件について、いちばん自信がないのは亮祐自身なのだろう。というよりおそらく、うっかり酔った勢いで、危うい真似をした可能性があることを、誰より知っているのは彼だからだ。

「俺がごまかしたら、博巳さん、ふうんって流したじゃん。なんでいまごろ言うの」

「どうしてだと思う?」

「わかんないよ。俺だってあの日、ろくに記憶ないんだよ。ただ起きたら、ホテルで、裸だった。すげえ焦って、そのままホテル飛びだして……帰ってきたら博巳さんがいたんだ」

とても残念なことに、博巳の懸念は事実だったのだろう。詳しく語られなかったあの日のことを、いまになって亮祐は口にせざるを得なくなった。

そして、やはりと思いながらも、苦くやるせないものを感じるのはしかたがない。

「まあ、そうだろうなあと思ってたけど、本当に遊んでたんだね、きみ」

かすれた声が嫌味に聞こえないよう、博巳は祈った。だが、亮祐は目を尖らせる。

「どういう意味、それ」

「言わないとだめかな?」

うなずかれ、博巳はため息をついた。

「嘘つくの、うますぎた」

あの日、博巳を休日出勤に引っ張りだした仕事は思ったよりも早く終わり、これなら会えるとメールを入れたのに、返事はなかった。

そして、合鍵をもらっていたアパートで博巳はひと晩、待っていた。亮祐は翌日の昼、酒くさい息をまき散らし、妙に疲れた顔で帰ってきた。

そして博巳を見るなり、一瞬ぎょっとした顔をした。だがそのあとは、すぐにいつもの顔で笑ってみせた。

——あ、来てたんだ？

——メールしたけど、気づかなかった？

——ごめん、すっげえ酔ってて……電波悪いところにいたし、あとは酔いつぶれてた。

問いかけると、亮祐は焦った様子もなく、さらりと答えた。十二月の真冬、よく凍死しなかったなと問えば、「気づいたら段ボールにくるまってた」と、そんなことまで亮祐は言っていた。妙に真に迫った話だったから、昔、本当に経験したことだったのかもしれない。

ナチュラルで、説得力のある言い訳だった。顔を見た瞬間の、妙にうろたえた顔を見ていなければ、鈍い博巳にはなにもわからなかっただろう。

だがなぜか、そのときだけは、妙にぴんときた。なにかやましいことをしたのだと、ふだんよりまっすぐ見つめてくる亮祐の視線に悟り――けれど博巳は、なにも言わず微笑んだ。

――地下のクラブかなんか？　あんまり羽目はずしたらだめだよ。

そのあとは、いつものとおりにすごした。セックスもキスもしないまま、穏やかに話して、DVDの映画を観て、遅くなるまえに帰った。

それきり二度と、その話は口にしなかった。

「……仕事になんか、行かなきゃよかったかな」

そうすれば亮祐は自分といただろうし、言い訳と嘘がうまいことにも、気づかずにいられた。いまこんなふうに、憂鬱な気分で向かいあうこともなかっただろう。博巳がつぶやくと、亮祐は重い声を出した。

「言わないでよ、そういうこと」

まるで、取り返しがつかないみたいな、そんなこと――。

部屋に、沈黙が落ちた。間が持たず、博巳は煙草に火をつける。

最近喫煙数が増えたねと咎めていた亮祐も、もうなにも言わない。なぜ煙草の本数が増えたのか、ようやくわかったからだろう。

無音の部屋に、博巳がふかす煙草の焦げる音と、煙を吐きだす不規則な呼吸の音だけが響く。

静かすぎる空間で、博巳は唐突に、日奈子の声を思いだしていた。

――ねえ、あたしが言うのもヘンだけどさ、小井さん、アレとつきあって大丈夫？

亮祐に紹介された日奈子は、頭がよくてしっかりした子だった。さきほど、オープンすぎると亮祐を責めるようなことは言ったが、彼女を紹介されたことについては感謝している。

お互い好感も持てたし、正直言って、亮祐との関係に迷ったときには、年下の彼女に聞いてもらうこともあった。その際に、少し心配だ、と真顔で言われたのだ。

——亮祐、かなりぶっ飛んでるとこあるし、あほだから。小井さんみたいな、まじめなひとだと、ときどきついていけないかもしれない。でも、見捨てないであげてくれる？

なにかあったら相談に乗るからと言われ、ありがたかった。けれど今回の件については、彼女にも言えなかった。——見捨てない、とはとても言えそうにないからだ。

煙を吐きだしたあと、博巳は淡々と打ち明けた。

「あのね、さっき、情報盗まれたんじゃないかって言ったろ。それ、その日だと思うよ」

「え……」

「メールね、きみの朝帰りのあとくらいから、届くようになったんだ」

博巳が約束をドタキャンし、亮祐が泥酔した日。その翌日からメールが届きだしたと打ち明けると、ぎょっと亮祐は目を瞠った。強ばった唇が震え「どうして」と彼は言った。

「な、なんでそのとき言ってくんなかったんだよ!?」

「すぐ終わるかな、と思ってたから」

けれどそれは、いつまでも終わらなかった。そして、ことがこうまでこじれてしまったのは、博巳がそれを見逃したせいでもある。

複雑な自己嫌悪に駆られ、自嘲気味に微笑んだ博巳は、あえて茶化すように言った。

「ていうか、メルアド盗まれたこと、気づいてなかったんだね。まあ、それもそうか。覚えてないんだろ？」

「……店で、トイレいったときとかに、見られたのかも」

言い訳する亮祐に、博巳は、困った子だなあ、と苦笑いするしかなかった。

「それはあり得ない。きみはいつも、携帯、ジーンズのポケットに入れてるよね。ウォレットチェーンつけてることも多い。なくすからって。だから、きみの携帯盗み見ることができるとしたら、そこから引っ張りだすか……脱いだとき以外にはないだろ」

状況から見て、ホテルに連れこまれた際、博巳のアドレスが盗まれたのは間違いない。

もうあきらめなさいと、穏やかに告げる。亮祐はうなだれた。反論できないのだ。

（かわいそうなくらい、へこんでるな）

ふと、彼に対してこんなことで責めたり叱ったりした人間は、あんまりいないのではなかろうか、と思った。

日奈子やあの『ＲＯＯＴ』の店長である壮一あたりは、亮祐の若さゆえの無鉄砲や無分別をたしなめることがあった、と聞かされていた。けれどそれは、親密な関係を持ち、彼の『遊び』を責める権利を持つ人間としてではない。友人として、年長者としてのものでしかないはずだ。

少なくとも、恋人に問いつめられたことなど、彼はいちどもなかったに違いない。

「なんで、ふだん鈍いのに、今回に限ってそうまで鋭いの?」

疲れたような声でつぶやく亮祐に、博巳は苦笑するしかなかった。

「きみとつきあって、半年経ったね。で、その間、俺はいろいろ、きみのこと知った」

「……うん」

「で、ね。それほど長いつきあいでもない、鈍い俺でも、きみがなにか嘘ついてるなってことくらいは、わかるようになっちゃったんだ」

この半年、博巳は博巳なりに、亮祐を見てきた。そして、あまりにも自分とは違う彼のはじけっぷりに、度肝を抜かれたこともいくつかあった。

バイセクシャルの亮祐は、たぶんその年にしては、けっこうじょうずに遊んでいたのだろう。

無自覚な色気はすごいし、同性との恋愛を意識したこともなかった博巳を、あっさり虜《とりこ》にした魅力は、精神的なものもあれば容姿もしかり、そして性的な部分もある。

なにしろ、はじめて寝た日に博巳がまず思ったことは、

——若いのに、ものすごく、こなれたセックスするなあ。

ということだった。

(本当に大丈夫なのかな、俺)

あまりにもタイプが違いすぎる人種だと、途中で気づいた。それでも、わざわざリスキーな恋愛に飛びこんだのは自分のほうだし、そうひどいことにもならないだろうと高をくくっていた。

けれど、耳に入ってくる話は疑念を呼び覚ますのに充分だったし、事後の写真を撮影するという、博巳には理解できない感覚の違いも見過ごせなかった。

ドタキャン後、泥酔しての朝帰り。あげくこのメールが舞いこんできたことで、この一件以外に、彼がなにかしでかしていないと言いきることが博巳にはできなくなった。

不実や浮気というよりも、酒のうえでの失敗だろう。けれども、だらしない、と思ってしまったのは否めない。本音を言うなら、怒るというより、ただあきれた。

(やっぱり若いんだなあ)

ゆるさと一途さのバランスが悪い。基本的にまじめなのに、嘘はさらりとじょうずにつく。けれど、それを開き直りきれはしない。しっかり意思を持って、酒に飲まれることから逃れるほど、大人になってもいない。

いままでは、亮祐のそういう面を、しかたないかと許してきた。悪気があったわけでもなし、まだ遊んでいたい時期、ブレーキがかかりづらいのは理解できる。

けれどやはり、証拠を目のまえに突きつけられて平然とするほど、恋愛に慣れても、すれてもいない。

亮祐が場数を踏んでいるのは間違いない。逆に、年こそうえだが、基本的に淡泊だった博巳のほうが、間違いなくウブな部分は多い。

それなのにさっきから、妙に悟ったようなことだけが口から出ていく。それがなんだか皮肉で、博巳は少し嗤った。だが亮祐は笑える気分ではまったくないらしく、ますます顔をひきつらせる。

「相手、知ってる子だった？」

問いかけると、亮祐はしばし考えこんだあと「……わかんない」と途方にくれたようにつぶやいた。

「わかんないって、どういうこと？」

「起きたとき、相手はシャワー浴びてたんだ。俺、宿酔《ふつかよ》いひどくて記憶さっぱりないし、なんかしたんじゃないかと思ったら怖くて、とりあえずホテル代だけ置いて、出てきた」

それはそれで最低ではなかろうか。視線で咎めると、亮祐はわかっているというように身をすくめた。

「でも、たぶん、店の客のひとりだと思う。最後に飲んでたの、『ROOT』だから」

「……だろうね」

あきらめまじりにうなずいて、博巳はこうなればすべて言ってしまえと思った。

「俺が言う話じゃないと思うし、口出すのは申し訳ないけど、『ROOT』のお友達？　気をつけたほうがいいと思う」

キスの写真が物語るように、亮祐の飲み仲間たちは羽目をはずしやすい。たぶん享楽《きょうらく》的な関係を持ったことがあるのはひとりふたりではないだろう。そして前後不覚になった彼を虎視《こし》眈々《たんたん》と狙っている人間の数は、案外少なくないのだと、この半年で博巳は学習していた。

ゲイセクシャルは基本的にワンナイトな関係で、まともな交際をする人間のほうが少ないのだと教えてくれたのは、これも日奈子だった。

——壮ちゃんみたいに、しっかりパートナーいるほうがめずらしいよ。でも篠原なんかはバイだから、恋愛観はヘテロよりだけど……。

囲んでるのはそういう連中ばかりじゃないから、いやな思いもするかもしれない。日奈子の忠告を、最初博巳は「まさか」と笑っていた。

亮祐は、こっちが驚くくらいに一途に思ってくれていたし、やさしく尽くしてくれた。そんな彼が浮気だなんだと、そんな真似をするなんて、本当に笑い話だった。

突然会えなかった日の、一瞬のうしろめたい表情。ごまかすのがうまいことを知るまでは、本当に純粋に、彼を信じていた。

「写真の背景、ぜんぶここ絡みだし、それにこれが届くのって、俺がきみと会ってない日だけなんだ」

「え……」

のべつまくなし、くるわけではない。だがメールが届くのは、必ず亮祐と会っていない日だ。その法則に気づいたときは、いったいどこで、誰が見ているのかと気持ち悪くなった。

「悪質なストーカーだろうか、とかも悩んだ。でも、きみと会ってない日に、メールが来ないこともある。それでぴんときた。このメールの送り主が行動をチェックしてるのは——ターゲットにしてるのは、俺じゃない」

なにげない顔で、亮祐や日奈子にそれとなく探りを入れてみると、メールが届いたその日は、『ROOT』に彼がひとりで訪れた日であることがわかったことで、疑惑は確信に変わった。

それを伝えると、亮祐は愕然と目を瞠り、口を開閉させた。

「なんで……だって、あそこにいる連中、みんな友達で。俺のこと応援、してくれて」

「必ずしも、心と行動が一致していない場合もあるんじゃないかな」

静かに諭《さと》すと、亮祐はショックを受けたように固まっていた。おそらく、友人と思っていた人間の誰に裏切られたのかと、せわしなく考えてでもいるのだろう。

博巳は、かわいそうに、とまるで他人事のように思う自分が不思議だった。だが、もう何ヶ月もこの手のことに見舞われ、慣れてしまったのかもしれない、とも思った。

「きみが『友達』と認識していない相手かもしれないけどね」

博巳は淡々と告げる。亮祐のあまりの落胆ぶりを見かねての慰めの言葉ではなく、ここしばらく博巳が考え続けたあげくの、推論のひとつだった。その冷静さに傷ついたように、亮祐は顔を歪めた。

「ごめん、博巳さん。ちゃんと、誰がやってるのか突き止める。それからもう、こんなことさせない。だから、だから、別れるの待って。謝るし、俺、二度とこんな――」

「待って」

必死に言いつのる亮祐の言葉を遮り、博巳は哀しく微笑んで告げる。

「さっきのフォルダじゃなく、『XYZ』ってフォルダもあるから、そっち、見てみて」

亮祐はおずおず、言われたそれを開いた。そちらは、『XXX』とは違い、届いたメールはたった二通しかない。けれど、画像を開けたとたん、彼は顔面蒼白になった。

「いつの、とかは訊かないでおくけど、これは完全にアウトでしょ」

衝撃的な写真は、見て確認しなくても目に焼き付いていた。

裸の亮祐が、ベッドのうえで戯れている。不機嫌そうにカメラを睨み、払いのけようとしたのだろう。やめろ、というようにレンズのまえに手をかざし、もう片方の手はべつの誰かの腰を抱いている。つまりは、とても親密な行為に第三者が介入している、ということだ。

険しい顔の亮祐を映したショットは、手ぶれが起きている。対象物の動作が画面上に流線を描く、その現象を『モーションブラー』と呼ぶことは、亮祐に教わった。

――『ぶれ』と『ブラー《blur》』って、響きが似てておもしろいよね。

違う国の言語でも、まれに似たような響きや、まったく同じ発音の言葉があったりする。そんなささやかな発見とおかしさを共有した記憶が、博巳の胸を痛ませた。

「念のため、メールデータのコピーは抽出して、自宅のPCに保存してある。この手のいやがらせメールについては、証拠残しておくのがいちばんだし、見たくもなかったけど、一応とっといたんだ」

冷静に告げたつもりでも、声が震えた。そうして、あまりに無節操だった彼について、思った以上に傷ついている自分を知った。

「ま……待って。違う。これ、あの。もうずっとまえの――」

言い訳か、釈明か。なにかを言いかけた亮祐のまえに手のひらを見せ、なにも言うなと博巳はかぶりを振った。

「ごめん、聞きたくない。これは本当に、なにも言わないでほしい。余地がない」

乱交か、やってる最中に踏みこまれたのか、それはわからない。亮祐もさすがに楽しげには見えないのがせめてもの救いだが、とはいえ連写されたその写真を見るに、中断して追いだした、ということもなさそうだった。

だからこそ、博巳は事後を撮った写真について、いまごろになってこんなにも、腹を立てている。撮る、という行為において、カメラマン志望である亮祐が、少しばかり常識の部分を忘れてしまうことを、この一年足らずで知ってしまったからだ。

過去を詮索してもしかたないこととはいえ、これらのことがすべてつながって、現在の状況を作りだしたのは事実だ。今後のためにも、亮祐はそれを、ちゃんと、知らないといけない。

「篠原くん。たとえ昔話でも、俺、こういうモラルのないことって、だめだ」

だめ、の言葉に亮祐はびくっと震え、反論もできずに押し黙る。博巳は、諭すように告げた。

「きみが……芸術家気質っていうのかな、そういうところがあって、作品としていいと思ったモノを素直に撮りたいと思う気持ちは尊重したい。けど、俺にとって、セックスってとてもプライベートで、ひとのを見たくもなければ、見られたくもないんだよ」

嫉妬とか、浮気がどうこうだとか、いやがらせとか、そういう話ではない。

過去であれ現在であれ、この手のモラルのなさは、博巳にとっては生理的に受け入れられないことだった。

「半年の間に、ほんとにいろいろあった。で、俺はちょっと、お腹いっぱいなんだ」

事後の写真を撮られ、知らないうちに発表され、うしろめたい顔で朝帰りをされ、恋人が誰彼かまわずキスしている写真を立て続けに送りつけられ——とどめが、知りたくもなかったいかがわしい写真を見せつけられた。

博巳はもう、許してはあきれ、叱っては傷つけられる繰り返しに、疲れてきっていた。

「あと、誰かに逆恨みされるのも、もう懲りてるんだ」

こういう陰湿ないやがらせについても、いちど経験があるだけに、不快感は強い。というより、反射的に身がまえてしまうのだ。あのころの疲労感を思いだし、必要以上に怯えてしまう。

ただ無言で写真を送り続けてくるメールの主が、自分と亮祐の破局を狙っているのかどうかもわからない。ただの愉快犯的ないたずらかもしれない。けれど、悪意はたしかに感じられた。

亮祐は、表情すらなくして、ぽつりと言った。

「……ずりぃよ。それ言われたら俺、なにも言えないよ」

「うん、わかってて言った」

力ない声に胸を痛めながら、博巳はうなずいた。多少浅薄な行動をとるところはあれど、亮祐は基本的にとてもやさしい。博巳を傷つけるとわかっていたら、ぜったいにこれ以上追いすがってはこない。

(俺、ひどいやつだな)

自分を護るために、亮祐を傷つけたのだ。自覚して、そうした。だから謝るわけにはいかないと、苦しい胸の裡《うち》をこらえて博巳は拳を握りしめる。

長い沈黙が落ち、力の抜けた亮祐の手から、博巳は携帯を取り返した。

そして、もういいか、とその添付写真メールをフォルダごと削除した。メールのコピーはすべて、自宅機のハードディスクに保存してあるし、いざとなればしかるべきところに提出すればいい。

我ながら悪趣味なフォルダ名だった。『XXX』は差出人の名前でもあり、キスの隠語でもある。そして『XYZ』は、有名なカクテルの名前からとった。最高のもの、というひねった

隠喩《いんゆ》であるそれは、直訳してしまうと、『あとがない』となる。

「これからは、自分が思ってるよりモテるってこと、自覚したほうがいいよ」

削除完了の文字を眺めて、終わった、と博巳は感じた。肩で息をして、できるだけ穏やかに亮祐へと告げる。

「それから、うっかりひとまえで、つきあってる相手のこと話したり、ケータイ見られるような真似もされないように、気をつけなさい」

指摘すると、ぎくしゃくした動きで、こくっと亮祐はうなずいた。だがそれは、ただ力が抜けて、うなだれただけだったのかもしれない。

「篠原くん、こういう……いかがわしいことはもう、していないにしても、やってきたことをもう少し、重たく感じておいて。俺みたいな、重いやつもなかにはいるから」

もうちょっと、大人になろう。そう告げると、亮祐はようやく口を開いた。

「博巳さんは、重くない。俺が、ばかなだけ」

そのひとことを告げたとき、亮祐は泣いていた気がしたけれど、顔をあげなかったから、博巳にはよくわからない。

また無言のときがすぎて、震える息を吐いた亮祐は、小さな声で言った。

「いろいろ、いままで、ごめんなさい……」

博巳はかぶりを振り、できるだけ明るい声を発した。

「こっちこそ、ごめんね。それから次は、俺みたいな融通の利かないやつじゃなくて、きみともっと、趣味とか感性とかがあうひとと、つきあうといいよ」

それは本心で、皮肉に聞こえないといいなと思った。羽目をはずしさえしなければ、亮祐はとてもやさしくていい子で、こうしたことさえなければ、きっと理想の彼氏と言えるのだろう。ただ、博巳のキャパシティが狭すぎたのだ。

「許してあげられなくて、ごめんね」

亮祐はその言葉に、答えなかった。ただ、何度も何度もかぶりを振った。

かくして交際半年め、篠原亮祐は過去のやんちゃが原因で、はじめて真剣に恋した相手である小井博巳に、完膚《かんぷ》無《な》きまでに手厳しく、やさしく穏やかに、引導を渡された。

＊　＊　＊

「小井、今日、暇？　時間あるなら、手伝い頼める？」

「いいですよ」

「わり。書類作ってんだけど、俺、まとめるの苦手でさ。清書してくれよ」

作業にひと区切りがつき、ちょうど手が空いたところだった。悪い、と先輩社員の市原《いちはら》に拝まれて、まわされてきた書類に目を通す。

書類といっても、せんだって決まったプロジェクトについて行われた会議の際、彼がとっていたメモだ。箇条書き状態で、機能仕様書の下案の『ようなもの』。必要事項は書いてあるが、文章はまとまっていないしかなりおおざっぱで、下書きにすらなっていない。

(清書っていうより、書類を作れってことじゃないか。SEの仕事だろ、これ)

それは下っ端の博巳ではなく、チームリーダーである彼の仕事だろうという言葉が喉まで出かかった。けれど、ゆくゆくは自分もこの手のことに関わることになるのだし、これも勉強だと飲みこんだ。そもそも小さなソフト会社だ、雑用だろうがなんだろうが、手が空いている人間が片づけるしかないし、肩書きや割り振りにこだわっても意味がない。

「いつまでですか?」

「明日……は無理だよな?」

ちらりと上目遣いをされて、かぶりを振った。下案があるとはいえ、すでに就業時間が終わりに近づいているいまからはじめたら、確実に朝までコースだ。

世間の不況でご多分に漏れず、今週はノー残業ウイークだと言い渡されている。残るのならばいっさい手当はなし、どころかフロアごと電気も消されるので、ろくな仕事はできない。勢い、持ち帰り仕事になる場合もあるが、ひとの手伝いでそこまではやれない。

だが、いやがらせをされた当時、目のまえの彼は博巳に対して同情的で、ありがたかったものだ。恩もあるしな、と博巳はため息をついて口を開いた。

「週末までなら、合間見てやっときます」

「えー、せめて木曜までに」

「……なんか、おごってくれますか？」

ひらひらと書類を振ってみせると、渋面を浮かべた彼は「今月苦しいんだよ」とうめいた。

「っていうか、おまえ飲みに行く余裕あんのか？　彼女できたんじゃなかったの？」

「なんでそう思うんですか」

いきなりの言葉に、少し身がまえた。誰かとつきあっただとか、社内でそういう話は博巳はいっさいしない。まして亮祐との交際について、誰かに言えようわけもない。

「あ、そんなかまえんなよ。べつに変な噂とか、もうないから」

半年まえ、色恋絡みの妙な噂を流され、被害を被った身であることを気遣ってか、市原はあわてたように手を振ってみせた。

「だいたいあれって、けっきょくぜんぶ、亀山《かめやま》がやったたって話だろ？」

「ええ、まあ……」

「おまえ、目の敵《かたき》にされてたもんな。可能性はあると思ってたけど」

当時から疑わしかったと顔をしかめた市原に、博巳はあいまいにうなずいた。

亀山に関して、亮祐からことの顚末を聞いたあと、逆恨みされる可能性も考えた。だが亀山は仕返しの仕返しをすることはできなかった。

亮祐らの報復行動はあくまで裏の話であり、社内的には博巳ひとりを追いこんでうやむやに終わったかに思えた中傷メールの一件は、昨年末、十二月二十四日のクリスマスイブに、ふたたび脚光を浴びた。それも、真実を明るみに出す形で、だ。

社内のマシンがインターネットを通じて新種のウイルスにひっかかった。その際、感染したマシンは亀山のものだったのだが、それが発覚すると同時に、例の中傷メールがまとめて圧縮ファイルとなり、ウイルスつきで社内に出まわった。

中身はすべて博巳を中傷したものとそっくり同じ文面で、どういうことだと不審がられた亀山のマシンは没収された。そして例のメールは彼のマシンから発信されたことが発覚した。

証拠などすでに消したはずだろうに、なぜいまごろ——と皆疑問に思ったが、亀山が感染したのは時限式の暴露ウイルスで、個人情報を流出する悪質なものだった。感染当時のメールを複製しておき、『ロジックボム』によりあらかじめ設定されていた日時に起動、ウイルスつきのメールが走りまわった、ということだったらしい。

調べにあたったのは社内の人間ではなく、ウイルスの駆除を依頼した外部の業者だった。そのため、内部人事に対しての斟酌はまったくない、ただ事実を報告しただけのレポートが出されてしまい、亀山の申し開きの余地はなかったのだ。

そして彼は、いまでは社内の軽蔑のまなざしを一身に浴びている。

(自業自得だろうけど)

陰湿な性格ながら、地味で実害のないいやがらせしかできないことからわかるように、亀山は相当な小心者だ。いちど痛めつけられれば、まずこちらに近づいたりはしないし、なにより『脅迫』のネタはいまだに亮祐が持っているらしい。

よほど据えられたお灸《きゅう》が効いたのか、ことが社内に発覚する以前から、いやがらせやセクハラを仕掛けるどころか、社内で博巳の顔を見るなり、怯えたようにこそこそ逃げる有様だった。

いまとなれば、もはや逆恨みどころではないらしく、亀山は博巳の顔も見たくない、という感じだ。

「いたたまれないらしくて、異動申請したらしいって噂あるぜ。クビになんねえのかよ、って思ったけど、あいつコネ入社だろ、相手先の顔潰すからクビ切るわけにもいかねえってさ。くだらねえの」

だから役職つくの早かったんだ、仕事もろくにできねえくせに。市原は吐き捨てたが、あいまいに笑うしかない博巳に、災難だったなというように苦笑してみせた。

「ま、いまの状態で会社にいるのは針のむしろだろうし。上層部としても早いとこ動かす腹づもりらしいから」

亀山と近いうちに顔を見ずにすむようになるだろうことは、正直ありがたい。以前のことも、解決した以上しつこく恨むという気にもならない。

だが、亀山の名前を聞くと、どうしても彼のことを思いだして胸が痛む。

けんかの原因となった十二月のあの日、じつのところ博巳が呼びだされたのは、亀山のウイルス事件の後始末のためだった。あの男とはどこまでも因縁深いと、ため息が出てしまう。

「ともかく、彼女の件はあのこととは関係ねえよ。ただ、おまえここ半年くらい、つきあい悪かったし、楽しそうだったからさ」

見ていて、彼女でもできたのかと思ったと言う市原に、博巳はため息をついてみせた。

「……もう、別れたんです。だから暇だし、市原さんの仕事も手伝えるんです」

「うわ。俺、もしかして地雷踏んだ？」

うっすらと笑うと、愛想笑いを浮かべた市原は「じゃ、頼むな」と言ってその場を逃げた。少し意地悪だっただろうかと博巳は苦笑して、書類に目を落とした。

＊　＊　＊

「さむ……」

駅を出るなり、博巳はぶるりと震えてつぶやいた。

季節は五月、梅雨寒にはまだ早いはずだけれど、夜風が妙に寒々しい。このところ痩せた気がするので、妙に冷えるのかもしれない。

残業はなしと言われていても、なんだかんだと片づけていればやはり定時をまわってしまう。

合間を見てやる、と市原に告げた書類のこともあり、その日の博巳の退社は、毎度のことながら、八時をまわった。

――おまえここ半年くらい、つきあい悪かったたし、楽しそうだったからさ。

駅から自宅への帰り道をとぼとぼと歩きながら、頭にひっかかっている市原の言葉を反芻《はんすう》してしまうのは、自分でも自覚があるからだ。

（楽しそうだった、か）

つまりいまは楽しくなさそうなのだろう。それも当然だ、親密にすごしていた相手と別れる、というのは、とても寂しいことだ。

まず、休日がいきなり暇になる。電話が減る。なにかあったとき、ちょっと話をしようと気兼ねなく連絡をとれていた、それすらできなくなる。

友人や家族、その『誰か』と平行していた関係性を持つひとたちでは埋められない、ぽかっとした虚無感と喪失感は大きい。

それから後悔がはじまる。あんなに言わなくてもよかったかな。許せばよかったかな。ついで自己分析。怒ってしまった自分に落ち度はなかっただろうか。脳内での反証、実証を繰り返し、『結論としてはこれでよかったんだ』と必死の自己弁護。

もうちょっとすると、怒りと哀しみにまみれていた心が落ちつき、身体が寂しくなってくる。相手は若くて、うまくて、わりに濃いセックスを定期的にしていたとなれば、くすぶるような欲求不満を感じるのは致しかたないことだろう。

とはいえ、すぐのすぐ、次の相手を探すような気にはなれないし、どうにか『慣れろ』と自分を押さえこむほかにない。

ほぼ毎日、そんな感じで脳内ルーチンをやっつけ、反復運動で喪失感に耐える。そうして徐々に、リズムの違う日常に慣れていく——はず、なのだが。

「小井さん、こんばんは」

「篠原くん」

帰宅途中のコンビニエンスストアには、なぜかその、自分から手放した相手がいる。

痛みをこらえ、博巳は穏やかに微笑んでみせた。

「お仕事お疲れさまです。忙しかった？」

「うん、まあ。納期も近づいてるから」

穏やかに会話を交わし、買いものをすませ、にこやかに別れる。

別れを決めてから、二週間が経過している。はたから見ると、ふたりの関係になんの変化もないと思えるだろうほどに、礼儀正しいやりとりだ。

駅までの通勤ルートを変えようと思えば変えられなくはないが、遠まわりになるうえ、博巳の住んでいる場所は少し寂れたところで、近隣のコンビニはこの一軒しかなかった。

そして亮祐は、このアルバイトを辞めることはしなかった。

別れ話をした日、お願いします、と亮祐が言ったからだ。

——別れる、のはわかりました。でも、縁切りまではしないでください。

——まだ、博巳……小井さんのほかに、人物がちゃんと撮れないんです。興味も持てない。

——勝手なこと言ってるけど。俺、ここであなたに見捨てられたら、ほんとにだめになる。

もちろん博巳は渋ったが、何度も何度も拝み頼まれ、土下座した彼を無下《むげ》にはできなかった。

現実的に考えて断りづらい、というのもあった。

不規則な仕事に就くひとり暮らしの男としては、ライフラインを手放すわけにはいかない。

博巳は引っ越す予定はないし、亮祐が去らない限り、どうあっても顔をあわせてしまう。

だったら、水に流すのがいちばんいいかと、そう思えた。

「お弁当、新メニュー入荷しましたよ」

「あ、ほんと。試してみようかな」

正直、博巳としては気まずい。けれど亮祐がごくふつうの顔で話しかけてくるせいで、無視もできない。

(痩せたかな)

以前より頰のラインが削げた気がする。そして笑顔や表情が、大人っぽくなった。目を伏せた表情などは、知らない男のようでどきりとする。

あの一件が亮祐をきっと成長させ、落ちつかせたのだろう。となれば、別れたことも悪いばかりではなかったのだと、自分に言い聞かせる。

「……じゃ、これおつりです。三百六十二円」

「あ、ああ。ありがとう」

うっかり見惚れていた自分に気づいて、博巳ははっとする。財布に小銭をしまうふりで、あわてて目を逸らした。そんな博巳を、亮祐はじっと見つめている。

「なに、か?」

「ん、……いや。もうちょっとはっきりしたら、話します」

なんの話だろう、と顔をあげると、亮祐が両手の指でフレームを作っていた。

「また今度、ひ……小井さん、撮らせてもらっていいですか?」

「今度、って言われても、いま忙しくて」

とっさに逃げを打つと、片目をつぶった亮祐は、口の端だけで哀しそうに笑った。

「うん、まえみたいに都合つけてなんて言わない。行き帰りとか、見かけたときに、撮るのは許してもらっていいかな。あ、勝手に誰かに見せたりしないし」

そんな権利、ないし……と小さくつけくわえられ、ずきっと胸が痛む。気づかれないように息をそっと吸いこみ、なるべく不自然ではない声で、博巳は言った。

「それくらい、かまわないよ」

「ありがとう」

かぶりを振り、あたためた弁当を受けとる。ビニール袋の取っ手を摑む際、一瞬お互いの手が触れたけれど、どちらも引っこめることはしなかった。不自然なくらい、意識しないようにと意識していた。

亮祐が唇を嚙んだあと、なにか言いたげに顔をあげる。

「あの……」

「ん？」

身がまえつつ「なに」と問おうとしたところで、来店を告げるチャイムが鳴り響いた。

「篠原さん、こんばんはぁ」

「あ……」

いかにもギャルっぽい格好をした女の子がいそいそと近寄ってきて、亮祐は迷惑そうに顔を歪めた。気づかないのか、彼女は買いものをするふりすらせず、まっすぐレジに近寄ってきた。

「ねえねえ、この間の話、どう？　ライブ、行こうよ」

馴れ馴れしい態度からすると、どうやら顔見知りらしい。彼女は、わざとらしいくらいにまばたきをしながら亮祐に話しかける。だが、精いっぱいの媚びなど彼は見てもおらず、レジ横の商品や備品を整理しはじめた。

「あ？　バンドとか興味ねえし、行かねえ」

「えー？　なんでぇ。どうせ暇なんでしょ？」

「忙しい。ていうか、いまこの瞬間忙しい」

（また、ファンの子かな）

ルックスがよく、基本的にひとあたりもいいせいか、亮祐はこういう子たちに囲まれることも多い。つきあっていたころも、よく割りこまれたものだった。

思い出がほろ苦い気分を運んできた。けれど、彼女の耳障りな声が博巳を当事者に引き戻す。

「なんでよ、そいつとは話してたじゃん！」

「え、えっ？」

彼女がいきなりこちらを指さしてきて、博巳は面くらった。亮祐のつっけんどんな言葉そっけないにもほどがある態度は、たしかに自分のときとはえらい違いだが、ここで巻きこまれるような話だろうか。

「そいつとか言うな。それにこのひとは、ちゃんとお客さん」

じろりと博巳を睨んできたギャルは、手にしたビニール袋を認め、ふん、と鼻を鳴らす。

「リーマンのオッサンとかどうでもいいじゃん。ねえ、行こうってば」

博巳はそのひとことに苦笑したが、亮祐はぴりっと気配を荒らげた。

「しつこいですよ、お客さま。ご用件がなければ、仕事させてください」

博巳に向けた『お客さん』と、彼女へ向けた『お客さま』の温度差はあまりにあからさまだった。ますます彼女に睨まれ、博巳は肩をすくめるしかない。

「……じゃあね」

いずれにせよ、話はここまでと切りあげると、亮祐はさっと顔をくもらせた。

「あ、はい。……またのご来店、お待ちしてます」

うん、とうなずいて、声には出せないまま博巳は去っていく。背中にあの強い視線が突き刺さって、振り返りたいと思う気持ちをどうにか押しこめた。

(あまやかしちゃ、だめだ)

それは亮祐のことなのか、自分のことなのか。わからないまま足早に店を出る。

もうコンビニが遠くに見える位置にきてようやく、歩調をゆるめる。振り返ることを自分に許し、住宅街のなかでぽつんと明るいそこを眺めると、胸がぎゅうっと痛くなった。

勢いよく視線を剝がし、夜空を見あげた。夏の宵《よい》、よく晴れた空には薄い雲と満月が輝いている。妙にきれいな光景に、胸が痛い。

「自分でふったんだろう。なにやってんだよ」

乱暴につぶやいて、自嘲の笑みを浮かべる。

もともと同性との恋愛経験があったわけではない。そういった関係を解消したのち、どう相手に向きあえばいいのかも、正直わからない。

かつてつきあった女性の幾人かは、いまだ友人づきあいが続いている者もいる。

それを思えば、亮祐と『友人づきあい』をするのもかまわないと思う反面、今回ばかりは話が違う、とも感じている。

男女交際に関しては、なんとなく相手に言いよられ、穏やかにつきあっては穏やかに別れ、というのを繰り返していた博巳は、いままで劇的な恋愛に落ちたことも、修羅場らしい修羅場を経験したこともなかった。

だが亮祐に関しては、ことの起こりからハプニングだらけ、トラブル続き。平常心を失っていたと言えなくもない。

(おまけに、あんな重たい別れかた、したしなあ)

いくつも送られてきた写真を、博巳は許せなかったし、行為の最中を撮った写真については、正直言って、いささか気持ち悪いとまで思った。性に関してフリーダムすぎる部分が受け入れきれないと感じるのは、単純に博巳の器のなさだとも思う。

けれど、亮祐にも告げたとおり、男子校育ちで『慣れて』はいたものの、自分にゲイセクシャルの要素があると感じたことはなかったし、相手の気持ちに応えたことはない。むしろ、相手が本気であればあるほど、さっくりと『興味ナシ』の態度を見せることで、穏便にすませてきていたのだ。

いろいろあって、疲れていたとき、亮祐の存在はあまりに強烈だったし、鮮やかだった。

若くて明るくてルックスのいい年下の青年が、あけっぴろげにくれた好意。含まれた意味も、薄々とは気づいていて、気持ちのいいところだけもらっていたのは博巳がずるいからだろう。

高校時代のように、そのまま逃げきれるかな、と考えもした。明確でない感情なら、無理に形をつけることもないと。

けれど二度目に酔いつぶれて眠った夜、やさしい声とやさしいキスをもらって——たぶんあれで、博巳はあっさり落ちたのだ。

助けられて、賞賛されて、大事にされて、好きだと言われて。応えずにはいられなかった。

（本気だった）

自分でもびっくりするほど、真剣に彼を想っていた。だからこそ、許せない部分も出てきてしまった。

たかが五つ、されど五つの年の違い、社会人と学生の責任の違い、意識の違い。ちょっとずつ出てくるずれが、たぶん終わりを早めたのだと思う。

けれど亮祐の軽やかさにこそ、救われていたのも事実だった。杓子定規《しゃくしじょうぎ》で堅物な彼なんて、想像もできないし、魅力もあせる。

あのままでいてほしいと思う部分もたしかにあって、だから、別れるしかなかった。

「……あれ」

ぼんやりと、月が滲んだ。おぼろ月でもあるまいし、と目をこすって、指のさきが湿ったのは無視する。

そして、ぴるる、と携帯が震えた。立ちつくしていた博巳は、ぴくりと眉をうごめかし、ポケットからそれを取りだす。

いっそ着信拒否にしようかと思いつつ、いまだにできずにいるのは、このメールの主の意図がさっぱりわからずにいるからだ。

(また、きた)

サブジェクト無題、『XXX』からのメールは、じつのところいまだに続いていた。メール拒否をしてもすぐに相手はアドレスを変えてくるため、最近は受信だけして開きはせず、そのまま保存だけするようにしているが、気分がいいわけはない。

「どうしたらいいかなあ」

もしかしたら、亮祐と博巳の別れをこの相手は知らずにいるのかもしれない。

ホテルに連れこんだ相手ではなかったのだろうか。もしかしたら、いろいろ候補が多すぎて絞りこめないのかもしれない。そんな嫌味なことを考えて、自分にうんざりした。

「嫉妬したくないなあ」

亮祐のまえでは冷静に大人ぶって別れ話を切りだしたけれども、それまでの日々はけっこうつらかった。かなりのんびりした性格をしているほうではあるけれども、人並みに腹も立つし、怒らないわけではむろんない。

なにより、まだ好きだなあと思う。相手にも好かれていると思う。だからたぶん、よけいに、許せないなと思ってしまうのかもしれない。

そして、もう終わったはずなのに、このメールはいつまでも届き続ける。

――誰かに逆恨みされるのも、もう懲りてるんだ。

あんなことまで言って別れて、どっぷり落ちこんだし、恥ずかしながら、ひとりで泣きもした。なのにいまだに恨まれているなら、別れ損じゃないのかな、などと博巳は思う。

「いっそ、別れなかったほうが、よかったのかなあ」

いまさらなことをつぶやくと、もういちど、携帯が震えた。またかとうんざりしながらメールを開くと、今度は差出人が違っている。

【月がきれいです】

ひとことだけのメールには、月の写真が添付されている。送り主は亮祐で、博巳はふたたびコンビニのほうを振り返った。けれどもう、ずいぶん歩いてきてしまったから、ゆるく曲がった道なりにあるあの店の姿はもう見えない。

別れたあとも、つきあいを断たないでほしいと頼まれたことのなかに、こうして一方的に送られてくるメッセージがあった。以前交わした、他愛もないメールとは違い、ほとんどが彼の撮った写真にコメントがついているだけ。

【猫がかわいいです】

【ごはんおいしかった】

【今日は忙しいです】――毎回それくらいしか書いてこないのだけれども、どうしてかつきあっていたころ、話していたときよりも、いろんな意味がこもっている気がする。

博巳はそれに返信しない。コンビニで会ったときにも、メールのことは話さない。ただ一方通行のそれが、いつ終わるのかなと思いながら、終わることのない『XX』からのメールを浄化するような写メを、いつの間にか心待ちにしている。

そしてひとつひとつ、大事に保存している。

「……なにやってんだろうなあ」

お互いたぶん、ちょっと浮かれていたのだろう。別れてからのほうが、一生懸命彼のことを考えるようになったし、亮祐もきっとそうなのだろう。

目を閉じても、恋の残像は滲んだまま消えてくれない。

ぼんやりした月をじっと見あげたまま歩く。こうして月を見たまま歩くと、まるで月がついてくるような感覚に陥り、ちょっとだけ心が慰められた。

ちょっとでも下を向いたら、後悔の涙が転がり落ちそうで、怖かった。

＊　＊　＊

夏を待たずして、亀山は噂どおり、地方にある子会社へと逃げるように出向していった。もう戻ってこないだろうというのがもっぱらの話で、気がかりがひとつ減ったことは単純に喜ばしかった。

「アレが消えたってことは、ポストが空いたってことだよなあ」

来期には昇進かも、とにやつく市原に、「そうですね」と博巳は返した。

「なんだよ、気のない返事すんなよな」

「そういうんじゃないですけど、なんか、風邪気味っぽくて」

力が出ない、とうっすら微笑んでみせると、市原は眉をひそめた。

「つうか、おまえの彼女ってさ、料理うまかったりした？」

「なんでそう、お見とおしなんですか」

市原の洞察力はときどき気持ち悪い。顎を引いた博巳に「一目瞭然だ」と彼は口を歪める。

「おまえすごい勢いで痩せてるもん。その子と別れて食生活めちゃくちゃになったか、そうじゃなきゃ、悪い病気かどっちかだ。あんまり体調よくないなら、病院行け」

「……そんなに痩せましたか？」

「てめえのベルトの穴に訊けよ。自己管理はしっかりな」

あきれたふりで小突いて、市原は自分の席に戻っていった。言われて見おろしたベルトは、たしかにホールがいちばん内側になってしまっている。

薄っぺらくなった腹をそっと押さえると、病院などという言葉を告げられたせいか、しくりと痛むような気までしてきた。

というか、じっさい、調子は悪い。ここ数日、胃腸風邪でもひいたのか、吐き気もするし胃もおかしかった。よく眠れないせいなのだろう。

(まあ、ストレス溜まってるのは事実だけど……)

例の相手からのメールは、いまだに止まらない。そして、亮祐からのひとこと写メも、同じくだ。

踏ん切りをつけたくて切りだした別れなのに、ずるずると引きずっている。そして相変わらずの日々のなか、ふたりの差出人からのメールだけが溜まっていく。

(もう、ほんとに、俺のこと追いこんでも意味ないって。言うなら本人に言ってくれ)

どこの誰だか知らないが、いいかげんにしてほしい。亀山とは違って自爆してくれそうもないから、手の打ちようもない。

相手を突き止めるには、もうひとりの当事者にあたるしかないが、かといって、いまさら亮祐に、この話をするのも妙な気がする。聞かされた亮祐自身がどうするのかについても、かなり謎だ。

それに、切り捨てたのは博巳のほうだ。どの面さげていまさら頼れるだろう。

「いて……」

亮祐のことを考えたとたん、みぞおちのあたりがしくりと痛んだ。いやな痛みに目をつぶり、深く息をして耐える。

いつになったら、こんな重苦しい気分を味わわずにすむのかと、博巳はぼんやり考えた。

＊　＊　＊

この日も残業をすませ、博巳は帰途についていた。

市原に『彼女』の話をされたことが、存外にこたえていたらしく、仕事はうまくはかどらなかった。要するに、亮祐のことと例のメールのことが頭を離れなかったのだ。

こんな気分のまま立ち寄るのはためらわれたけれども、このあたりでこの時間に夕食を確保できるのは、コンビニ以外になかった。

店に入る直前、博巳は自動ドアのガラス越しに、あのギャルが来ているのを見つけた。声は聞こえないけれど、デコレーションした携帯を振りまわし、懸命に亮祐に話しかけている。

（邪魔かな、俺）

彼はあしらうばかりで相手にしていないようだけれど、どうしたものか。迷っていると、亮祐が博巳の気配に気づいたかのように振り向き、顔をほころばせた。

ほっとしたような笑顔に、こちらもどきりとしつつ、店内に足を踏み入れる。

「あ……博、……小井さん。こんばんは」

「こんばんは」

博巳が現れたとたん、亮祐は摑まれていた腕を振り払った。「あっ」と声をあげ、つまらなそうに口を尖らせる女の子のことなど見向きもせず、近づいてくる。

「最近、遅いね。身体、大丈夫ですか?」

「うん、いま忙しい時期だから……あ、これ。お願いします」

言いながら、博巳は弁当や飲み物を適当に選んだ。支払いをすませ、弁当をあたためる電子レンジが稼働するほんの数分間が、博巳に与えられ、そして自分に許した亮祐との時間だ。

顔色の悪さに、亮祐は心配そうに眉をひそめる。

「本当に平気? ごはんとか、ちゃんと食べてる?」

「毎日ここで買ってるじゃないか」

言ったとたん、亮祐は顔をしかめた。それがまずいというのに——と、言葉でなく告げられ、博巳は肩をすくめてみせるしかない。

「……ちゃんと食べてるよ。心配しなくてもいい」

夕飯を買うという口実を求め、ここに立ち寄らなければ、ろくに食べる気もしないと言ったら彼はきっと困るだろう。そんな意地悪は言いたくないし、せめてふつうの顔をしてみせたい。

「じゃ、お弁当、これ」

「あ、はい。ちょっと待って……」

ぼうっとしていた博巳は、釣りの小銭を手に握ったままだった。少しあわてながら、差しだされた袋を手に取ろうとしたとき、急に眩暈《めまい》がして、指から力が抜ける。

小銭が床に散らばってしまい、拾うためにしゃがみこむと、一瞬視界が真っ黒になる。

「あのお、早くしてもらえませんか？」

「す、すみません」

どうにか小銭を拾いあげ、立ちあがると、近くで待っていたギャルがいらだったように言う。

とはいえ、彼女は買いものかごはおろか、商品すら手に持っていない。博巳たちが話している間も、つまらなそうに派手な携帯をいじっていただけだ。

(やっぱり亮祐狙いなんだろうな)

思ったとたん、胃がねじれる感覚があった。

そして、同時にポケットのなかの携帯が震え出す。気を逸らすようにそれを取りだし、液晶の着信を確認して、博巳は顔をしかめた。『XXX』――また、例のメールだ。博巳はとっさに、亮祐の顔を見た。

「どうしたの？」

いままで、亮祐といっしょにいるとき、メールが送られてきたことはなかった。法則が崩れたことには、どんな意味があるのだろう。

「いや……なんでも……」

いずれにせよ、いまここでは開けない。亮祐に知らせるわけにはいかないと、青ざめたままかぶりを振った博巳の腹部が、ぎゅるっとねじ切れるような痛みを訴えた。無意識に手のひらをあてると、内臓が異様な動きをみせている気がした。

（え……）

ここ数日の腹痛は、風邪でもひいたのかと思っていた。だがあきらかに質の違う痛みに、博巳は腹部を押さえてレジカウンターに腕をつく。

「博巳さん？」

様子のおかしい博巳に、亮祐が顔色を変える。ひさしぶりに名前で呼ばれたな、と思ったと同時に、またぎりぎりと刺すような痛みが走った。

「博巳さん、ちょっ、……どうしたの！」

立っていられなくなり、がくりと膝をつく。レジカウンターから飛びだしてきた亮祐が支えてくれなければ、その場で昏倒してしまっただろう。

痛い。ものすごく痛い。内臓をねじりあげられているかのような激痛に、脂汗が噴きだしてくる。小刻みに手が震え、視界がぐるぐるまわって明滅した。

「胃が……ちょっ……けいれん、かも……」

「こっち来て！　中村くん、中村くん！　レジお願い！　ええと、あと救急車！」

バックヤードの中村へと叫んだ亮祐は、あのなつかしい控え室へと博巳を連れていく。長く、博巳よりずっと太い腕に抱えられるのはひさしぶりで、内臓が締めつけられるくらい痛いというのに、泣きそうなくらい嬉しかった。

「ばか、お客、さん……」

「いま中村くん呼んだから、平気！」

そうは言っても、と痛みにかすむ目でレジを見やると、そこにはさっきのギャルが、青ざめたまま立ちつくしている。

驚かせてしまったな、と感じた直後、ふたたび痛みの波が襲ってきて——。

（これじゃ、出会ったときと、まるきりいっしょだなあ）

そんな暢気なことを思いながら、博巳の意識はブラックアウトした。

＊　＊　＊

救急車で運びこまれた病院で、診断の結果は胃潰瘍《かいよう》だった。

「ストレスと過労でしょうね。ああ、プログラマーさん……パソコン関係の仕事のひとは、多いんだよねえ。念のためピロリ菌感染の可能性も考えて、検査しましょう」

点滴を打たれながら、「痛みが治まったら胃カメラで検査します」と言われ、博巳はいささかうんざりしながらうなずいた。

「帰っても大丈夫だけど、ひとり暮らしだそうだし、念のため今日は入院していってください。

いまのところ吐血症状もないし、胃穿孔《せんこう》まではないと思うけど、様子を見ましょう」

薬で治まるようなら問題はないだろうけれど、様子見に一日入院したのち、一週間は自宅療養をするようにと言い渡され、博巳は顔をしかめた。

「え、でも薬でいいなら……」

「潰瘍のほうだけじゃなく、あなた栄養状態かなり悪いです。体力弱ってるから、ちゃんと休まないと本当に病気になりますよ」

診断書を書くから会社に提出しろと強く言われ、うなずくしかなかった。

とりあえず、明日は出社できる状態にないのはあきらかだ。二時間の点滴を終え、病院内の電話スペースにおもむいた博巳は、市原に連絡を入れたのだが、開口一番、こう怒鳴られた。

『おう、小井か。おまえ、倒れたんだって⁉ 大丈夫かよっ』

「なんで知ってるんです?」

『さっき、例の書類のことで質問あって、ケータイに電話したんだよ。したらおまえの友達が出て、いま病院だって聞いた』

どうやら、亮祐が代わりに事情を説明してくれたらしい。ひとしきり、容態はどうなのか、平気かと心配し、ねぎらってから、市原は説教モードに切り替わった。

『だから言っただろうが、病院行けって！ 会社のほうには言っておいてやるから、ちゃんと身体治してから復帰しろ！』

「……すみません」

中途半端に出てこられても迷惑だ、とさんざん叱ったあと、案外面倒見のいい先輩はぽつりとこうつけくわえた。

『いい機会だから、ちゃんと休め。労災保険の書類、用意しておいてやるから、診断書もらってこい』

市原はときどき勝手だし、仕事もおおざっぱではあるけれど、男気はあるのだ。見えない相手に「ありがとうございます」と、頭をさげた。

ため息をついて携帯のフラップをたたむと、心配そうな声がした。

「会社のひとに、連絡、終わったの？」

「うん。しっかり休めってさ」

会社のほうはどうにかすると言われたが、博巳の仕事には代打を立てることになるだろう。申し訳なくて少なからず落ちこんだが、いまは市原の言葉にあまえるしかない。

「これから胃カメラ飲むの？」

「いや、さすがに体調悪いから、今日は無理。数日見て、落ちついたらだって」

ゆっくりとした歩みで、今夜ひと晩泊まることになる病室へと向かう。四人部屋だが、たまたまほかの患者もおらず、ひとりで使うことになっていた。

がらんとした病室にたどり着き、ベッドに腰かけるとどっと重さを感じた。病気だと自覚したとたん、具合の悪さが増すのはなぜだろう。いま身につけているのも病院のお仕着せで、これがまた病人気分を増幅させるのかもしれない。

しばらくぼんやりしたあと、無言でじっと立っている亮祐に気づき、はっとした。

「あ、……ごめんね。また世話になっちゃって」

コンビニで倒れたあと、救急車の手配から入院手続きまで、亮祐は代わりに請け負ってくれた。あげく博巳の部屋から、保険証や着替えまで持ってきてくれて、本当に頭があがらない。

「そんなのはいいけどさ。もう横になったほうがいいよ」

うなずき、博巳はベッドに横になる。かいがいしく上掛けをかけてくれた亮祐との距離の近さにどきりとしたが、顔に出ないようにつとめた。

「篠原くんも、もう帰っても大丈夫だよ」

心配しなくていいから、と笑って告げると、亮祐は痛いところでもあるように顔を歪めた。

「俺、ここにいちゃだめ？　迷惑？」

「そんなことはないけど」

寂しそうに問われて、考えるよりさきに否定した。博巳にしても、入院などしたことがないので心細いし、いてくれるのは助かる。けれど、終わった関係のことを考えると、あまり馴れあうのもよくないのではないだろうか。

「いま、眠くない？　少し、話する元気ある？」

真剣な顔でそう告げる亮祐に、博巳はうなずいて椅子を勧めた。

「点滴打ってからは、だるいだけだから。いいよ、なに？」

横になったままで悪いけど、と告げると、彼はかぶりを振って丸椅子に腰をおろした。

「こんなときでごめん。でも、早く安心させたいから」

「……うん？」

「例の、メール。まだ、届いてたんだろ？　だから、胃潰瘍なんか、なっちゃったんだろ」

問われて、博巳は息を呑んだ。亮祐には『XXX』のメールが終わっていないことは教えていなかったのに、どうしてわかったのだろうか。そこまで考えたあと、博巳ははっとした。

「あ、そうか、携帯。先輩の電話に出たとき」

「ごめんなさい。電話切ったら、メールの着信に気づいた。それで……中身、見た。俺と別れてからもずっと、届いてたよね」

答えられず、博巳は目を逸らした。そして同時に、ほっとしていた。もう隠しごとをしなくてもいいというのは、存外に気が楽だ。

「俺ときみが別れたこと、相手、知らなかったみたいだね」

乾いた声で言えたのは、そんなことだった。亮祐は沈黙し、肩を落としてうなだれる。

「……ごめんね」

「謝ることじゃないよ、相手もリサーチあまいんだし」

どう言っていいのかわからず、適当に笑ってごまかそうとすると、亮祐が言った。

「あのさ。犯人。わかったんだ」

博巳は目を瞠った。思わず起きあがろうとすると、亮祐の大きな手がそれを押さえる。

「寝てて。いま、順序立てて話すから」

促されるまま、もういちど枕に頭を落とす。亮祐は自分の膝に両手を置いて、ぽつぽつと話しはじめた。

「まず、犯人は博巳さんが推察したとおり、『ROOT』の客だった」

亮祐からすれば顔見知り程度の認識だったが、相手は以前から亮祐に目をつけていたそうだ。過去になんどか、仲間内で遊んだことがあったが、意外にも、セックスはしたことがなかった相手だという。

「個人的なつきあいは、まったくなかった?」

「ていうか、正直、集団でわーって集まってるときに、いたって感じ。ろくにしゃべったことだってなかった。なんかあったって言えば、キスパーティーのとき、いっかいキスしただけ。ついでだから一応弁解させてもらうけど、キスパーティーってほんとに冗談半分だったし、乱交みたいなのじゃないんだよ」

酒が入った、誰彼かまわずのらんちき騒ぎ。博巳は先日、詳細を聞きたくないと拒んだが、本当に冗談イベントだったのだ、と彼は言った。

「酒飲んで、まあ多少シモネタ入った宴会芸したり、脱ぐやつもいたけど、エロいのは禁止」

そこのところは壮一《そういち》がぜったいに許さなかったのだと、それだけは信じてくれと亮祐は再三言った。

「あと、キスは罰ゲームだったんだ。ポーカーやって、金とか賭ける代わりにキス賭けんの。グループわけしたトーナメント形式で、負けたやつは、トップで勝ったやつの命令に絶対服従」

ちなみにトップで勝ったのは耀次《ようじ》だったらしいのだが、おとなしやかに見える彼は、かなり意地悪な面もあったらしい。

「なんせ、壮一さんとまでキスする羽目になったんだよ。王様ゲームの拡大版みたいな」

「え、でもたしか、耀次さんって、壮一さんの恋人じゃ……」

「うん、だから、いやがらせ。あっちはあっちで、なんかけんかしてたらしい」

ちなみに最下位が壮一、次点が亮祐で、いちばん最初にそのふたりでディープキスをしろ、という命令がくだったのだそうだ。ふたり揃《そろ》って泣きそうな顔で命令を実行したのち、やけ酒を食らい、しまいには無礼講へとなだれこんだ。

「もう、そのころにはなにがなんだかわかんなくなっててさ。隣にいた相手と乾杯したらキス、みたいな、しっちゃかめっちゃかな状態。色気もくそもなかったんだよ。キスっつっても、もうみんな、べろんべろんだし、顔と顔ぶつけてるようなもんだよ？　俺、翌朝、口の横にあざできてたもん」

「そりゃまた……」

説明を聞けば、たしかにいかがわしさなどみじんもない、悪ふざけだ。けれどそれで相手は、なんらかの期待を持ってしまったらしいと、亮祐はため息をついた。

「そのうちのひとりに、今回の問題の相手がいたらしいんだけど」

「そうか。……ちなみに相手、男？　女？」

「女だった」

亮祐自体は彼女のことを覚えてもいなかったし、その時期はもっとも適当に遊んでいたころだ。彼女にしても、見こみもないし、ひっそり思うだけならと考えていたらしい。

「けど、どうも、亀山事件あったっしょ。あれで、変なふうに火ぃついちゃったんだって」

「どうして？」

「……俺が、見たこともないくらい、本気なのわかったから、だって。いままで、誰にも本気になったことなかったから、許せてたんだってさ」

許すってのはだいたいなんだよ、べつに許してもらわなくたっていいっつの。

彼はぼやいたが、博巳にはなんとなく理解できる気がした。

誰の手にも落ちない彼なら、あきらめられる。けれど亮祐を、誰かひとりが独占する権利を得たことは、彼女にとってきっと、納得のいかないことだったのだろう。

「でも、『ROOT』の常連だったんなら、別れたの知ってるんじゃないのか？」

「いや、あの店の人間は誰も知らない。日奈子にも言ってない」

意外な答えに、博巳は驚いた。てっきりもう、全員知っているものだと思っていたが、亮祐は苦い声で続ける。

「博巳さんに言われて、俺、ほんとに反省したんだよ。しゃべっていいことと、そうじゃないことも区別ついてなくて、いやな思いさせてさ。そしたら、自分が言っていいことと、悪いこと、本当にわかんなくなっちゃって、誰にも言えなくなった」

様子がおかしいから、けんかしているのだろうとは問われたけれど――。自嘲気味に亮祐は言った。

「ていうか、俺がね、言いたくなかった」

低くこぼされた言葉に、博巳は「なんで？」と首をかしげた。亮祐は痛みをこらえるように目をつぶったまま、力なく笑う。

「なんかね。ひとに言っちゃうと、ほんとになっちゃう気がしたんだ。博巳さんと別れたこと」

膝のうえで、彼の拳がぎゅうっと握られた。骨が浮いて白く映る手の甲に、静脈が透けている。苦しさを訴えるそれに、博巳はなにを言えばいいのかわからなくなった。

「ほんとになっちゃうって、それもヘンなんだけどさ。別れたんだからさ。でもその、俺以外の誰かが、それを知っちゃったらもう、ほんとに……だめなんだって。なんか、うまく言えないけどさ、そう思った」

うなだれ、半笑いでつぶやく声が暗い。博巳はとっさに手を伸ばしかけたけれども、横たわったせいで彼には届かない。その微妙な遠さに、いまのふたりの関係が表れている気がした。

博巳の動きには気づかず、亮祐は大きく息をついて「説明に、戻るね」とぎこちなく笑った。

「そんなこんなで、まわりには別れたのばれてなかった。でもって、彼女がなんでいつまでもやめなかったかっていうと」

そこで言葉を切り、亮祐はあからさまに不快そうな顔をした。

「コンビニのほうにもつけてきて、俺らがしゃべってるの見てたみたい。だから、けんかしたとか言っても、嘘だって思ったんだって」

コンビニという言葉にぴんときて、「もしかして……」と博巳が上目遣いに問うと、亮祐は大きくうなずいた。

「そ、あの、アゲ嬢っつか、ギャル。目のまえで博巳さんがぶっ倒れたおかげで、動転して泣きだしちゃってさ。様子おかしいから、問いつめたらあっさりゲロった」

ことの起こりをぜんぶ白状してくれたのは、博巳が倒れるのを目《ま》のあたりにしたせいだったらしい。そういえば意識を失う間際に見つけた彼女は真っ青になっていた気がする、と博巳は思いだしていた。

「彼女も、ただの腹いせのつもりだったし、そこまでやばい展開になると思ってなかったらしくて、ビビってた。こんなつもりなかった、ごめんなさーい、とか、鼻水垂らしてたよ」

倒れられて泣くくらいなら、最初からいやがらせなどするな。亮祐は吐き捨てたが、博巳としては、少しだけほっとしていた。

「まあ、謝ってきただけマシじゃない？」

悪意にまみれていたというより、自分がなにをしているのかわからなかったのだろう。苦笑して告げると「やさしすぎだろ、それ」と亮祐がぼやいた。

「まあでも、しょうがないか。……俺も知らなかったんだけどさ、あの子、いくつだと思う？」

「きみと同じくらい、じゃないの？」

ほとんど『顔を描いている』レベルの完全装備のフルメイクは、女性の年齢をわからなくする。見かけたときはいつも私服だったし、よくわからないと博巳が首をかしげると、亮祐はうめくような声で言った。

「じつは、いま現在、やっと十七歳」

「え!?　じゃ、じゃあ」

「現役女子高生だった。ＩＤフリーでもないのにどうやってもぐりこんでたんだっつったら、姉貴の免許証パチってたんだってさ。顔似てるうえにメイク濃いから、ばれなかったたって」

博巳に送りつけてきた大量の写真も、去年まで女子高生だったという彼女がすべて撮影していたものだったそうだ。ほとんどストーカーだと言えるが、あの年ごろの女の子が携帯を駆使しまくるのはめずらしいことでもなく、誰も意識していなかったらしい。

「ああ……なるほど……」

思いこみの激しい行動のすべてが腑に落ちたと博巳は息をついた。遊び慣れているとはいえ、まだ十代の女の子。すれたふりをしたところで、キスひとつでその気にもなるだろう。

(てんで、子どもだったってわけか)

どうりで博巳に対して、オジサン呼ばわりなわけだ。そんな相手に、胃潰瘍になるまで悩まされた自分がばからしくて、力ない笑いが漏れてしまう。

「そのあとも、彼女とは店で偶然会うか、お客さんとコンビニ店員としてしか接触してなかった。俺が酔っぱらったときも、隣にいるのが誰かもわかってなくて」

朝帰りをしたあの日、動転した亮祐は相手を確認もせず、セックスの痕跡があるのかどうかたしかめもせず逃げだした。体調が悪すぎて、身体の記憶についてもまったく判断がつかず、本当に怖かったのだそうだ。

「でね。たしかに、ふたりでホテルには行ったんだって」

その告白に、博巳はずきっと胸が痛んだ。けれど身がまえた博巳に、亮祐は口を尖らせる。

「ちゃんと最後まで聞いてよ。一応、潔白の証明できたんだから」

「どういうこと？」

メールの件からはじまって、彼女を詳しく追及したところ、亮祐にしても驚きの事実が発覚したのだそうだ。

「俺、彼女に連れられて『ROOT』出たあとも朝まで飲んでて。あげく、彼女の服のうえに、ゲロ吐いたんだって」

「は……？」

思いもよらない話に、博巳はぽかんと口を開ける。まじまじと見つめたさき、亮祐は気まずそうにしながら、もぞもぞと長い足を組み直したあと、小さく咳払いをする。

「あのさ、いまさら蒸し返すけど。博巳さんさ、あのころドタキャン多かったじゃん」

「あ、ああ、うん」

手がけていた仕事が大詰めになり、プログラムミスのデバッグと、クライアントの無茶ぶりによる駆けこみの仕様変更で、会社に泊まりこむのもザラになっていた。

あげくに亀山のウイルス事件で、本当に余裕がなかったことを思いだす。

「それで、あの日たしか、三回目のドタキャンで、俺けっこうグレててさ」

「……ごめん」

恨みがましい目で見られ、博巳はとっさに目を逸らす。

ひとりいじけて飲んでいたとき、声をかけてきたのが彼女だったらしい。壮一が止めるのも聞かず飲み続け、彼女にひっぱられるまま河岸を変えてさらに飲み、へべれけになってしまったそうなのだが。

「いいんだけどさ。飲んでる間じゅう、博巳さんに会えないって愚痴とノロケと、愚痴とノロケと、愚痴とノロケとしか言ってなかったらしくて」

「え……？」

正直、誰としゃべっているのかも、もうわかっていなかったと思うと亮祐は言った。

彼女にしてみれば、これ幸いとつけこんでやろうと思ったのに、聞かされるのは恋人の話ばかりで、うんざりして。

「おまけに俺、博巳さんとやりたいやりたい、言ってたらしくて」

「げ」

「頭きたんでホテル連れこんだら、部屋入るなり、ゲロって」

「うわ」

「博巳さんじゃないけどさ。どばーっと勢いよく。キメキメのセシルマクビーに。でもって俺は気絶。そりゃあ怒るってなもんでさ」

たしかにそれは最低かもしれない。自分の立場も忘れてうなずくと、亮祐は顔を歪めた。

「根に持ってたらしくて、今回も『洋服代、弁償しろ』とか言いだして。今回の件もその慰謝料として許せとか言いだしたんだよ？」

今回問いただしている間に、思いだし怒りをした彼女は図々しくも金を要求したらしい。

「た、たくましいね……」

博巳はなかばあきれつつつぶやいたが、「冗談じゃねえよ」と亮祐は怒った顔で吐き捨てた。

「引っかけられた俺も悪いけど、そもそも俺のことホテルに連れこもうとして、無理やり飲ませたのあっちだって言うし。……おまけに、妙にまわると思ったら、眠剤仕込んだらしい。第一、それと博巳さんの件は話がべつだろ」

淫行罪で訴えるとあちらが言えば、亮祐のほうは恐喝で警察に行く、親にばらすと脅し返した。さすがにそれは困ったらしく「だったら相殺で」と向こうが言いだしたのだそうだ。

「コトは博巳さん次第だから俺はなにも言えないって言っておいたけど。どうする？」

「いや、面倒だし事件にはしたくないよ。反省して、二度としないならそれでいい」

博巳がかぶりを振ると、亮祐は「そう言うと思った」と苦笑した。

「……話、戻すけど。そんなわけで、ゲロまみれのままじゃ帰れないし、クサイしで、ふたりぶんの服洗って乾かして、シャワー浴びてる間に俺はテンパって逃げちゃって」

彼女としてはたまったものではなかっただろう。思わず同情した博巳だったが、亮祐もそれについては、かなりばつが悪そうだった。

「それでまあ、もろもろ頭にきたんで、盗み見ておいたメルアドにいやがらせ開始、みたいな感じだった、そうで。……けっきょく俺のせいでした、ごめんなさい！」

間抜けな顚末には正直、言葉がなかった。想像していたようないかがわしい展開や、亮祐の不実が本当に誤解だったのは、本音を言えば嬉しくもある。

だが博巳は、「ちょっと待って」と手をあげた。

「キスの写真は、わかった。でもあの、もうひとつのアレはなんだったわけ?」

第三者に行為中とおぼしき場面を撮られた、あの『XYZ』フォルダの中身はすでに消去してある。だが悪い意味でインパクトのありすぎる写真は、忘れようにも忘れられない。

「彼女となにもなかったっていうなら、どうして俺に送ってこられたんだ」

なんの関係もない彼女が、なぜあんなものを持っているのかと問いかけると、亮祐はぐっと息を呑んだ。さきほどより、よほどうろたえた顔になる彼から、博巳は目を離さない。

亮祐は、また居心地悪そうに咳払いをした。

「んと。ぜったい怒ると思うけど、言わないとだめですか」

「むしろ、教えてもらえないと、いまでも気分悪いです」

博巳が横たわったまま、傲然《ごうぜん》と「さ、どうぞ」と告げるや、はあ、とため息をついた亮祐は、覚悟を決めたように口を開いた。

「あれはですね、アルバイトでした」

「は?」

またも予想外の単語が飛びだし、博巳はぽかんとなった。

「本番はやってないんだけど、えー、その……。そのころ、デジカメの一眼レフで、どうしても欲しいのがあって、でもお金がね、俺、なかったの」

まさか、と一瞬にして駆け抜けたいやな想像は、博巳の弱った胃を締めつけ、うめくような声を発してしまう。

「セックスの最中の写真撮られて、バイト……って」

「あ、いや違う！　違うんだけど、違わないっていうか、とにかく聞いてください！」

思考停止に陥りかけているのを見てとり、博巳が悪い考えに取りつかれるまえに、勢いで言ってしまえとばかり、亮祐は口早に白状した。

「ええと、『ROOT』の客のなかに、ネットのソフトAVのプロデューサーがいて、客寄せ用のサムネイルに使う、ルックスのいい男、募集してるって話で」

当時まだ亮祐はぎりぎり十代だった。そのため、本番撮影はなし、もし強制的になにかさせようとしたり、強引にコトに持ちこんだら警察に行くという念書を交わして、了承した。

「なんか、俺の身体が気に入ったんだって。で、写真っつっても、顔はモザイクかけて出さないし、スチールオンリーで絡みの真似してくれればいいって言われて」

「……言われて？」

ひく、と博巳のこめかみがひきつった。

「モザイクに関しては、サイト確認したらそのとおりだったたし、芝居みたいなもんならいいかと思ったんだけど」

　話が進むにつれて、博巳の口角はぴくぴくと痙攣しはじめた。亮祐はますます小さく縮こまっていく。

「……突然写真撮られて驚いたやつだけ、手違いでモザイクなしで、一瞬掲載されちゃって」

　あわててサイトからはさげたけれども、ワールドワイドウェブに一瞬でもアップロードされたものは、取り返しがつかなかった。どこかの誰かのPCのなかに残ってしまうし、ウェブアーカイブを掘り起こされることだってある。

「まあそれで、彼女、俺のディープな追っかけ？　だったんで……ほじくり返して画像、拾ってた、らしくて」

「いくら、もらったの」

　冷ややかな顔で博巳は問いかけた。声が低すぎて聞こえなかったらしく、亮祐は「え？」とびくびくした顔で問い返してくる。

「バイトで、いくら、もらったの？」

　ひとことずつ区切るように、はっきりと発音する。亮祐はぐびりと息を呑んで答えた。

「迷惑料こみ、即金で、二十万……」

「その話は、誰か、知ってるの？」

　今度は胃ではなく、顔の筋肉が痙攣しているかもしれない。目尻をつりあげたまま、博巳はよもやの問いかけをするが、亮祐はもごもごと、こう応えた。

「……『ROOT』の客なら、俺の失敗談として、全員知って、ま、す……」

最後の告白を聞き終えたとき、完全に博巳の目は据わっていた。横たわったまま天井を睨み、あえぐように肩で息をする。

「要するにそれぜんぶ、亮祐が悪いよね」

「はい……」

すう、と博巳は息を吸いこんだ。

「きみは、ばかか!!」

大音量で怒鳴った博巳に、亮祐はびくっと震え、そのあとしおしおとうなだれた。とうてい許せる気分ではなく、半身を起こして亮祐の頭をひっぱたく。「いたっ」と亮祐が間抜けな声をあげたけれども、知ったことではない。

「ああ、もう、ばか。ほんっとにばかだ。ばかっ」

モラルがないのはいやだと言って、ひとことも反論できなかった理由が、よくわかった。たしかに浮気ではなかったかもしれないが、そんな情けなくもあきれた顚末があれば、博巳の言葉にぐうの音も出なかっただろう。

「うかうかとAVのスチール撮らせるなんて、人生棒に振る気なのか!?」

「だっ、だってそこのカメラマンの師匠、いい腕してたんだよ！　本職は風景なんだけど、金がないからいろいろやってるひとで。俺的に、メインはそっちのひとに話を聞きに行くことだったんだけど、ついでにその場であれよあれよになっちゃってっ」

言い訳する亮祐の頭を、博巳は平手で何度も叩いた。

「このカメラばか！　短絡ばか！　ばか！」

あまりにもしょうもない顚末に、シリアスぶった別れはいったいなんだったのかと、博巳は遠い目になった。

そんな程度のことで、亮祐を疑ってしんどくなって、あげくには彼を責めて、自分を痛めつけて、仕事に穴をあけかけた。

「ほんとにきみは、ばかだろう！」

「うん、ごめん。ごめん、俺が悪いから、だから興奮しないで。またおなか痛くなるよ」

肩で息をして、べしべしと叩いていた相手は、痛いとも言わず防御もせず、博巳の怒りを受け止める。そして、「怒るのは身体治ってからにして」と、笑うのだ。

「とにかく、これで終わりになるから。迷惑かけて、ごめんね。もう誰も博巳さんに、なにかしたりしないから、安心していいよ」

——安心して。恩きせたりとか、そんなつもりないから。

かつて電話越しに、亀山の件を告げたときと同じ声で、亮祐は言った。

「今度こそ、ほんとに大丈夫だから。彼女も、もうぜったいしないってさ」

微笑んだその顔は、ひどくつらそうだった。すべての片がついて、だからこれで終わりにできると、言葉ではなくそう言われたのがわかる。

博巳の胸が、あのときのことを思いだして軋んだ。

――好きだったんだ。最初からずっと、ただ見てたときから。

――会って話すだけでも舞いあがってたんだ、俺。

せつなくなるくらいの告白で、彼はなにも求めていなかった。ただ知ってほしいと懸命に告げ、いやなら会わなくてもいい、モデルももうしなくていい、と言った。

(こんな顔、してたのか。あのときも?)

泣きだしそうで、それがあんまりかわいそうで、ぎゅっと抱きしめてやりたくなる。思わず腕を伸ばしかけ、でも、と博巳はためらった。

自分から『許せない』とふっておいて、ここでまたほだされるのはどうなのだろうか。

そして、過去のこととわかっていながら、相手のモラルを責めた博巳のほうは、言うほど清《せい》廉潔白《れんけっぱく》でいただろうか。

(俺は、なにしたんだ)

いやがらせにもきちんと対処もできず、すべてを年下の亮祐まかせにして、戦わず――そのくせ、若い彼が若さゆえにした遊びにこだわって、許してもやれず。

あげく、大人ごかしで説教し、えらそうな台詞で彼を拒絶した。

「ご……ごめん」

急に恥ずかしくなって、博巳はうつむいた。聖人ぶって、いったい自分はなにさまだというのだろう。

「ごめんって、どうして？　謝ること、なにもないじゃん」

寛容な彼はそう言ってくれるが、なんのことはない、尻尾を巻いて逃げただけだ。

横恋慕《よこれんぼ》した相手に脅迫されたにせよ、本来なら博巳こそが、いやがらせの相手と対峙《たいじ》しなければいけなかった。本気で亮祐が好きなら、欲しいなら、そうすべきだった。

そうしなかったのは、怯えたからだ。本当に浮気されたり心変わりされるのが怖くて、モテる亮祐に捨てられるまえに、もっともらしい言い訳をくっつけて、捨てた。

我ながら、最低だ。こんなずるいやつ、見限られてもおかしくない。

なのに彼は博巳の意気地のなさを責めもせず、別れたあとに黙って犯人捜しをして、二度としないという約定まで取りつけてきた。

「違う、ごめん。俺は自分が、恥ずかしい」

「だから、なんで。ひろ、……小井さん」

ついさっきまで、名前で呼んでくれていたのに、わざわざ言い直してまで博巳が提示した距離を守ろうとする彼が、身勝手にも哀しい。

自分はもうとっくに、『篠原くん』なんて呼びかけはしていなかったのに。

じわじわきた目元を押さえたまま、博巳は問いかけた。

「亮祐、あのさ。……もう一回つきあうのと、別れ話取り消すのと、どっちなら、許してくれる?」

亮祐は、ひさしぶりに呼んだ名前にも、言葉の内容にも、きょとんとした顔をした。そして博巳の言葉をなんどか脳内で反芻したのち、勢いこんでベッドに身を乗りだしてくる。

「えっ? そ、それ、どういうこと?」

図々しい申し出をする自分にあきれつつ、博巳は泣き笑いの顔をして、もういちど同じ言葉を繰り返した。

「だから、もう一回つきあう? それとも、別れ話、取り消す?」

このうちのいずれを選んでも、結果としてはまったく同じ。だがむろん、彼が望むなら、第三の選択肢だってちゃんとある。

「それとも、責任果たしたから、これでぜんぶ終わりにするほうがいい? 三つのうち、どれがい――」

「最後だけはいらない!」

博巳の言葉を打ち消すように叫んで、亮祐が思いきり抱きしめてくる。弱った身体を逃がさないようにと長い腕に力をこめる彼の広い背中に手をまわすと、びくりと亮祐が震えた。

「俺、これって、許してもらえたって思っていい?」

「うん」

「がんばったから、認めてもらえたって思っていいのかなあ？」

「うん」

ぎゅうっとしがみつくように抱きついた亮祐は、それからなおも「いろいろ、ごめんなさい」と繰り返し、「今後は二度とこんなことを起こしません」と誓った。

「俺も、昔のことには目をつぶるように努力する」

「博巳さぁんっ！」

あんまりぎゅうぎゅうするものだから、まだちょっと痛む胃のあたりが締めつけられ、小さく博巳がうめいて、亮祐は大あわてになり——。

とりあえず、ラブシーンを演じるのはあと一週間はお預けだと、ふたりで苦笑いをしたあと、亮祐はもじもじしながら博巳の唇を指で撫でる。

「えと、でも、ちょっとだけいいですか」

あらたまって言われると照れくさくて、博巳はそっぽを向く。

「……俺、たぶん、薬くさいよ？」

「ムードないこと言わないでほしいなあ」

痩せた両頬を包まれ、少しだけ哀しそうな顔をしたあと、亮祐はそっと、触れるだけのキスをした。

「また、ごはん作って太らせるから」

そのあとはおいしくいただきますと笑った亮祐の身体を抱き返し、博巳は本当にしばらくぶりに、心からの笑い声をあげた。

＊　＊　＊

「撮っていい？」

問われたそのとき、博巳は亮祐が作ったばかりの親子丼を口に運んでいる瞬間だった。

「んんっ！」

ぱしゃ、とシャッターが切られ、口に頬張ったまま「こら」の意を伝える言葉を発すると、カメラを手にした亮祐はにやっと笑う。今日のそれは、いかがわしいアルバイトで購入したデジタル一眼レフではなく、親から譲り受けたというアナログのカメラだ。

「訊いたもん。さきに訊いたら撮っていいって言ったよね？」

もぐもぐ、ごくんと親子丼を咀嚼し嚥下《えんか》して、博巳は言った。

「俺がいいって返事したら、って前提が抜けてるだろ！」

「だめだよ。だってそんなこと言う時間あげたら、博巳さん身がまえるもん」

懲りない顔で笑いかけてくる亮祐に、博巳は脱力するしかない。こうなれば無視してさっさと食事をすませようと、とろみのある玉子とじを口に運んでいると、口の端に長い指が触れた。

「ん？」

「おべんとついてます」

つまんだごはん粒を当然のように口に入れ、また博巳がぽかんとしたとたん、またぱしゃり。

もはや咎める気にもなれずに笑ってしまうと、連続するシャッター音。

「人物、ほかに撮れるようになった？」

「いま、鋭意努力中。でもやっぱ、博巳さんが撮りたいなあ」

硬くぎこちない部分のあった亮祐の写真は、博巳を撮ることでだいぶやわらぎが出たらしい。

そんな効果など自分のどこにあるのかさっぱりわからないし、ただの欲目と色惚《ぼ》けではないんだろうかと思いもするが、向けられる熱意だけはたしかに伝わってくる。

「会社、どう？」

「ん、相変わらずだけど、病み上がりにはみんなやさしいよ」

市原のがんばりで、懸念していた仕事のほうは、復帰するころにはすでに一段落がついた形となっていた。

——亀山の件は騒ぎになったし、彼女と別れたのもあって、疲れたんだろ。おまえ働きっぱなしだったしさ。

市原曰く、上層部も、亀山の一件では一方的に責めてしまった博巳に対してうしろめたさがあったらしい。労災も出すし有給休暇扱いにするから、一週間しっかり休んでいいと言われ、言葉にあまえてのんびりさせてもらうことにした。

そしてその間亮祐は、見舞いと称して毎日家に通ってきて、すべての面倒を見たがった。果ては大学まで休もうとしたから、それは許さないと言い渡したが。

「ピロリもなくてよかったよね。胃カメラ、しんどそうだったけど」

「あれはやだよ。どんだけ、昔よりは楽になったっていったって、異物入れたらやっぱりうえってするよ」

念のための検査にまで亮祐はついてきてくれて、グロッキーだった博巳をかいがいしく世話してくれた。

どうにか体調も戻り、本日は出社して三日め。だがすでに金曜で、土日の連休が控えている。だからお互い、ふつうの顔をしながら、なんとなくそわそわしていた。

「顔色も戻ってよかったよ。まだ、ちょっと痩せちゃってるけど」

「んー、薬のせいもあって、食欲戻りきれないから」

「もう、ごちそうさまでいい？」

こくりとうなずき「ごちそうさま」と告げると、博巳が片づけるより早く亮祐が立ちあがってしまう。いたれりつくせりとはこのことかと、台所に向かう長い脚を見つめた。

形のいいすね、引き締まった腿から、きゅっとあがった尻のラインはかなり完璧だと思う。

ひとを撮るより、撮られるほうが向いているのではないかと、いままでも思ったものだが。

「……なあ、亮祐」

台所で洗い物をする彼は「なーに？」と答えた。博巳は、まえまえから疑問だったことを、直球で投げつけた。

「AVのスチールって、ぜんぶ脱いで撮ったの？」

がしゃん、と音がする。「おい、皿割るなよ」と顔をしかめると、目を剥いたままの亮祐がこちらを凝視《ぎょうし》していた。

「って、そっちが、唐突に心臓に悪い質問するからだろ！」

「お尻とか見られた？」

また、がしゃん。今度は泡だらけの手にスポンジを握った亮祐が、全身で向き直った。

「……なに言いたいの、博巳さん。もしかしてあのこと、根に持ってる？」

「持ってないと思うか？」

ふん、とふんぞり返って答えると、分《ぶ》の悪い亮祐は顔をしかめるしかない。子どもじみた顔に噴きだして、博巳は立ちあがり、皿洗いの手伝いを申し出た。

「俺洗うから、拭いて。おまえにまかせると、皿が全滅する」

「誰のせいなんだよ……」

スポンジを奪いとり、ふたりぶんの食器を手早く洗ってしまうと、ふきんでそれを拭いている亮祐に予告もなしに抱きついた。

「のわ！」

「落とすな。ていうか、いちいち驚くな。いつも自分がするくせに」

叫んだ亮祐につけつけと言って、博巳はまたぎゅっと抱きついた。亮祐は耳まで赤くなり、そろそろと皿とふきんを定位置に戻す。

「どうしちゃったの、博巳さん」

「なあ、まえに言ってたけど、ハメ撮りしたいか？」

落とすものはなかったけれども、亮祐は眩暈を起こしたようにふらついて、シンクに手をついた。顔は茹だったように真っ赤で、ぜいぜいと息をしている。

「まじで！　なんなの！　俺のことどうしたいの！　死んでもやだって言ってたくせに！」

「気が変わった。してもいいよ。デジカメで、ぜったい誰にも見せなくて、スタンドアロンのマシンにしかデータ移さないって約束するなら」

ぎゅうぎゅうにしがみついているせいで気づかれていなかったようだが、博巳の耳も亮祐に負けず劣らず赤かった。

「……博巳さん？」

「だって悔しいだろ。お、俺の亮祐、ほかの誰かが撮ったとか、ふつうにいやじゃないか」

他人の目に、あのかっこいいお尻がさらされたという事実は、存外に博巳を妬かせていた。

それでも、人物で撮りたいと思うのは博巳だけだというなら、それだけは自分の特権なのかもしれないと、そう思った。

「だから、亮祐しか見ないなら、なにしてもいい」

もうわけのわからない、もめごとはいやだ。亮祐をきちんと捕まえておくためなら、モラルのハードルを死ぬ気でさげたっていい。

今度こそ素直になろうと思って口ごもりつつ、告げたそれらの言葉に、亮祐はしばらく答えなかった。長い沈黙に、唐突すぎて引いただろうかと博巳がだんだん正気づきはじめたころになって、ぎしっと骨が軋むくらいに抱きしめられた――と、思ったら腰から抱えあげられる。

「うわっ、な、なに！」

さすがに大人になってから抱っこされた経験はなく、驚いて首にしがみつくと、亮祐はいちど居間を経由し、博巳を抱いたまま片手にカメラを引っかけて、数歩でベッドにたどり着いた。

「……亮祐？」

ベッドサイドのテーブルに大事なカメラをそっと起き、それと同じくらいにゆっくり、大事におろされて、面くらったままの博巳が横たわると、両脇に長い腕をついてのしかかってくる。

「いっぺんにぜんぶくれないでよ、俺、パンクする」

まだ真っ赤な顔のまま、亮祐はそう言って唇をついばんだ。

「とか言うけど、しっかりカメラは持ってくるんだな」

ちょっと意地悪に笑ってみせると、「へへへ」と彼は笑った。眉をさげた、情けない笑み。でもとてもかわいくて、素直な表情は、博巳のお気に入りだ。

「やっぱ、お許しが出るからには、乗っておこうかなと思って」

「調子いい、……ん……」

軽く触れるだけのキスから、舌の鳴る音が響くものに変わるのは早かった。お別れ宣言をしてから約二ヶ月ぶりの、本格的で濃厚なキスは、当然ながら飢えて長く執拗なものになる。上顎を舌でくすぐられ、背中が反り返る。ベッドとの隙間にできた空間に腕を入れられ、浮いた腰から尻を揉み撫でられて、博巳は疼《うず》く脚を亮祐の長いそれに絡めた。

「んっ、んっ、んっ」

喉声が、気持ちいい、と言葉ではなく伝える。まさぐるというにふさわしい手つきで胸を撫でられ、長い親指に乳首を押しつぶされると「んうっ！」と短い叫びが唇の合間に溶けた。

「……いい？」

はふ、と息をついた亮祐の目は、欲望と期待で潤《うる》んでいる。博巳がこくりとうなずいたとたん、毟《むし》るような勢いでシャツをめくられ、あちこちをめちゃくちゃに触られた。

（うわ、サカってる）

そんな言葉が浮かぶくらい、亮祐に余裕がない。いままで、本当に年下なのかというくらい余裕たっぷりで博巳を翻弄《ほんろう》してくれた彼が、息も荒くのしかかり、痛いくらいに肌を撫で、噛みついてくる。

「ごめ……余裕ない。早く入れたい、もお、入れたい」

あわせた腰をこすりつけ、このまま服のうえからでもねじこみたいというように訴えられて、博巳はうなじまで真っ赤になる。

「ひ、ひさしぶりだから、気をつけてほしい、けど」

「わかってる、わかってるから脱がせていい？」

ねだられ、いまさらだめとも言えない。もともと頻繁に寝ているころから欲求の強いほうだった亮祐に、結果としてお預けを食らわせたのは博巳なのだ。

「あ、ちょ……カメラは？」

シャツを毟るように脱がされ、胸に吸いついてくる亮祐に、撮らなくていいのかと問いかける。とたん、彼はいらだったように吐き捨てた。

「いいってもう、そんなのっ。いいからちょっと黙って！　俺はひさびさの生博巳さん堪能《たんのう》するの！」

「……はい」

生博巳さんってなんだ。噴きだしてしまいそうになりながら、あれよというまに素っ裸にされてしまった。亮祐も蹴り脱ぐようにしてジーンズを放り投げ、そこに表れたものを目にした博巳はさすがにぎょっとする。

「あ、なに、それ」

「半病人のそっちはどうか知らんけど、俺は元気だったんですよ、ずーっとね」

言われなくてもわかります、と顔をひきつらせて博巳はうなずく。なんだかのっけから臨戦態勢の亮祐に、これは理性をなくしてもしかたないかと同情した。

「え、えっと。さきに、手とか、する?」

「……言葉責め、やめて。出ちゃうから」

むっつりと言われ、そんなつもりはないと告げるより早く唇に嚙みつかれる。とにかく飢えきっているというキスに、博巳ももうよけいなことを言う余裕もなくなり、全身を絡みつかせて愛撫してくる亮祐に、惑わされた。

とはいえ、完全に理性を失っている亮祐を――しかも数ヶ月にわたる禁欲生活後の彼とのセックスというものを、博巳は少しばかり舐めていたらしい。

「あ、え、そ、そんなことすんの?」

「うるさい」

「ちょっと、だめだめだめだめっ」

「黙って」

服を脱いだらすぐにでも挿入されるかと思ったが、ちょっと手荒ではあるが熱心な愛撫を受けた。そしてとにかく、亮祐は容赦がなかった。これでもかというくらいにあちこち、舐めて噛んで撫でていじって、恥ずかしいと博巳が拒んでも、がっちりと身体を摑んで離さなかった。

うしろをほぐすタイミングはふだんよりちょっと早くて、あちこちを舐めたり噛んだりしながらも、ずっと指を入れたままだ。

「そこ、もう、痛い……」

亮祐がいちばん執着したのは胸で、乳首どころかその周辺まで真っ赤になるくらい吸いつかれ、舌で突起を転がされ続けた。ふだん、そこまで感じるところでもないのに、あんまり嬉しそうに舐めまくるから、ひりついて敏感になって、怖くなる。

（こんな、されたら、意識する）

指で潰して、ぬるついた舌で撫であげて——彼が味わうための場所だという認識が、唾液といっしょにすりこまれて、肌に定着してしまう。

「ん、ひっ」

「いっしょにするの、いいみたい？」

乳首を軽く歯でしごかれ、奥に埋まった指を抜き差しされる。ひさしぶりのそこがすくまないように、ゆっくり拡げ、小刻みに揺らす指遣いは、いやらしい以外のなにものでもない。

たっぷり塗りこまれたジェルは体温に溶け、肉の狭間を伝ってしたたり落ち、ものすごい音を立てている。ぬめる指が体内を行き来するたび、博巳の性器は震えて湿り、先端からとろりとろりと雫をこぼす。

それを左手でしごきあげ、奥にはめこんだ指をうごめかし、きつく胸を吸われると、どこで感じているのかまったくわからなくなる。

「あ、やだ、いっしょ、やっ……」

うわずった声で叫び、博巳は腰を跳ねあげた。恥ずかしさにこらえていたけれど、感じすぎて強ばる尻はもうシーツにつくこともできず、亮祐の指を起点にうねうねと揺れている。

「すっげ、食いつく」

卑猥《ひわい》にうごめく身体を見おろし、亮祐は舌なめずりをする。まばたきのたび、シャッター音が聞こえるかのような強い視線。印画紙でもデジタルデータでもなく、網膜に焼きつけられていく痴態に、博巳はあえいでかぶりを振るしかできない。

「も……もう、いいよ、いれ、入れて、い……っ」

「まだ、きついよ」

見つめられることが耐えられない。博巳のほうが音をあげそうになると、とろとろになるまではだめだと、苦しげな表情のまま亮祐は言った。

「いっぱいしたいんだ、だから我慢する。入れたいけど、俺突っこんじゃったら自分でどうなるかわかんない」

獣じみた目で告げられ、正直怖いと思った。けれど、そうまで余裕のなくなっている亮祐というのもめずらしく、また本当に彼がつらそうで——だから博巳は、「平気だ」と言うしかなかった。

「たぶん、ちょっと、きつくても、入れたら慣れるんじゃない、かな」

「……だめだって博巳さん、ほんとに限界だから」

息をあげたまま、それでもやせ我慢しようとする亮祐に、博巳は腕を伸ばした。

「だから、さきに手でしとくかって、言ったろ?」

「うあっ！　う……い、いい！　だから、いらないってっ」

数回しごいてやると、全身を震わせてかぶりを振る。なんで、と目をまるくした博巳の手を引き剝がし、亮祐はうめいた。

「手とかやだ、ぜったい、入れてからいきてぇのっ」

「だから、いいよ」

やせ我慢してないで、おいで。背中を抱きしめ、ぽんぽんと叩いてやる。だが喉奥でうなるばかりの亮祐に小さく笑い、博巳は頰をすり寄せると、赤くなった耳たぶを嚙んでやる。

「……っ」

「欲しいよ。……くれない?」

ささやいたとたん、言葉もなく唇に嚙みついた亮祐が、博巳の両脚を抱えてくる。

「知らないから」

「うん」

「入れちゃうからね? そしたらもう、あと、我慢できねえからっ」

いいよ、と目を閉じて、博巳は全身の力を抜いた。

亮祐が、まるで怯えるようにそお、と腰を押しつけ、引く。つるりとした先端が押しあてられ、入口がそれの段差を感じた。

お互いに、震えるほど期待している。もういちど目を開き、視線を交わすと、こくんと息を呑んだ亮祐が身体をまえに倒してくる。

「ん……っ」

ゆっくり、ゆっくりと入ってくる。ひさしぶりのそれに博巳は首を反らし、唇を噛んで息をつめた。いつもより、大きく感じる。ブランクがあるせいか、それとも——と考えていると、亮祐が拗ねたような声で言った。

「だから言ったのに。さっきも、見たじゃん。今回、増量サービスだよ?」

「は、は……これ、サービス?」

ふざけた言いざまに笑ったせいで力が抜けた。とたん、ひっかかっていた部分がずるりと抜けて、そのあとはスムーズに滑りこんでいく。

「あ、あ、あ、入った、……入ったっ」

「う……んっ」

亮祐はもう言葉もなく、ぐっぐっと腰を突き入れ、もうちょっと、もうちょっと、と迫ってくる。小刻みに、かくんかくんと動かす腰の動きは、こっけいなようでいてたまらなく卑猥でいろっぽい。

「ああ、ああ……ああ！」

奥まで刺さったとき、亮祐は感極まったような声でうめいた。全身が痺れていて、お互いしばらく言葉もないままだった。

（……すごい）

じん、じん、とつながった場所が疼く。お互いに震えながら、挿入しただけでこんなにも深く快感を味わっているのが怖いと思った。そして、もぞりと博巳が膝を立てたのを機に、亮祐はぐっと腕に力をこめる。

そしてたまらなくなったように、小刻みに腰を揺らめかせた。

「あっ、あっ……き、気持ちいい、博巳さん、気持ちいい」

すがりついて、うわずった声で亮祐があえぐ。ちょっと女の子みたいにかわいい声になっていて、そのことにもひどく、博巳はそそられた。とたん、きゅう、と奥がしまり、亮祐がまた「ああっ」と声をあげる。あまりの感じっぷりに、博巳は驚いた。

「そ……そんなに、いい？」

「ん、んっ」

こくこく、とうなずいた亮祐は、ぎゅっとつぶっていた目を開く。驚いたことに涙ぐんでいて、息を切らしたその顔は、泣きだす寸前だ。

「まだ信じられない。博巳さんに入れてる」

「……亮祐」

「もういっかいだけでも、できたらいいのにって、思ってた。許してくれて、セックスできたら、死ぬほど気持ちいいだろうって、ずっと想像してた。でもこんな……こんなに」

こんなにいいなんて思わなかった。

感動したような亮祐の声が嬉しい。博巳はその声だけで官能をくすぐられ、小さくうめいて、亮祐の背中にしがみつく。

「キ、キスしていいですか？　ねえ、いい？」

「いちいち、訊かなくていいよ」

笑って、頬を両手で包んで唇を寄せてやる。かつてあれほど博巳を翻弄したはずの青年は、がむしゃらに唇を重ね、吸い、求めてくる。むしろ博巳のほうが余裕が出てきて、軽く舌を噛んでやると、びくっと肩が震えた。

「どうしたの」

「い、いきそう」

え、と博巳は目を瞠った。なんだかずいぶん早くないかと思ったが、男の子のプライドに抵触する発言はさすがにできないと口をつぐむと、亮祐はあまい声で自己申告をはじめる。

「だって俺、すっげえへこんで、あれからオナニーもしてなくて、だから」

「……そうなの？」

てっきり、自分のような融通の利かない人間と別れたあとは、あっさり遊びまわっているのだろうと思いこんでいた。だが、博巳の心を読んだように、なじる視線を向けた亮祐は「誰ともなんにもしてないよ」と口を尖らせる。

「ほんとに、自分がばかで、いやになっちゃったんだよ。セックスのこと考えるだけでもうんざりして、ほとんど引きこもってた」

「でも、コンビニで、バイト」

「だってそうしないと、博巳さんに会えないじゃんか！」

叫んだとたん、ぼたっと博巳の顔に雫が落ちてくる。見あげると、顔をくしゃくしゃにして亮祐が泣いていた。

「も、やだ。もうふらないで。イイ子にします。昔のことは変えられないけど、これからちゃんとするから。誰にも、博巳さんにいやがらせ、させないから」

ぎゅっと抱きつかれて、博巳も同じくらいの強さで抱きしめ返す。強まった密着感に、お互い同時にため息をつき、どちらからともなく唇を吸いあった。

「ふらないし、次にいやがらせされても、別れないよ」

「えっ」

「ちゃんと、亮祐は俺のだから、ちょっかい出すなって、戦うよ」

がばっと亮祐が顔をあげ、その動きのせいで「あっ」となまめかしい声が出た。きゅんとつながった場所がすくみ、話をすることで散りかけていた熱が一気に集まる。

身体のなかで、ひくついている亮祐を感じるのはひさしぶりだった。そして、いままでは翻弄されるばかりだったのに、快楽にまぎれることなく、それが愛おしいとちゃんと思える。

「おいで、亮祐」

そっと広い肩を抱きしめて、好きにしていいよとささやくと、ぐっと息を呑んだ彼がたまらずに腰を揺らした。いちど動き出すと、もう止まらないようで、徐々にそれは激しくなっていく。それでも、どこか亮祐は遠慮がちで、うかがうように博巳を覗きこんでくる。

「ご、ごめんね。痛かったら、ごめんね」

「痛くない、平気、だから……もっといいよ、きて」

背中を抱きしめていた腕を滑らせ、引き締まった尻に手をかける。ぐっと力を入れて引き寄せると、「あっ」という声がふたり同時にあがった。

「あ、ああ、好き……博巳さん、好き、好きだ、好き」

「んっ、んっ、んっ、……うんっ」

あまったれた声をあげ、奥の奥まで教えてというように揺らされる腰。あえぐ声のあまさはどちらのほうが強烈なのかすら、博巳にはわからなくなっていく。

Canan
EOS
5D

肩を押さえこんだ亮祐は、夢中になって腰を振っている。

「だめ、いく……博巳さん、いく、いくよ、出ちゃうよ」

「うん、うん、いいよ」

「いく、やばい、いくいく……ああ、あっ、あ！」

ぐうっと奥でそれが伸びる気がして、博巳がぶるりと震えると、しがみついたままの体勢で亮祐が全身を震わせていた。がくがくする彼が頼りなく見えてぎゅっと抱きしめてやると、すすり泣くような声をあげて頬ずりをしてくる。

「ごめんね、早っ、……はや、いし、う……っ」

「ん、いいよ」

腰が止まらない、と射精後の痙攣を押しつけながら、なまめかしい声でうめく亮祐は、子どもが縋るようにして博巳の乳首を口に含んで吸い、「すげえ……」とつぶやいた。

「なにが？」

「博巳さんとセックスした……もう、二度と、できないと思ったっ……！」

言うなり、鼻先を頬にこすりつけた亮祐が、肩にかぷりと嚙みついてくる。歯が強く食いこむ痛みと、信じられないくらいかわいい仕種にくらくらしつつ、形のいい頭を撫でてやる。

ふたたび胸に顔を埋め、ぷつんと立った乳首にちゅっと音を立ててキスをした亮祐は、嬉しそうに、そして少し悔しそうに、小さく笑った。

「俺ばっかでごめんね、いってないよね」

「いいよ、気にしなくて」

どころか、見たこともないほど感じて、我を忘れている亮祐を見るのはかなり興奮した。相手を悶《もだ》えさせたいという能動的な感覚は、抱かれる立場になってずいぶん忘れていたけれども、身体ではなく脳が痺れるような感じがする。

（なんか、すごく、よかった……）

じんわりと全身を浸す、あまい水のような快楽が、いまだつながった場所をやわやわと締めつけさせる。亮祐が小さくあえぎ、肩に力を入れてうなだれた。

伸びた髪が首筋をくすぐり、汗が伝う日焼けした胸がきれいだと思う。うっとりと見あげていた博巳の視界の端、さきほど置いたカメラが飛びこんでくる。

腕を伸ばすと、亮祐が不思議そうな顔をした。いつも目にして、操作方法は覚えている。

亮祐のしたからカメラをかまえ、博巳は言った。

「撮っていい？」

答えを聞かずにシャッターを切ると、一瞬驚いた顔の亮祐は、おかしそうに笑った。

「博巳さん、ハメ撮りさせてくれるんじゃなくて、自分で撮るってことだったわけ？」

「うるさい。変な場面ばっかり他人に撮られて。俺にも撮らせなさい」

なんどか立て続けにぱしゃぱしゃやっても、亮祐は拒まない。笑いながらのしかかり、変なキス顔までしてみせて、博巳は声をあげて笑い、またシャッターを切った。

右目でレンズを覗きこむと、もう片方の視界は閉じる。ぎゅっとつぶった博巳の左目から、雫が糸を引くようにして落ちていく。

「……博巳さん?」

「俺以外に、もう、撮らせたらだめだよ」

笑っているのに声は震え、カメラを持つ手もまた同じくわなないた。亮祐は無言でカメラを取りあげ、サイドテーブルに置くと、強ばっている博巳の頬を撫でる。

「そうしたら、ぜんぶ、許すから。……もうばかなこと、したらだめだよ」

「うん」

「……好きだよ、亮祐」

泣き笑いで告げると、亮祐の目からも同じものが溢れる。そっと両手で頬を包まれ、同じように博巳も手を伸ばして、お互いの額をくっつけたあとにキスをした。

「もっかいしよ」

「うん」

「今度は博巳さん、ちゃんといって」

ゆったりと身体を揺らしはじめた亮祐にしがみつき、うん、うん、と繰り返す声は、やがてあまいあえぎ声に変わる。

溶けあい、落ちる瞬間、博巳の脳裏にはフラッシュの光がまばゆく走った。

＊　＊　＊

さんざん、ふたりで乱れに乱れ、精根尽き果てたのはなぜか、亮祐のほうだった。

妙にかわいくあまえまくっていた彼が、思った以上に気持ちを張りつめていたのだと知ったのは、ひさびさに眺めた寝顔が無防備きわまりなかったからだろう。

「無理、させちゃったんだなあ」

一生懸命博巳のいいようにと我慢して、やんちゃして叱られたぶんだけ取り返そうとがんばって。

——もういっかいだけでも、できたらいいのにって、思ってた。許してくれて、セックスできたら、死ぬほど気持ちいいだろうって、ずっと想像してた。

あけすけな台詞だったけれど、とても真摯に響いた。こんなにも自分を思ってくれる相手は、たぶん亮祐しかいないんじゃないだろうかと、そんな誇らしい気分にもなった。

「……んにゃ」

頬を撫でると、ぐずるように顔をしかめたあと、くるりとまるまって深い寝息を立てる。図体がでかいだけの、まるっきり子どもだ。

思わず笑ってしまったあと、博巳は枕元を探り、自分の携帯を取りだした。

ふだんあまり使わない携帯でネットにつなぎ、検索サイトにアクセスする。かつて、パソコンサイトで検索したのと同じ語句を打ちこみ、結果を待った。

あのときまっさきに出てきた見だしはこうだった。

——年下彼氏の気持ちがわからない。

さて今回はどうだろうと見守るなか、徐々に表示されてきた検索結果のトップには、果たしてこんな言葉があった。

——年下彼氏、最高！

中身を見ると、年下彼氏がいる女性たちによるコミュニティで、内容は多少の愚痴はあれど、うんざりするようなノロケ話が綴《つづ》られていた。

「……くははっ」

思わず変な笑い声が漏れて、博巳はあわてて手のひらで口をふさぐ。パソコンと携帯では表示されるサイトの違いもあるから、検索結果の相違もあたりまえだが、それにしてもなんと対照的なことか。

（まあ、こんなもんなんだよな）

なにが平均的データだったのだろうか。けっきょくは見方ひとつですべてが変わるのだと、あのころ妙に悲観的だった自分がおかしくてたまらない笑い混じりのため息をついた博巳は、ネットへのアクセスを遮断し、トップ画面にあるアイコンを選んで、『写真モード』を起動させた。

カメラ画面をかまえたまま、布団をめくる。なんどか位置を確認して、ぱしゃりと撮ったのは、きれいな肩胛骨《けんこうこつ》から続く腰、そしていまはまるまった、形のいい尻までの、背面ヌードだ。

考えてみれば、最中を撮影したカメラは亮祐のもので、博巳の手元にはデータがない。けれどこのへたくそな手ぶれまみれの写真は、博巳の『もの』だ。

これからは、すでに削除した『XXX』フォルダの代わりに、博巳が撮った写真たちが携帯のメモリを圧迫していくのかもしれない。

画像を保存し、メール本文はなしで亮祐の携帯に送信した。このいたずらに亮祐が気づくのは、きっと早くて明日の昼すぎに違いない。そのときの亮祐は、怒るだろうか、笑うだろうか。

(意外に喜んだりして?)

想像するとまたおかしさがこみあげてくる。まるまった広い背中に横たわった身体を添わせながら、ハイな笑いに震える唇で、強く吸いつく。

そして、彼からはぜったいに見えない位置にある所有の刻印を、心に焼きつけた。

END

あとがき

今作は大変なっつかしいお話の文庫化です。もともと九年前の雑誌掲載作であるこの話は、一度、短編集として出た某社のノベルズに収録されたものですが、その際は一切改稿していませんでした。今回はがっつりの加筆改稿、続編を書き下ろしての文庫、となりました。

なにしろ九年前。時代背景もなにも、笑ってしまうほど違いすぎました。デジカメこんなに普及してなかったから、亮祐のカメラ関係の描写はぜんぶアナログ仕様だし（笑）、携帯ほとんど活躍していなかったし。十年弱で、こんなに時代って変わるんだ、と呆然としました。

でもって、割とワタクシ、友人とかパソコンまわりの仕事多いので、ネタにしやすいため、SE関係のお話を書くことが多いのですが、この話がたぶん、崎谷作品にSEの出てきた最初の話かな、と思います。話の都合上、あんまりお仕事シーン自体はないですけどね。

でもって、この話はじつは、デビュー後の雑誌掲載作としては二本目、お仕事自体としては十本目という、やたら初々しい時期の話で……ものすごい直球のラブストーリーだったな、といろいろ目から鱗な感じでした。うん、私もまだ二十代だったし（笑）、……十年の隔たりすごかった。おかげで雑誌掲載作と較べると、亮祐も博巳もかなり性格変わっています。博巳なんか名字まで変わりました。日奈子もまえは違う名前だったし（笑）。なぜ変えたのかと言いますと、その九年の間に、べつの話のキャラでかぶってる名前を使ってしまったからです。気にしなくてもいいっちゃ、いいのかもしれませんが、たまに似た名前だったりすると、まったく関係ないお話であっても、お読み頂いた方から「同じキャラ?」とか「親戚?」とかいう質問を受けてしまうので、だったら変えちゃったほうがいいかな、と。

でもって一番変わったのは、たぶん、壮一と耀次の名字がないコンビ（笑）。ただのモブキャラだったのが、今回の改稿により、キャラ立ちまくってしまいました。毎度相談に載ってもらっている友人さんには「このひとらの話ないのん?」と言われましたが、いまんとこ書く予定はありません。おそらく双方三十代だと思いますが、壮一はたぶん浮気性のモテで、耀次はおとなしいふりしながらしっかり手綱握ってるんじゃないかなーと。いまでこそ落ちついてますけど、若かりしころは相当修羅場くぐったカップルだと思われます。

書き下ろし続編は、まさかこのオープニングとは、と思われた方もいるでしょうけれども、スタンダードな話だからこその飛び道具、って感じで。私の書く年下攻めは、年齢のわりにしっかりしていて、むしろ年上攻めよりオットコマエなパターンがあるんですが（あと腹黒）、今回はとある友人から、年下彼氏を持っている女性の悲哀な話をいくつか聞いたりしていたので、その辺をネタにしてみました。あと最近ちょっと流行りですよね、年下彼氏……ここしばらく年下攻めラッシュの私としては、ブーム来い！　という感じですね。ちなみにダリアさんでは、ドラマCD『勘弁してくれ』とコミックス『ぼくらが微熱になる理由～バタフライ・キス～』も、四月刊『オモチャになりたい』も年下攻めだったりします。なんの祭りか……。

しかし、総括してみて、ありとあらゆる意味で『崎谷プロトタイプ』なネタや設定がてんこもりになっている話だな、と思います。改稿は……まあ、過去の自分の拙さにあひゃーとなりましたが（笑）、素直に楽しくやれました。

そのなつかしくリニューアルしたお話を彩ってくださった、タカツキノボル先生、大変なご迷惑をおかけしましたが、素敵なカットを本当にありがとうございます。カラーもカットラフも、色鮮やかで本当に目の保養でした。今年中にまたお世話になりますが、よろしくお願いします。ちなみに日奈子と佐野くんがむちゃくちゃツボりました（笑）。

毎度の担当様、今年はCDだのなんだのでいろいろ無茶進行でございますが、いつも穏やかに接して頂いてありがたいと同時にすんません……。いろいろがんばります！　そして毎度のRさんSZKさん、盟友坂井さんに冬乃、いっぱいありがとう！

昨年は二度も体調を崩したり、いろいろあって、今年にぎゅっぎゅっと詰めこまれたお仕事のおかげで、ダリアさんでも他社さんでもいっぱい本を出して頂いています。それもこれも、読んでくださる皆様と、本を作るのにご協力頂く方々のおかげだと、心から感謝しております。

お手に取って、そして読んで頂ける幸運を噛みしめつつ、次回作もがんばります。

またどこかでお会いできれば、幸いです。

写真を綺麗に撮る事に憧れます。
資料用に撮った写真はピンボケばかりで
使えなかったりする事が多々ございます。
かなりのセッカチで適当にシャッターを
押しているからなのですが…。
時間が出来たらじっくり写真を撮って
回りたいなと、今作を拝見して思いました。

日食見逃した2009年夏
タカツキノボル

ダリア文庫をお買い上げいただきましてありがとうございます。
この本を読んでのご意見・ご感想・ファンレターをお待ちしております。

〈あて先〉
〒173-0021　東京都板橋区弥生町78-3
(株)フロンティアワークス　ダリア編集部
感想係、または「崎谷はるひ先生」「タカツキノボル先生」係

❋初出一覧❋
純愛ポートレイト…………2003年ラキアノベルズ
「恋はあせらず」掲載作を加筆修正
熱愛モーションブラー……書き下ろし

純愛ポートレイト

2009年8月20日　第一刷発行

著者　崎谷はるひ

発行者　藤井春彦

発行所　株式会社フロンティアワークス
〒173-0021　東京都板橋区弥生町78-3
営業　TEL 03-3972-0346　FAX 03-3972-0344
編集　TEL 03-3972-1445

印刷所　図書印刷株式会社